湖畔诗文丛刊

# 《海棠桥词集》校注

彭君梅　林怡　校注

中国书籍出版社

图书在版编目（CIP）数据

《海棠桥词集》校注/彭君梅，林怡校注.—北京：中国书籍出版社，2020.2
ISBN 978-7-5068-7738-1

Ⅰ.①海… Ⅱ.①彭… ②林… Ⅲ.①词（文学）—诗词研究—中国—清代 Ⅳ.①I207.23

中国版本图书馆 CIP 数据核字（2020）第 027130 号

## 《海棠桥词集》校注

彭君梅 林 怡 校注

| 责任编辑 | 姚 红 李田燕 |
|---|---|
| 责任印制 | 孙马飞 马 芝 |
| 封面设计 | 中联华文 |
| 出版发行 | 中国书籍出版社 |
| 地 址 | 北京市丰台区三路居路 97 号（邮编：100073） |
| 电 话 | （010）52257143（总编室） （010）52257140（发行部） |
| 电子邮箱 | eo@ chinabp. com. cn |
| 经 销 | 全国新华书店 |
| 印 刷 | 三河市华东印刷有限公司 |
| 开 本 | 710 毫米×1000 毫米 1/16 |
| 字 数 | 268 千字 |
| 印 张 | 17.5 |
| 版 次 | 2020 年 2 月第 1 版 2020 年 2 月第 1 次印刷 |
| 书 号 | ISBN 978-7-5068-7738-1 |
| 定 价 | 95.00 元 |

版权所有 翻印必究

# 校注说明

一、本书以王维新《海棠桥词集》六卷抄本（现藏广西容县博物馆）为底本。

二、本书采用现代标点符号标点。

三、因王维新《海棠桥词集》六卷迄今仅见本书底本，故本书以本校为主，慎用理校。

四、繁体字、异体字、古字改为规范字，极少数予以保留；冷僻字一般不依偏旁类推简化；俗字或明显讹笔径改；缺损字以□代替。

五、本书校、注合一，直接置于每篇正文之后。同一序号中如兼有校记和注释，则先写校记，后写注文。

六、生僻字、破读字加注汉语拼音，兼用直音法。句子的解释以句首二字或三字标明"××句"（×××句）或"××二句"（×××二句）领起。

七、底本之夹注均移录于相应文末，即在有夹注处的原作正文句末加上序号，夹注的文字加上序号后标明"原注"，并与其他校注文字统一编序号。原注需再注的，在同条注释中解释。

八、注释中，前文已出现过的词条或类似词目，文多者后文列为参见，文少则另注；前文已注两次（含参见和另注）者不复作注。

# 目 录
## CONTENTS

**王维新评介** / 1
   一、王维新的生平 / 1
   二、王维新的著作 / 2
   三、王维新韵文作品的思想内容 / 3
   四、王维新的文艺思想 / 17
   五、王维新韵文作品的艺术特色 / 21
   六、结束语 / 35

**海棠桥词集** / 39
   自序 / 39
   竹一词话 / 40

**卷一** / 41
   开元乐 / 41
   南柯子 / 41
   清平乐·题人隐居 / 41
   水调歌头·斋夜 / 42
   明月斜 / 42
   天仙子·夜景 / 42
   昭君怨 / 42

月华清 /43

桂殿秋 /43

甘州子·闺情 /43

满江红·容江读书台 /44

十六字令 /44

十六字令·送别集句 /44

长相思 /44

齐天乐·雨晴同覃爱吾 /45

遐方怨 /46

巫山一段云 /46

柳梢青 /46

凤凰台上忆吹箫·情 /46

如梦令·游普陀山 /47

忆汉月 /47

渡江云 /47

江南好·游山集句 /48

诉衷情 /48

惜余春 /48

南乡子·莲笔 /49

琴调相思引 /49

小重山 /49

雪梅香·雁字 /50

误佳期 /50

虞美人·新婚（二首） /51

秋霁·木芙蓉 /51

导法驾引（三首） /52

庄椿岁·寿李中岩 /53

卜算子 /53

采桑子·寄覃爱吾　／ 54

满江红·感旧　／ 54

好春光　／ 55

浣溪沙　／ 55

浪淘沙·窗影　／ 55

子夜歌·咏苏蕙《璇玑图》　／ 55

深院月　／ 56

深院月　／ 56

误佳期　／ 57

孤鸾·梨花　／ 57

伤情怨　／ 57

忆少年　／ 57

南浦·渭龙废县　／ 58

摊破浣溪沙　／ 58

滴滴金·晓起　／ 59

极相思　／ 59

拜星月慢　／ 59

玉蝴蝶·过覃爱吾　／ 60

江城梅花引　／ 60

醉落魄　／ 60

玉蝴蝶又一体·夏雨　／ 61

蝴蝶儿·夏睡　／ 61

绣带儿·夏绣　／ 62

眉峰碧·夏妆　／ 62

四和香·夏浴　／ 62

满江红·勾漏山　／ 62

西江月·中元节　／ 63

沁园春·春草　／ 63

珠帘卷　/ 64
剔银灯　/ 64
醉蓬莱·天桃　/ 65
大有·蕉果　/ 65
鹧鸪天·杨梅　/ 66
柳梢青·题方芷斋稿　/ 66
梅子黄时雨　/ 67
飞雪满群山　/ 67
点绛唇·江天秋思　/ 68
渔歌子　/ 68
水调歌头·中秋水阁　/ 68
鹧鸪天·九日　/ 69
相思引·渔父　/ 69
杨柳枝　/ 69
大酺·酒旗　/ 70
解语花　/ 70
玉抱肚·采桑双女石　/ 70
凤箫吟·凤洲　/ 71
清江裂石·虎跳山　/ 72
贫也乐·笋箨冠　/ 72
斗百花·铁树　/ 73
夜合花·试橙　/ 73
买陂塘·黄芽菜　/ 74
东坡引　/ 74
木兰花慢·春远　/ 75
踏莎行·春色　/ 75
黑漆弩·村夜闻春　/ 76
眉妩　/ 76

寿楼春 /76

卷二 /78
　　月照梨花 /78
　　多丽·集美人名六十 /78
　　江南好 /79
　　江南好·闺晓 /79
　　南柯子·春闺 /80
　　潇湘夜雨 /80
　　柳梢青 /80
　　风蝶令·丛溪 /81
　　临江仙 /81
　　满庭芳 /81
　　满庭芳 /82
　　宫中调笑·傀儡 /82
　　忆王孙·初春（二首） /82
　　杜韦娘 /83
　　探春·春寒 /83
　　更漏子 /84
　　月下笛·旅思 /84
　　浪淘沙·象州 /84
　　红林檎近·闺思 /85
　　三字令·唐明皇夜游图（集曲名） /85
　　荷叶杯·午窗对雨次覃爱吾韵 /85
　　惜分飞 /86
　　贺新郎·夜来香 /86
　　一络索 /87
　　怨东风 /87

行香子　／87

绣停针·金丝荷叶　／88

南楼令　／88

归自谣　／88

千秋岁·寿刘母叶孺人　／89

拂霓裳　／89

惜秋华·红蓼　／90

滴滴金　／90

两同心　／90

凄凉犯　／91

醉公子·九里香　／91

醉公子·友以绍酒见酌醉谢　／92

玉女摇仙佩·曼珠花　／92

南柯子·江景　／93

湿罗衣　／93

玉树后庭花·观音蕉　／93

大江东去·藤江　／94

菩萨蛮　／94

系裙腰　／94

献衷心·小重阳祷　／95

意难忘·菊影　／95

蓦山溪　／95

风入松　／96

天仙子·登山　／96

探春慢·梅魂　／96

鹤冲天·雨宿覃爱吾　／97

忆王孙　／97

玲珑四犯·洋绣球花　／97

沙头雨　/98

沙头雨·慕古堂　/98

泛清波摘遍·绿葡萄　/98

采桑子·偕覃爱吾游都峤　/99

月中行·娑婆岩醉月　/99

望江南·松涛　/99

曲游春·菜花　/100

临江仙·过覃爱吾　/100

鹧鸪天·九日同爱吾过刘解元　/100

绣带儿·留别　/101

夺锦标　/101

南柯子·云峰　/102

醉花阴·月夜同覃爱吾在芙蓉花下小饮　/102

归自谣　/102

沁园春·除夕　/102

西江月·二月晦日　/103

寻芳草　/103

鹧鸪天·上巳日纪事　/104

声声慢·琴曲平沙落雁　/104

风流子·访潘士瞻　/104

南乡子·赠李叟　/105

南楼令　/105

瑞鹤仙·春夜　/105

古香慢·过何太史竹荷阁　/106

河渎神·村宿　/106

十拍子·月食　/107

女冠子·麻姑　/107

翠楼吟·殿角　/108

十月桃　／108

八宝妆·挂瓶　／109

卜算子慢·影尺　／110

法曲献仙音·洋琴　／110

瑶台聚八仙·烟火戏　／110

八声甘州·瓶笙　／111

鹊桥仙　／112

雨霖铃·蛛网　／112

八犯玉交枝·鹇　／113

## 卷三　／114

南柯子·山亭（二首）　／114

解佩令·采艾　／114

锦堂春　／115

瑶台第一层·九日　／115

渔歌子·与韦秀才兄弟　／116

浣溪沙·惠韦秀才　／116

徵招·琴弦　／116

角招·笛　／117

何满子　／117

霜天晓角　／117

东风齐着力·纸鸢　／118

送入我门来·秦吉了　／118

侍香金童·香匕　／119

传言玉女·白鹦鹉　／119

湘春夜月·湖园　／119

透碧宵·竹香　／120

金菊对芙蓉　／120

六州歌头·塔影  / 121

红情·海棠  / 121

画堂春  / 122

哨遍·海防  / 122

归自谣·半秋  / 123

清平乐·都峤山中  / 123

天仙子  / 123

扫花游·苔  / 124

南乡子·水帘  / 124

酷相思  / 124

抛球乐·月季花为苦瓜藤所缠  / 125

潇湘夜雨·荷林  / 125

生查子  / 125

醉翁操·听泉  / 126

三台  / 126

玲珑玉·浪花  / 127

碧牡丹  / 127

长亭怨慢·柳  / 127

清平乐·醉韦氏宅  / 128

清平乐·紫茉莉  / 128

清平乐  / 128

沁园春·云峰  / 129

清平乐  / 129

蝴蝶儿·咏双燕赠紫印二童子  / 129

卜算子·月夜山亭独坐  / 130

雪梅香·村居  / 130

花非花·雪  / 130

南楼令·紫印山  / 130

减兰 / 131

云仙引·春日积雨 / 131

采桑子·山望 / 132

越溪春 / 132

春风袅娜·新柳 / 132

生查子·灵川道上 / 133

杨柳枝·湘阴石塔 / 133

鹧鸪天·白鱼岐上 / 133

笛家·画竹 / 134

虞美人·罗山道中逢修竹 / 134

虞美人·淇水 / 135

河渎神·题金龙四大王庙 / 135

沁园春·题《广韵》 / 135

江南好 / 136

浪淘沙·平山堂 / 136

祝英台近·宜兴 / 137

望江潮·杭州次柳耆卿韵 / 138

贺圣朝·荷 / 138

琴调相思引·竹夫人 / 138

西湖 / 139

双调望江南·玉山 / 139

相思引·外舅草堂 / 140

忆秦娥·闰三月 / 140

尉迟杯 / 140

朝中措·赠韦建三 / 141

昭君怨 / 141

且坐令·车帆 / 141

燕山亭·驴鞭 / 142

河传·河工估料 / 142

河传又一体·放淤 / 143

河传又一体·下埽 / 143

河传又一体·筑堤 / 144

河传又一体·栽柳 / 144

瑞龙吟·铁牛 / 144

西江月·平山堂 / 145

绛都春·杭州瑞石洞 / 145

击梧桐 / 146

谒金门·人面子 / 146

御街行·瓜花 / 146

师师令 / 147

潇湘逢故人慢·咏凉雨竹窗夜话 / 147

卷四 / 148

鱼游春水 / 148

喜迁莺 / 148

女冠子·越巫 / 149

女冠子·初度用韵 / 149

卜算子·留别 / 149

满江红·楚江除夕 / 149

摊破浣溪沙·对妓（二首） / 150

昭君怨·燕市 / 150

轮台子·橐驼 / 151

西江月·饮宣武门 / 151

浣溪沙·涿州 / 152

相思引 / 152

沁园春·秧针 / 152

浪淘沙·五日临城驿同覃心海、周鼎初　/ 153

如梦令·桃源遇雨　/ 154

风流子·过高邮吊秦少游　/ 154

满庭芳·游湖　/ 154

浣溪沙·同心海泛舟迎恩河　/ 155

蝶恋花·游虹园　/ 155

圣无忧·同心海登平山堂　/ 155

六么令·蜻蜓　/ 156

双调望江南·虹桥　/ 156

减兰·咏妓　/ 157

减兰·水晶镇纸　/ 157

潇湘夜雨·晓钟　/ 157

菩萨蛮·维扬　/ 158

虞美人·维扬　/ 158

西江月　/ 158

彩云归　/ 159

卜算子·金山寿心海　/ 159

蝶恋花·湖上　/ 160

风中柳·繁昌客感　/ 160

庆清朝慢·题琉球国图　/ 160

清平乐·归对锦石山　/ 161

万年欢　/ 161

如鱼水·盆鱼　/ 162

隔溪梅令　/ 162

汉宫春·咏美人额上一点红　/ 162

锁窗寒　/ 163

兰陵王·绿阴　/ 163

婆罗门引·吴道子观音　/ 164

婆罗门令·贯休罗汉 /164

金浮图·南山寺僧赠菩提纱 /165

贺新凉·论画 /165

戚氏·论书 /166

似娘儿 /167

浣溪沙·憎鼠 /167

减兰·与石□ /168

三姝媚·十姊妹花 /168

天门谣·九日 /168

夜飞鹊·秋夜观象 /169

月上海棠 /169

薄幸·自题瞿昙小像 /170

酒泉子 /170

忆秦娥·万松亭忆房虞部筝妓 /171

小桃红 /171

浪淘沙·仙枣亭 /172

金明池·次秦少游韵 /172

柳梢青·汴城铁塔 /173

眉峰碧·咏昭君套 /173

消息·昆阳怀古 /174

醉垂鞭·岳口 /174

江南春·永州溪上 /175

沁园春·褚墨耕别驾见过 /175

盐角儿·池上 /176

虞美人影·题吴少府看三影筊 /176

望江南·中秋夜和李生（三首） /176

春夏两相期·会以园明府馆甥 /177

紫玉箫·贺李艺圃明府婚 /177

定风波·何素轩丈招饮醉归　／178

浪淘沙·案上石菖蒲　／179

喝火令·烛　／179

抛球乐　／179

生查子·得书　／180

玉楼春　／180

帝台春·卖花姬　／181

少年游·夏雨　／181

宣清　／181

桃花水　／182

芳草　／182

石州慢·鸦　／182

古阳关　／183

夜行船　／183

真珠帘·雪月　／183

金人捧露盘·汤丸　／184

三部乐·绉钟花　／184

**卷五**　／185

塞孤·笳　／185

梦扬州·重阳看荷　／185

相思引·瓶桂　／186

相见欢·署中看妆面　／186

小诺皋·至东来寺　／186

蝶恋花·闺情　／187

殢人娇·秋睡　／187

黄鹂绕碧树　／188

浣溪沙　／188

双调望江南·初春岑溪　／188

烛影摇红·周松坪学博招饮　／189

小阑干·人日过陆甥家　／189

浪淘沙·梧江旅思　／190

天香·印章　／190

送入我门来·阳朔画山　／190

新荷叶·再咏画山　／191

望湘人　／191

醉春风·燕石山　／192

城头月·泊相思江下　／192

风流子·自述　／193

醉太平·润明府席上　／193

杏园芳　／194

水龙吟·冬夜听雨次山阴祝佩五韵　／194

蝶恋花·谢佩五镌印　／194

蝶恋花·送佩五返柳州　／195

沁园春·次陵城苏芝坪韵即题其《蝶影词集》　／195

浣溪沙·赠吴馥山少府　／196

青玉案·与馥山　／196

十二时·为馥山题生肖图　／196

东坡引·璞玉山　／197

醉乡春·木棉社　／197

满江红·咏怀　／198

步蟾宫·题梁极亭桃溪书舍　／198

蕉叶雨　／199

玉烛新　／199

南乡子　／199

渔家傲·题画　／200

雪狮儿·棘封望仙　/ 200

调笑　/ 201

一剪梅　/ 201

夏初临·戎葵　/ 201

清平乐　/ 202

苏幕遮　/ 202

露华·藤菜　/ 202

双调望江南·并蒂兰　/ 203

买陂塘　/ 203

巫山一段云·春行　/ 204

无闷·失马　/ 204

玉京谣·与邓道士　/ 204

西江月·感事　/ 205

八归·江店　/ 205

菩萨蛮·仙城秋望回文　/ 205

虞美人·回文　/ 206

绕佛阁·郭南屏参军惠《法华经》　/ 206

青玉案　/ 206

宝鼎现·吴馥山赠扇书画并美词以谢之　/ 207

莺啼序·谓添字者非　/ 207

桃花水　/ 208

桂殿秋·葡萄　/ 208

庆春泽·玫瑰酱　/ 208

解佩令·题凤图　/ 209

女冠子　/ 209

醉花间　/ 209

撼庭竹　/ 210

忆王孙　/ 210

竹枝·潭江（二首） /210

西子妆·浔郡南湖 /211

竹马儿·社望 /211

花发沁园春·姑苏吴女士画桃花绣球扇赠内 /211

水调歌头 /212

菩萨蛮·归舟有感 /212

六丑 /213

三部乐·锁印 /213

满朝欢·鞭春 /213

贺圣朝 /214

十二时 /214

浣溪沙·吊黄山谷 /215

摊破浣溪沙·吊黄山谷 /215

醉花间 /215

氐州第一 /216

琵琶仙 /216

满江红 /216

高山流水·思隐 /217

沙塞子 /217

一剪梅 /217

卷六 /218

双鹨鹕·溪梅 /218

二郎神·赠田郎 /218

六么令·赠张稼村太守 /218

江南春·旅感 /219

万年欢·咏普宁韦令事 /220

忆秦娥·杨妃井 /220

百字令·题李母世节　/ 221

绕佛阁·游准提阁　/ 221

芰荷香·冰井寺　/ 222

山亭宴·至旧金莲庵　/ 222

望云涯引·苍梧舜庙　/ 223

思归乐·白鹤冈　/ 223

大江东去·苏山　/ 224

白苎·苍梧三角觜　/ 224

两地锦　/ 224

高山流水·兴平泛舟　/ 225

水调歌头　/ 225

阳春·揭帝塘　/ 226

花犯·杉湖　/ 226

绮罗香·莲荡　/ 227

惜黄花慢·华景洞　/ 227

鹤冲天·寓临桂学　/ 228

画堂春·留公渡　/ 228

绮寮怨　/ 228

撼庭秋　/ 228

木兰花慢·梅公亭　/ 229

一枝花·夜同苏文庵登梅公亭　/ 229

玉簟凉·试院古榕　/ 229

品令·题金沙井庵　/ 230

垂杨·龙头堤　/ 230

穆护砂·点翠亭为暴涨催去有叹　/ 231

散天花·九娘庙　/ 231

八六子·访天绘亭遗迹　/ 232

黄鹤引·仙宫岭　/ 232

一萼红·访邹忠公梅园诸迹　／233

应天长·白云庵　／233

爪茉莉·乐川　／233

破阵子·朱将军墓　／234

忆旧游·寻双榕阁至龙池庙　／234

伤春怨·至东山寺寻多景亭不得　／234

望梅·鲁般井　／235

绿意·考槃涧　／235

绿意·重至　／236

采桑子　／236

如梦令　／236

忆王孙　／236

看花回·娄生蒯明府招饮　／237

梦横塘·览胜桥　／237

四犯令　／237

霓裳中序第一·月夜同苏文庵、陈□□两教谕赏桂　／238

秋蕊香　／238

清平乐　／239

步蟾宫·平乐浮梁　／239

丰乐楼　／239

并蒂莲·从放生潭望南山双峰岩　／240

霜叶飞·滴珠岩　／240

惜红衣　／241

桂枝香·赠陈心香司教　／241

离亭燕·送别陈心香　／242

选冠子·赠武进庄学樵　／242

长命女·赠木芙蓉　／243

梦芙蓉·乐山里诸生劝予游诞山不果　／243

望梅花　/ 243

花心动·迎春　/ 244

虞美人　/ 244

菩萨蛮　/ 244

石湖仙　/ 245

春从天上来　/ 245

玉漏迟·王太守筵上　/ 245

金盏子·阶下戎葵一株自然可爱　/ 246

望远行·平乐皇华亭　/ 246

洞仙歌·懒性　/ 247

无愁可解·覃三抚松亭　/ 247

高阳台·梅花冢　/ 247

安公子·华光亭吊秦少游　/ 248

眼儿媚　/ 248

华胥引·题秦少游小像　/ 248

湘江静·题刘千戎善亭先茔图　/ 249

醉乡春·海棠桥次秦少游韵　/ 249

**附　录**　/ 250

**主要参考书目**　/ 252

**后　记**　/ 254

# 王维新评介

彭君梅

王维新（1785—1848），字景文，号竹一，别号都峤山人，广西容县石寨人。王维新生于乾隆乙巳年（1785）农历四月初七日酉时，卒于道光戊申年（1848）五月二十日，享年64岁。

## 一、王维新的生平

王维新出身于颇有文化素养之世家。其七世祖王贵德，字正源，为明末清初广西容县著名诗人，明万历四十六年（1618）举人，任学官二十余载。崇祯十五年（1642）由教职迁升为湖广（今两湖之地）麻阳县（治所即今湖南麻阳县锦和）县令，颇有政绩。王贵德质优博学，勤于诗作，著有《青箱集》等。王维新之父名杰观，为蒙馆塾师。维新有二子，曰伯元、仲元。维新弟作新，字景武，有《水竹山庄诗稿》，已佚。嘉庆十五年（1810），维新乡试中举，后三次赴京应考不第。道光丙戌年（1826）以乡贡进士就挑，得大挑二等，除武宣县教谕，继升平乐府教授，后咨调泗城府（治今广西凌云县）教授。

王维新主要生活在清嘉庆、道光年间，综观其一生，大致可分为三个阶段：

26岁之前，为在家乡读书、应举阶段。王维新自小"资禀颖悟，践履端方"[1]，基于家庭的教育、前辈的熏陶以及自己的勤奋学习，王维新于天文、历律、历史、文学、音乐、绘画、书法等方面无不精通，可谓"淹贯百家，渔猎群籍"[2]。26岁以前，王维新曾数次到省垣桂林参加乡试应举，于嘉庆十五年（1810）中以乡试第二名中举。

26岁到42岁，为辗转南北、舟车应试求仕阶段。王维新中举后，即北上参加会试。《十省游草·自序》叙述了他先后三次应试求仕的坎坷经历。第一次，嘉庆十五年（1810）冬，"由湘汉、中州而畿辅，道路历七千余里"，本"以期一第"，结果却"南宫报罢"，"空从燕、齐、吴、越及庾岭归"；第二次，嘉庆二十一年（1816）冬，"之南海，返，从诸故人行……又以不第从燕、齐、皖城以及于岭归"；第三次，道光六年（1826）冬，赴考仍不第，"从襄阳溯洞庭"，"至吾省以归"。余暇仍于都峤山执教。

42岁至64岁，为司铎教职阶段。三次会考皆不第，时已逾不惑之年。维新于道光六年（1826）参加举人大挑得二等，历任武宣县教谕、平乐府教授、泗城府教授等职，直到64岁去世。

## 二、王维新的著作

王维新一生勤于创作，著作颇丰，是一位多才多艺、卓有建树的作家。其著述有：《古近体赋》二卷，《绿猗园初草》二卷，《峤音》二卷，《丛溪集》八卷，《十省游草》八卷，《宦草》八卷，《海棠桥词集》六卷，《红豆曲》二卷，《都峤山志》六卷，《天学钩钤》八卷，《乐律辨正》二卷。据光绪版《容县志》载，除《都峤山志》六卷、《天学钩钤》八卷、《乐律辨正》二卷已梓，余均未付梓。其中《海棠桥词集》和《红豆曲》县志未载。这些作品体裁涉及诗、词、曲、赋、文、乐律、志书。王维新于诗、词、散曲的创作数量之大、成就之高，堪称清代广西的文学大家。

《绿猗园初草》为民国抄本，原书藏广西桂林图书馆，该馆又据此抄本影印一本。线装二册，分上、下两卷，版高237毫米，版宽162毫米。红格，四周单边。半页10行，每行约30至32字，以楷体抄写，无目录。此书书品较好，除个别地方有所破损，大部分完好如新。

民国广西北流著名学者陈柱编、陈湘、高湛祥校评的《〈粤西十四家诗钞〉校评》（广西人民出版社1997年版）收录《绿猗园初草》25题28首，《峤音》28题41首，《丛溪集》90题149首，《宧草》116题145首，《十省游草》90题99首。此书为32开本，以简体横排，无校记和注释。

《海棠桥词集》现藏广西容县博物馆。线装三册，分六卷，词作共计520首。卷首各有目录，以楷体抄写，半页约九行，行约22字。字迹多漫漶模糊，并多处破损。叶恭绰辑《全清词钞》收录王维新词一首《翠楼吟·殿角》。

《红豆曲》为民国刻本（下称刻本），北流十万卷楼藏版，现藏广西桂林图书馆。广西师范大学图书馆、广西容县图书馆各藏有据此本之影印本。此书由陈柱校点、刊刻，时为民国二十三年（1934）。刻本为朱印本，字画清晰，墨迹均匀，无漫漶模糊、断笔等现象，硬体字刻就，半页十行，每行17字。版框高142毫米，宽206毫米，上下单边，左右粗细双边，单黑鱼尾，下黑口，版心刻"红豆曲"及卷数、页码。卷首有目录，书首、各卷首及部分页次右下角均钤"广西省立桂林图书馆藏"印。《红豆曲》收套数31套，小令33题37首。按北、南套数和北、南小令分类，北宫套数14套，北宫小令13首，南宫套数17套，南宫小令24首。凌景埏、谢伯阳先生辑集的《全清散曲》（齐鲁书社1985年版，下称《散曲》）所收王维新散曲曲目与刻本完全一致，小令在前，套数在后，以繁体竖排，文字、断句与刻本多有不同，断句、文字间或有误，包括一些印刷错误。刻本也存在少许错漏，目录中漏刻南宫套数《春病》、北宫小令《月夜》。但从内容上看，刻本错讹少，质量比《散曲》胜出许多。另外，由王起主编、洪伯昭、谢伯阳选注的《元明清散曲选》（人民文学出版社1985年版）收录王维新散曲小令两篇、套数一篇。

## 三、王维新韵文作品的思想内容

王维新的思想一直在入世和出世之间苦苦挣扎。少年时崇尚自然，无心仕途；稍长则觉似亦可习于宦，奋然鼓建功立业之念；既壮立名理想破灭，又心灰意冷。虽忧患于功名难立，而悟忧患之无益，遂于天命采取委运任化的态度。其思想情感主要体现在诗、词、散曲等韵文作品中。

（一）寄怀泉石山林，托意宗教玄理

王维新自言"平生爱幽趣"[3]，"啸傲烟霞本性情"[4]。19岁以前潜心读书，之后在都峤山做塾师，置身于"岚翠窗间接，溪声枕上闻"仙境般的自然环境中[5]。都峤山为中国道教的"二十洞天"，寺观、岩宇繁多，是著名的风景区、宗教圣地和讲学场所。其一山一石、一泉一壑、一草一木，无不令诗人陶醉。时维新居都峤山之西三里，坐拥泉石山林，与清风明月为伴，共野鹤闲云翱翔，清静闲适的山林生活令他悠然自得。在都峤山的灵踪仙迹中，可以"心作匪夷想，神游不夜天"[6]。期间他写下很多描写家乡自然风光和吟咏性情之作。《都峤山》极力铺陈了都峤山瑰丽奇异之美景盛况：

桂林多奇峰，层叠无结构。徒矜钟乳异，岩穴半瘿瘤。何如都峤山，独自擅雄秀。一石一峰峦，一洞一宇宙。堂奥窝其中，城城列广袤。门户自关锁，楼观各左右。上无寸椽承，上无片瓦甃。深光将百间，光明敞白昼。既讶天工巧，亦觇地力厚。绕涧清泉流，穿崖怒瀑吼。琪花随处馥，珍木终年茂。云飞玉阙开，雨过天香透。月落闻晨钟，风清听岩溜。其余东头峰，险阻亦纷凑。环山老且殁，卒莫尽穷究。

诗以浓墨重彩之笔展现了都峤山钟灵毓秀、天工造化的自然风光，峰峰千姿百态，景色各异；洞洞妙趣横生，各具堂奥；无论潺潺清泉、湍急飞瀑，抑或琼楼玉宇、奇花珍木，皆令人如临瑶池仙境。

对王维新而言，只有在自然山水中，人才能达到物我和谐统一的境界。如套曲《游都峤山仙桥》：

【南吕一枝花】横当碧涧寒，界断青山翠。半轮分壁月，一筇卧虹霓。怪绝桥西，留下神仙迹，量来大十围。问何年孤鹤归飞，笑今日双凫戾止。

【梁州第七】拉白社门生共步，唤乌衣子弟相随，则见那轩渠谑浪忘形迹。枕流不碍,漱石奚辞?问胡麻洞里霏霏,拾仙桃树上累累。放一根太乙枯藜,吹一曲桓伊短笛,谈一枰王质残棋,好奇无已。扣苍涯激烈歌声起,石叶动,野云驶,两岸风猿更不啼,泉落花飞。

【尾声】溪边㝯泪闻流水,林杪苍茫挂夕晖。欲回呵犹向峰椒憩。天风满衣,松涛滚耳,更谁夸山简挥鞭习池醉。

如此神奇的人间天堂,怎不令作者如痴如醉、恋恋不舍?

平生坐窟惟都峤,别后常怀。久后仍回,洞口桃花只管开。

刘晨阮肇情无异[1],为道香腮。莫讶凡才,勾引何人到此来?

——《采桑子·偕覃爱吾游都峤》

无论诗、词、曲,均将都峤山的胜景妙境描绘得淋漓尽致。维新凭着长期隐居于山水林壑之间对自然的独特敏感,独以超乎寻常的审美情致去领会其中神韵。其家乡周围的山水比之名山大川,几乎微不足道,但常人眼里的平淡无奇在诗人的心中总是美好而崇高的,在诗人的腕底笔端总能见出神奇,如《珠帘卷》写玉林的大容山,《满江红·勾漏山》写北流的勾漏山,《清江裂石·虎跳山》写藤县的虎跳山,等等。这些诗都是诗人神与物合、心与天游的产物。

青少年时期的王维新多流露避世情绪。《峤音·白云岩》诗云:"尝恐化为雨,散洒逐穷边。亦恐遇高风,扫荡归长天。"以白云自喻,看似逍遥自在,而一旦遭遇狂风或化作暴雨,就会落得悲惨的结局。在他看来,富贵功名自有定论,"出处任自然"[7],不必强求,故而自以为不适合仕宦,唯托意于宗教玄理,在黄老与佛学中寻求内心的平和与满足。他将对禅的感悟引入诗词,形成了其作品的禅趣与空静之美。维新蛰居都峤山,"伏处此山中,终岁若无声"[8],习惯于把宁静的自然视作凝思观照的对象。如《清平乐·都峤山中》:

洞门深窈,曲涧时啼鸟。突兀孤峰撑树杪,一点月光圆小。

铿然忽起钟声,溪边不见人行。松籁自喧幽壑,弹琴坐到三更。

人迹罕至的山林溪畔,词人息心静虑,悠然抚琴。此情此乐,惟有明月相知、鸟鸣相和。不仅没有孤独之感，反而流露出完全摆脱尘世之累的恬淡与闲适。

追求解放自我的词人试图在虚无缥缈的仙界找到张扬个性的空间，于是常常神往于游仙的奇幻世界：

> 月光光不灭岩阿，流影照山河。清芬桂子下婆娑，携酒问嫦娥。
> 乘风御气何年事，凌万仞，翠壁烟萝。高声唱出步虚歌，传到下方么。
>
> ——《月中行·娑婆岩醉月》

词人乘风御气，凌空高举，飞向月宫仙府，在缕缕的桂花幽香中，与嫦娥仙子酣饮畅叙，在缥缈缭绕的烟雾中高唱步虚歌，寄托了对神仙世界的向往，隐约反映出对现实世界的离斥。

（二）坚持高尚情操，誓愿建功立业

少年时代的王维新具刘琨的浩然志气，俨然以孤高自况："傲雪立山中，凌空无世情。"[9]亦颇恃才自负，尝以王粲自诩。他推崇陶渊明，欣赏"品异标孤秀"的高洁情操[10]，对苏轼的钦慕溢于文词，尊之为"旷代贤流"。既景仰"大苏才调好登堂"[11]，更心仪苏轼和张怀民承天夜游式的默契。维新虽生活于黑暗的社会，却能坚持高远的理想和志趣，作品多表现守志不阿的耿介品格，孟子、荀卿、荆轲、柳下惠等高风亮节之人物频出其笔端。《双鹤歌》诗云："昂头并立栖正稳，引颈高鸣和者稀。"《云眠石》诗云："磊落坚贞想孤介，何问成形怪不怪。"《劝世》诗云："白莲出淤泥，早自却污染。"昂首挺立的仙鹤是诗人飘逸倜傥风度的写照，坚贞孤介的磊石、出污泥而不染的白莲则是诗人顽强不屈、洁身自好品格的象征。维新之交游皆为"海岳胸""冰雪性"的文人高士[12]，他们大多身居教职，"性谦退，澹于名利而肆志典坟"[13]，"教授生徒，日以端行积学相砥砺"[14]，"余闲日借吟咏以自娱"[15]。王维新与覃武保、封豫并称"峤山三子"，才甲乡里，彼此倾慕，于读书教学之余相伴游览风景，往来酬赠，吟诗唱和，"衔华佩实，著作衷然"[16]。覃武保时居都峤山之北三十里，"亦常来往于此山，日与王子（王维新）争风月云霞、泉石花鸟"[17]，亦"于诗古文词致力颇深"[18]；封豫"博学强记,尤工词典之学"[19],在词的创作上给王维新以很大的影响。在三人的影响下,整个峤山方圆数百里,兴起一股文酒弦歌之风。《采桑子·寄覃爱吾》词以情深意切之笔叙述其与覃武保的真挚友谊:

> 乾坤落落兄长在,风过为兄,月照为兄,无地无时不见兄。
> 空斋寂寂兄长别,风过非兄,月照非兄,何地何时得见兄?

正是由于有着高尚的品格,诗人不屑于世俗,对富贵功名、利念浮名表现出蔑视的态度。《馆夏》诗说:"身外浮云飞片片,意中流水去滔滔。"在诗人心中,功名利禄只不过是浮云流水,皆为身外之物。莫如与苍茛朱槿相傍、圈点诗文更来得自在,可见诗人心情何等淡泊。《夕阳楼看云》说:"荡胸足轻富贵,转盼还分古今。"清朝学官,品级不高,俸禄微少,人们嗤之为"薄宦",王维新因此常常贫不自给。但他安于清苦,"幽斋倍凄苦,亦足慰屡空"[20]。《感咏》诗写他宁为饿死的哲士,也不做追名逐利的俗吏,表现了人穷志不短的高尚情操:

> 俗吏不好名,哲士甘饿死。悠哉南山下,水清石齿齿。身隐焉用文,斑豹徒为尔。眷念平生友,远隔在千里。昨日遇飞鸿,贻我书满纸。上以慰寂寥,下以候新祉。

维新自小"长观载籍",以"古有运筹传檄而事业炳知者"为鉴[21],感悟到自己"似亦可习于宦"[22],遂欲"为奋然于天地民物之事"[23]。王维新认定自己会有一番大的作为,于是以乡试第二名的举人身份赴京应试,希望通过入仕来实现报效国家的志向。他踌躇满志,慷慨高歌,《满江红·楚江除夕》词抒写了这种豪情壮志:

> 浩浩长江,流不尽,乾坤岁月。容我辈,高歌此处,洒腔热血。九万风抟轻斥鴳,三千水击嗤飞鳖。任萧疏古树暮,村旁笼寒雪。唾壶近,曾敲缺。酒樽蟹,重添设。怕光阴迅速,逼人华发,素志难移心里石,寒光忽动,腰间铁。问当朝,明日考中书,谁豪杰?

王维新飘徙求仕数万里,行踪历遍十省,遍游大江南北,开阔了视野,丰富了体验。他"于驴背船唇不忘篇什"[24],写了大量描绘名山大川的作品,借对锦绣山河的神往、礼赞,以抒发建功立业的满腔热忱。有"气脉磅礴当中原"的北国风光[25],又有"山峰卷翠螺,长堤卧虹影"的江南景致[26];有"巍然九千丈,散作绵延势"的五岳之一衡山[27],也有"直跨三州地,平吞九派流"的鄱阳湖[28];有"卧听沧海潮,坐对迦陵鸟"的金山寺[29],更有"洪崖摩天羽盖下,章水带地凫鹭浮"的滕王阁[30];等等。

  王维新辗转南北,还写下了许多凭吊历史遗迹、咏怀古代英贤的诗篇。在他的咏古诗中,歌颂的多为具有文韬武略和高洁品格者。如《登岳阳楼》写名楼遗风:"李杜诸公在,江湖万古流",赞叹李杜等前代大文豪之流风余韵,深表敬佩之情;《鹦鹉洲》则暗影祢衡典故。相传东汉末江夏太守黄祖长子射在鹦鹉洲大会宾客,有人献鹦鹉,祢衡作《鹦鹉赋》,故名。后衡为黄祖所杀,葬此。诗人通过对祢衡事的怀想,顾影自怜,抒发了有才之士反落得悲惨结局的感慨。《五人墓》以慷慨激昂的言辞叙述了五位英烈的英雄事迹,给予极高的评价,并对之表示沉痛哀悼。此外如《赤壁》《邺城怀古》《钱塘江怀古》等,俯拾皆是,不胜枚举。

  (三)细述闺阁情怨,饱尝逆旅悲酸

  以王维新好友覃武保之言"王氏景文,情人也"[31],示维新乃性情中人,更言"景文之诗固可以情尽之"[32]。维新在青年时期生活安定,爱情幸福,婚姻美满,多以词和散曲来反映男女情爱、婚恋。写闺情的如:

  窗格影玲珑,荡漾波中。晚来风定一灯烘,上下俨然同一色,妒杀儿童。  悄步复潜踪,密听喁喁,舌尖湿破纸条红。报道玉人犹□睡,微露酥胸。

——《浪淘沙·窗影》

  姗姗孤枕梦游仙,社燕林莺作上年。梅信遥从窗隙穿,暗香传。一半儿魂销,一半儿美。

  垂杨几绺出雕栏,搭在蔷薇碧树间。佳人晓起着轻纨,小盘桓。一半儿风情,一半儿懒。

——《南仙吕一半儿·春闺》

寥寥几笔，尽显春闺曼妙女子酣睡、晓起的慵懒、妩媚，风情万种。
《虞美人·新婚（二首）》写洞房花烛夜：

其一

曲房背着银缸立，侧睇成羞涩。更阑渐学理衣裳，偷取灯花弹落近牙床。　芙蓉帐慢薰兰麝，消受溶溶夜。金莺枕侧语如花，还问王郎何日过侬家？

其二

一声鸡唱禁难住，窗色看将曙。绿纱笼里烛花光，拱照玉人重理旧时妆。　佩声断续随行止，勾得欢同起。侍儿争近揭湘帘，一对鸳鸯新向画堂添。

以含蓄而生动的笔调描绘有情人终成眷属的甜蜜，良辰美景，才子佳人，充满高雅的情趣，体现了词人恬适安逸、憧憬热爱幸福生活的心境。
或写闺中女子对情人的深切思念：

情种真难斩，情丝每受牵。无朝无暮倚栏杆，流盼在春园。
瞭目花枝好，骄人燕语传。珠帘十二隔中间，那更望能穿？
——《巫山一段云》

炉腹香慵袅，镜奁鸾自飞。分袂密相约，至今是何时？一声流莺睍睕，已报道一春归。侧见小径花枝，冷艳欲侵肌。
□□□似病，成瘦岂能肥？栏杆独凭，此情未许人知。唤小鬟悄问，绿杨树外，适闲金勒谁疾驰？
——《红林檎近·闺思》

王维新北上求仕，不得不暂别亲人。这两首词从思妇的角度，传递百转千回的柔情，表达情人欢聚的渴望。

在王维新笔下，不仅有"鹦鹉传言，海棠入梦"的闺阁之情[33]，也有"寸草春晖，履行霜哀操"的游子之情[34]，更有"泪里乡收，望中云树"的逆旅之情[35]。从26岁至42岁，王维新三度赴京，"偏难料，征骑骎骎远，便似水赴沧溟，纵经年无返"[36]，历尽艰辛，饱受分离之痛、漂泊之苦，因此也留下了不少抒写羁旅生活酸甜苦辣的篇章。他险滩经过无数，遇到过能使"山岳

9

震不休，地轴摇无停"的阻风[37]，途中车轴折断，进退两难，欲哭无泪，在漫天风霾中跋涉，"晚来豆粥进一瓯，和尘欲呕不自由"[38]，其苦万状。十六年的青春与心血付之东流，前程渺茫，诗人的心一点一点被这种悲酸吞噬：

> 客路茫茫，邮亭寂寂，欲投何处？乾坤朝夕，云水游行总无据。惟余几点青山在，乍拥出平芜远树。懒炊烟，遥映斜阳，赚我此间延伫。
>
> 无数征人，顾念去国无端，向谁堪诉？衣冠自污，不能除却尘土。好风吹袂，思留醉，把绿酒消来只许，只剩得柳千丝，能把离人系住。

——《月下笛·旅思》

命运不济，几度应考均名落孙山。他在宣武门借酒浇愁，悲愤而歌："坐时索醉醉时歌，击筑几人相和？"[39]并借他人目光以自嘲："挈榼谁家小女，见予着眼常多。应疑此客是谁何，非侠非儒长过。"[40]无奈的落魄情绪溢于言外。

而春去春来，流年似水，已生华发的词人犹漂泊在外，心中越发伤感：

> 桃试蕊，柳生稊。徐妃容半露，谢女发初齐。双双燕子寻春色，头白空江犹未归。

——《江南春·旅感》

桃花初绽，柳枝轻摇，牵动词人凄凉哀婉的旅思；春意盎然，燕子双飞，勾起词人"鸳鸯枕，掷已多年"的无尽失落[41]。"乡愁扰扰难禁乱，雁信茫茫未遽闻"[42]，独为异客的乡愁挥之不去，亲友音讯渺渺，怎不令人断肠？

王维新长期浪迹天涯，难免孤独寂寞，但能始终恪守节操，未尝冶游纵欲、怡情花柳。套曲【越调·鲍子令】《却艳》写他对"求与会高唐"的妖娆女子严词拒绝，可谓美人当前，坐怀不乱，流露对真挚、纯洁之爱倍加珍视的高尚情怀。维新这种"说风流吾不堪，说道学吾不省"[43]，既缱绻多情而又儒雅端方的君子风度，尤为难能可贵。

（四）感喟怀才不遇，惆怅抱负成空

王维新屡次落第后，深感报国无门，不由生发怀才不遇、抱负成空的苦闷与激愤。诗人少年博学，自许甚高，"万卷郁胸中，一饱竟无期"[44]，"赋似班张，诗如李杜，文如韩欧"[45]。诗人以班固、张衡、李白、杜甫、韩愈、欧阳修等文坛巨擘自比文才，期待能有当年李白那样的境遇："青莲昔遇季真荐，承恩直上金銮殿。"[46]他惆怅空有凌云之志，而不遇识才之慧眼：

> 雨来成阵风吹去，元章图画难比。远水初澄，远山如沆，仿佛靓妆西子。芳□逦迤，遇半□斜阳，分光明媚。引出晴烟，一丝独自掩苍翠。
>
> 瀛洲想共清霄，问凌云有赋，谁作杨意？吴市吹箫，齐门鼓瑟，触起英雄涕泪。挥鞭遥指，道福命难凭，山河不异。幽赏千秋，好长歌此地。
>
> ——《齐天乐·雨晴同覃爱吾》

他不止一次地安慰自己："吴箫当勿恨，荆璞本难知。"[47]担任所谓的"冷官（教授）"后，他在《赠李花潭》中慨叹："惠连自是不凡才，惜我风尘犹鞅掌。"自己本有谢惠连的才能，却只能在清冷的教职上辛苦劳碌。光阴似箭，故友飘零，内妻憔悴，他自惭年华虚掷，功业难成，心中无比凄怆：

> 自我来仙山，随心种槐柳。春光若相逼，浓阴遮户牖。乾坤极浩大，裨补亦何有？顾影殊抱惭，岁月糜升斗。浮云下山曲，敲罔隔亲友。空庭寂无人，日暮为搔首。
>
> ——《搔首》
>
> 天街历寂声闻断，一庭明月如水。苦雪初凝，酸风乍咽，竹梢微坠。栏杆十二，伴重门深深锁闭。更何人长吁短叹，暗里垂珠泪。
>
> 振触无端绪，故友飘零，内妻憔悴。青衫着下，似吾曹者般遭际。隔住楼头，听寒柝飞声叠至。向牙床，辗转反侧更不寐。
>
> ——《凄凉犯》

"十年渐车意，经过未即阑"[48]，"予生稍后处邻邑，不及见侯心岂平"[49]，王维新一直没有放弃对建功立业的渴望，但时运不济，始终未能获得实现抱负的机会，对此他感到无限失落："来此十余载，空守待兔株。"[50]在《十省游草·登滕王阁》中，他推王勃当居四杰之首，赞赏阁公能慧眼识才，深深为自己"胸藏磊块无人见"而惋惜[51]；在《祀灶》中，他想到自己就像"吴儿爨下桐"一样，"十载不成弄"，一块良木，就此埋没；在《都门怅别》中，失意落第的诗人怀着沉重的心情踏上归途："是谁推挤出都门，抱璞心情不可言。"途经邯郸时，"仰天大笑将歌呼，侧闻平原君已无。不觉两泪流如珠，平生耻见今胡殊"[52]，壮志未酬的抑郁在胸中翻腾，终于化成苦笑和酸泪喷薄而出。

仕途的不济使王维新认识到社会的黑暗和艰险，他的一部分作品表达了对当时社会的强烈不满。如《望峤》诗云："吾更胡为在泥滓，计因出处罔自由。"诗人斥尘世为"泥滓"，感慨"生世苦太晚，出门无相知"[53]，一种生不逢时、孤独无偶、饱受压抑的凄怆强烈地袭击着他。《闻怨鸟》诗借怨鸟发泄心中不平："岂真哀乐途，分判在所生。我欲向苍天，从容诉不平。"《感咏》诗揭露当时官场的腐败："将得固争先，虑得亦设计。侯门无时虚，吏手从舞弊。"《紫荆山人歌赠王大作》鄙弃世俗的虚伪和丑恶："世间狗苟与蝇营，机巧随时宛转生。"《乌蛮滩》则以危滩自然之险作比况，感叹人世之险恶。自然之险虽令人心惊胆颤，毕竟"形声显可辨"，而"心险谲诈深难看"。在如此险恶的环境中，就如过危滩一样"顺沿逆溯总是同艰难"。

立业的热切，使诗人激情满腔；建功的无望，又使他沮丧焦虑。沮丧之余，不免"愁极欲欢，兴来求醉"[54]。"今生莫能事，愿来生赔补"[55]，所有理想抱负，尽如匈奴羝乳、咸阳马角、青陵鸳树般不可实现，一切壮志豪情，今生已灰飞烟灭，唯有寄望于来世。

（五）安于清贫执教，心向野趣田园

当感到"茫茫宇宙，百般事难成就"时[56]，维新在无法排遣的抑郁之中茫然失措，便转而又怀慕出世，以"我本烟波放旷人，岂识朝宁升沉事"自慰[57]。尽管教授生活贫寒清苦：

> 茫茫世故浮云似，浸浸领略真滋味。十载居官无仆婢。自家因应自家料理，如此称清贵。半间斋署如无事，熟客到此浑欲避。庶莫号啼声入耳，常钞录杂翻文史，那管无钱币。
>
> ——《青玉案》

然而，诗人远离污浊的官场，在朴素淡远的山水田园中获得了自由而恬静的心境。此时的他不再是那个飘逸出尘、不食人间烟火的少年隐士，事业的失意、生活的落魄、精神的疲倦都驱使他再度投向宁静温馨的憩园，以此求得内心的平衡。"静对群鸥，一带沙洲，几只渔舟"是他向往的环境[59]，"出门时酒一樽，下帷时书千卷"是他采取的生活态度[60]，桃花源里人家是他的理想，祥和的天伦之乐令他满足："晚归窗下逢妻子，笋蕨供，麦饭具，博一饱，欣然止。"他在山环水绕中，或登攀远眺，或涉溪临瀑，或品茗把盏，或垂钓弄琴，很多作品都反映了这种生活的闲情逸致：

麟阁在高处，豹林非故居。此身当隐见，所事只图书。行灶鸟争闹，落阶花不除。儿童疏懒性，比我更何如？

——《署斋》

云影衣香共一林，日长睡起静弹琴，不知身在万山深。
去汲井泉调沸蟹，坐分蕉叶写来禽，一声啼鸟到花阴。

——《浣溪沙》

套曲《渔樵》则用十支曲子极尽四季山光水色，借以尽抒胸中渔樵之志，表达只要能拥有一片溪山，"算只有渔樵……胜争蜗角与蝇头"的淡泊心境。

诗人的田园生活使他更接近了劳动人民，他的田园诗充满对尘世生活的厌倦和对清纯田园的喜爱：

石桥依约净无尘，不待春深始问津。历乱桑麻生隙地，安常鸡黍会芳邻。绿裙裹发山中妇，紫逻寻师洞里人。我是沧浪旧渔父，杏花坛畔欲相亲。

——《初至泗城》

寂寞江村，萧条门巷，苔积无尘。燕子春归，结巢梁上，时见泥痕。

墙头草色初新，任琐屑花飞四邻。荷笠农人，敲针稚子，日与相亲。

——《柳梢青》

泗城是王维新任教之地,"寂寞""萧条",但山水如画、景色清幽,明净无尘。这种"无尘",不但是指空气清新,苔积无尘,更是指诗人远离了官场的喧嚣和污浊,与世无争,内心宁静无邪。这里有的是头戴荷笠的农人,天真活泼的稚子。诗人把自己想象成"杏树坛边渔父",与淳朴、憨厚的"山中妇""洞里人"亲密无间。尽管他那样的渔父并不是真正"为鱼"的渔父,但至少不再是杂有政治色彩的隐士。虽然过着"官舍似村居"[61]、斋署狭窄难旋马的清苦生活,然而"前门为清溪,后园多菜花"[62],水旱远去,战乱平息,林中和风轻拂,园里蔬菜长势喜人,草色青青,飞花点点,诗人醉心于这种恬静,"清闲足著书"[63],悠然自得,以此将官场烦恼涤荡无存。

身在林泉的王维新,"未能抛江湖,此地为俯仰"[64],思想片刻未离社会。现实的残酷,令他与苏轼一样对白居易的"中隐"观念颇有会心。"中隐"亦即"吏隐",是一种不求富贵利禄、为官犹隐的处世方式。白居易《中隐》诗对此做了很好的诠释:"大隐住朝市,小隐入丘樊。樊丘太冷落,朝市太嚣喧。不如作中隐,隐在留司官。似出复似处,非忙亦非闲。唯此中隐士,致身吉且安。"王维新在诗作中多次表达了他的这种思想。《峤音·幽栖集句》云:"未能小隐聊中隐,利念浮名竟得删。"《浔郡杂咏》云:"吏隐托幽遐。"《游郡城西山》云:"谁欤称吏隐,吾意欲相求。"曾经那种"想铁砚磨穿,石壁冲开,金丹炼定,果不负此功程"的决心[65],要"博得伞撷红蕖,项挂绀珠,冠装丹顶,绮罗丛,檀板鸾笙"的冲动[66],在明白了"名与位不可越分干"的道理后[67],已渐渐平息。他悟到建立功绩未必位尊官高,只要"寸心丹""种成桃李树"[68],为社会培养出人才,同样是报效祖国,决心"讲学变夷俗,借书从贵家"[69],将远大理想和宏伟抱负贯彻到孜孜不倦的教学中,并且安于清苦,以教书为荣:"莫言斋署小,廓然天地宽。"[70]

当双鬓斑白、历经沧桑之后,诗人体悟到平淡自然之美。纵然不能立不朽功名,但只要存一审美之心,能于寻常生活中体会到美之意蕴,内心世界亦为富足完美。《石湖仙》就是这种心境的写照:

晨临明镜,见华发萧然,双鬓相等。多少少年情,到如今,居然莫逞。苍穹悬盖,后与昔本同光景。人静,把利名两字都省。

悠悠不皆弟子，晤谈时何容取胜。蜂蚁当窗，结念犹堪投证。嫩竹分香，老梅流影，惹人吟兴。江路永，春深拟放烟舫。

(六) 关切百姓生计，忧恤社稷命运

王维新大部分时间都生活在粤西地区，他的不少作品展现了八桂大地风土人情的画卷：

管城边，沙洲一带，萋萋碧草初生。午江萦似秀，旧桥何在，柱础分明。溶溶春水长，汎光风易动春情。见古寺相连，翠树覆地宽平。

新晴回波远徙，吹箫客喜卜科名。想当隆盛日，此间罗绮艳艳曲能成。如今形不改，过年宵挑菜人行。但拾翠优游自得，布谷将鸣。

——《凤箫吟·凤洲》

阳春时节，江水沙洲，芳草萋萋，布谷声声，凤洲（今广西河池地区）挑菜节人来人往，一派浓郁的桂南风情。《百色》一诗则描写桂西地区的景况：

角声吹动寒云破，朔雁秋来能几个？蛮峒多招闽楚人，骡纲早背滇黔货。东南市热西北凉，屹屹孤城出大荒。或言此地可为郡，我上门台高处望。群山隐约清流绕，坐镇边庭知不扰。甘蔗成林稻在田，何为隔岸人烟少？

记述清代百色凭借优越的地理位置成为商业重镇，桂、滇、闽、湘商贾以骡马编纲成批贩运货物，云集于此，熙熙攘攘，热闹非凡。

由于长期和劳动人民相处，维新耳闻目睹了农家生活，和农民们缩短了思想上的距离，建立了真挚的感情，写了不少反映民生疾苦的诗。他的组诗《容邑田家月词》细致真实地描绘了清代容县的农业生产情况和农民的全年生活：

户户红黏利市钱，果盘茶盒供新年。四时力作今才暇，锣鼓纷将故事传。

社鼓声停桑柘烟，春分无处不犁田。稻盘浸种应无冷，静听鸣蛙数亩连。

《海棠桥词集》校注 >>>

买饷声声过野溪,绣縢新搭别东西。月中上冢期难定,尚有余秧插未齐。

短垣付与绿阴遮,踏遍平畴水几洼。行馌东菑归未晚,槿篱园角数新瓜。

麻丝粽解满盘金,共庆端阳节候临。禾稼低头称早熟,尝新当系老农心。

赤米新炊满土铏,黄昏踩簸汗无停。阴阳占候从何取,共望天南宝鸭星。

橄榄村边耙耨忙,早禾初罢又分秧。夜深一阵秋霖滴,人与新苗并喜凉。

瓜藤豆蔓缀空棚,细芋调为玉糁羹。夜半月明从伴侣,共看田水到三更。

朔雁来时木叶黄,霜风重送稻花香。绘图正合豳风句,随地皆知早筑场。

板备连枷报晚收,野田一片起清讴。叉禾积稿微分别,半作铺床半饲牛。

零落人家谨盖藏,御冬旨蓄或分尝。雪晴闲出东皋路,油菜花开万点黄。

农务新休岁遇傩,黄冠草服社前过。米盐怎作穷冬计,旧债催收估客多。

诗人未必亲自参加过农业劳动,但可以看出,他对农民全年的劳动生活是如此熟悉。这十二幅农家风俗画,表现了农民的欢乐和痛苦,反映了他们所受的残酷剥削与压榨,深刻揭示了清朝社会不可调和的阶级矛盾。全诗洋溢着诗人对淳朴、勤劳的农民由衷的赞美和关切。

维新任武宣教谕时,目睹当时武宣经济凋蔽、民不聊生的情景:"牛矢满街道,糙筒鬻妇孩。"[71]当愁霖连月时,诗人"兀坐依谯橹,翻然生百忧"[72]:

不如归去!不如归去,归到家来何处住?床似豆棚穿,灶从行潦注。茅根湿遍自难烧,谷种不干空待哺。

　　行不得也,哥哥!行不得也,哥哥!沉阴累月无奈何。江水白鱼上沙碛,池塘绿鸭翻洪波。大云日夜走不尽,五谷高低浸已多。天公尔若不出眼,我亦不插田中禾。

——《苦雨禽言》

阵阵霖雨,纷沓不休,流潦纵横,诗人为此忧心如焚。他以布谷鸟和鹧鸪两种劝耕鸟的口吻,发出痛心的哀鸣,借禽鸟之言,深切同情和关怀农民的困苦,字字啼血。面对肆虐的蝗虫,诗人的怒火在诗的字里行间燃烧:

　　咄哉尔何物?蚕食此一方!感召纵有由,罪岂无所当?胡为害禾稼?欲使民绝粮。尔饱民自饥,尔存民则亡。誓不容两立,速飞投远荒。不然尽捕之,日付火与汤。

——《责蝗》

诗人对欲绝民粮的蝗虫切齿痛恨,义愤填膺地表明与蝗虫誓不两立的坚决态度,并对消灭蝗虫志在必得、充满信心。诗的思想性、战斗性都是十分强烈的。

诗人虽身处穷乡僻壤,但从未停止对国家前途的关注。他认为人民处于困厄之中,跟清朝统治者委重任于不才有关。《武宣》(其四)云:"小将寒菜种,即遇贩人来。起瘠何难事?居官不必才。江虚高峡耸,吟眺独低徊。"直指当朝任人不举贤、尸位素餐,致使生灵涂炭的时弊,诗人眺望大江,仰视高峡,吟咏徘徊,在对人民表示关切的同时,有力地批判了清朝统治者不能做到"黄金台上日初升,推心置腹任贤能"[73],为自己被投闲置散鸣不平。《问东事》表达了忧国悯时的情怀,《防盗叹》表彰东粤人民面对英国殖民主义者来犯,奋起抗争,表现了激昂的爱国主义热情。

## 四、王维新的文艺思想

王维新"性耽吟咏"[74],"每遇一风景,一物事,辄流连反复,寝食欲忘"[75]。他在《赠苏芝坪》诗中说:"诗者人之性与命。"但他所遗直接阐述文艺思想的论著很少,只是在作品集的序文及与友人、后辈的赠答作品中,提出了一些可贵的文艺见解。我们可以从一些只言片语去感悟他的艺术主张,以加深对其作品的理解。

关于诗的流派,王维新认为"诗道实如水,随人所泳游"[76],可以各就自己的学力和爱好来进行创作,不拘一格,不名一家。作诗贵在创新突破,卓然自立,不必死守"门户"。探求义理尤需要众采各家,进行交流,即所谓"谛览诸家言,妙义爱络绎"[77]。他研究了大量有关文学评论的著述,诸如钟嵘的《诗品》、司空图的《二十四诗品》、皎然的《诗式》及严羽的《沧浪诗话》等。王维新还提到诗的风格问题,他认为诗的风格与诗的个性化是密切联系的,不同的诗人有不同的艺术个性,自然就有各自的风格。

维新在《与人论诗》中云:"无书觉伧父,无性原俳优。"这与李重华在《贞一斋诗说》中的观点不谋而合:"诗有性情,有学问。性情须静功涵养,学问须原本六经。不如此,恐浮薄才华,无关六义。"强调"根柢"要深,主张学诗须有才思,有学力,若才粗学浅,空疏无知,定流于俗陋;若缺乏个性,亦步亦趋,只能寄人篱下,如《一瓢诗话》所云:"剽窃古人,似则优孟衣冠……"亦即维新所言之"俳优",永远都只是模拟。维新重视内容与形式的统一,认为刻意写出的诗不可能是好诗,从而强调诗必须真情流露。《一瓢诗话》说:"作诗必先有诗之基,胸襟是也。有胸襟然后能载其性情智慧,随遇发生,随生即盛。"维新于此思想指导下的创作常常是"随所遇之人、之境、之事、之物,所有的悲欢离合今昔之感,一一触类而起,因遇得题,因题达情,因情敷句,皆由有胸襟以为基"[78]。他指出如果仅仅是在形式上做文章,辞采再怎么翻新也会令人厌倦,而真情实感即便重复仍能令人感动。他之所以说"沈宋非大家"[79],正因初唐诗人沈佺期、宋之问对诗歌的贡献,主要是在声律方面,虽然颇为历代批评家所推崇,但仅仅还是形式上的成功,并不能算"大家"。"意到形无瘢,神完力自充"[80],具有丰富的精神实质,作品自然充满力量,思想内容充实,形式也会完美,所谓"理定而后辞畅"[81]。维新在《与人论诗》中还提道:"宣尼引鲁颂,一言蔽三百。"《论语·为政》:"子曰:'诗三百,一言以蔽之,曰:思无邪。'"孔子评价《诗经》内容归结为一句话，就是"思无邪"，意即思想纯真，没有虚情假意，这正是维新所追求的清真的诗风。

乾嘉诗人继承了清初现实诗风，挣脱了理学说教的束缚。王维新亦提倡诗学盛唐，排斥宋诗，认为宋诗好发议论不过如鸟"唧啾"，特别是江湖派那些极其迂腐可笑的"头巾气"。他在《闲吟》一诗中提道：

着意为诗不是诗，要人道好亦成欺。缘知立命安身处，实有扳唐越宋时。

雪月翻新都易厌，肺肝犹旧却成奇。莲乡李白襄阳杜，云锦千秋烂漫垂。

这跟赵翼的《论诗》如出一辙：

李杜诗篇万口传，至今已觉不新鲜。江山代有才人出，各领风骚数百年。

可以看出，他们对李白、杜甫是颇为服膺的。王维新的《乌蛮滩》有《蜀道难》之影，《游仙》露《梦游天姥吟留别》之迹，"白鹭入远青，黄莺报良辰"与"两个黄鹂鸣翠柳，一行白鹭上青天"异曲同工[82]。他们要冲破桎梏而主张创新，要超越李杜，的确不能不说是"放胆文章笔有神"。维新虽然没有赵翼的豪气，但也相信今人通过努力，完全能超越唐宋成就。

每一个作者，都要在继承前人遗产的基础上，才能开始自己的创作，所以如何学习古人，学习哪些古人，学习古人什么，就成为古代作者经常谈论的话题。王维新诗文中，谈到这一方面内容的论述也有不少。通过这些论述，我们不仅可以看到王维新的诗学渊源所自，同时也得以更深入地了解其作品的艺术特色。

王维新推崇韦应物、柳宗元，认为"韦柳备一格"[83]。此论与司空图"王右丞、韦苏州澄澹精致，格在其中"[84]、王士祯"风怀澄澹推韦柳"的观点相承[85]。韦应物与柳宗元皆多山水诗，风格亦属平淡和雅。王维新虽未明确提到王维，但表明他诗学王维的迹象随处可见。他与王维有很多地方相似：山水田园诗、禅趣、绘画、音乐等。"侵鞋径草绿初湿，拂袖山花红欲燃"[86]，显然来自王维的"雨中草色绿堪染，水上桃花红欲燃"[87]。从他的集句诗看,所摘取的诗句也大多来自王、孟作品。

词在唐宋元明时期,一直被视为"艳科""小道""诗之余事",这种观念直到明末清初开始有了较大的改变,词体的地位也逐渐得到提高。王维新反对"词为诗余"说,这一点和朱彝尊、陈维崧等人是一致的。《海棠桥词·自序》篇首即云:

> 粤中少填词者,以其为诗余也。夫古诗既有长短句,明谓"词为诗余",岂定论乎?

在否定"词为诗余"的同时,王维新力推"词别是一家"。关于诗词之间的差异,王维新有着比较深刻的认识。除了格律上的不同外,主要还在于它们的抒情功能各有侧重。在《竹一词话》中,他明确阐述了诗词各自的特点:

> 诗忌纤,惟词不厌,又语有长短,可以发泄胸中,故不得志于诗者多喜为之。

他认为诗意境阔大、形象众生,适于挥洒雄才大略、豪情壮志,应避免纤细;而词句式灵活,结构深细缜密,用来寄托惆怅哀怨,表达蕴藉婉约的情致。诗词属于不同两种文体,各具特征,表达的效果也有别。王维新的这种主张体现在创作上,是较严格地遵循诗、词、曲的创作规律。诗庄重肃穆,可述人生理想;词矜持蕴藉,多遣情怨相思;曲通俗活泼,体现生活意趣。他的作品集明确体现出对文体的区分:《古近体赋》《绿猗园初草》《峤音》《丛溪集》《十省游草》《宦草》为诗集,《海棠桥词集》为词集,《红豆曲》为散曲集,按诗、词、曲体裁分门别类,一目了然。并指出"藏书编目不及词,陋矣"[88],主张词作可按时间顺序编排成集,打破单纯以字数多少排序的常规,故其《海棠桥词集》可算编年体,十分有利于了解作者的生活经历。维新以独到的眼光推尊词体,提升词的地位,对促进词作的繁荣是有着积极意义的。

王维新还提倡严谨的词律,要求以万树的《词律》为范。他说:"万氏词律,最为谨严"[89],并指出:"陈迦陵、朱竹垞向未分轩轾,予谓:'陈词之多,古今无两,顾不尽协律。'"[90]在他看来,陈维崧和朱彝尊虽以词齐名，但由于陈词不尽协律，而朱词能"摇谱寻声"，故而略胜一筹。

王维新对秦观倍加推崇，因秦观曾被谪粤西，编管横州，卒于藤州，其不遇之遭又与诗人颇有相近，加之秦词文丽思深。《海棠桥词·自序》云："系海棠桥者，以吾粤横浦有是桥，昔淮海秦先生被谪时，日从酣咏醉乡，所谓'瘴雨过，海棠开，春色又添多少'者是也。"故词集冠名"海棠桥"，卷末更以一首《醉乡春·海棠桥次秦少游韵》为完结，体现与秦观词的思想情趣一脉相承。

## 五、王维新韵文作品的艺术特色

王维新的创作成就是多方面的，山水、田园、咏怀、爱情、友谊、咏物等，多有优秀之作，而以写景作品的成就最为突出。他博学多艺，具有优良的文化素养，受到同代和前辈作家的启发和影响，又善于向遗产学习，从楚辞、民歌、谢灵运、陶渊明、王维等古代优秀作家作品吸取了许多营养。王维新的诗、词、曲风格相近，同以水墨丹青的构图、玉润珠圆的语言、行云流水的音韵、阳春白雪的格调、学富五车的才识以及无体不备的形式见长。疏淡清雅、空灵明净和俊爽飘逸、深沉博大是其风格的两大主旋律。

（一）王维新的诗

王维新诗的清淡明净之美，主要体现在其山水田园之作中。在创作方面，一是爱写宁静的山水世界，二是善写僧寺道观的"方外之情"。这既取决于作品中意象的选取与组合，又取决于意象的质地与色彩。在丰富多彩、五光十色的表象世界里，诗人据其审美情趣，自觉选择清雅明净的景物进行加工，如蓝天、白云、青山、碧水、清风、明月、星光、斜阳、冰霜、积雪、翠竹、炊烟、草庐、山寺、白帆等。维新尤其爱好和善于利用"寺钟"来创造意境，完美地沟通了山水世界和方外之情。如：

  二十四芙蓉，秋深著雨浓。几人寻道隐，只我恋名峰。佛乘唐如意，天书宋太宗。流传究何益？幽室听鸣钟。

——《游南山景祐寺》

独上吴山第一峰,东南半壁认提封。钱塘形势全归眼,云海风涛半荡胸。何代真仙名是鹤,此间泉井号为龙。奇花瑞草新寻遍,寂寞禅房起暮钟。

——《吴山骋目》

晴云瑞气郁朝阳,形势龙蟠壮一方。玉树歌来群鸟唤,鼎湖仙去旧弓藏。钟声缥缈传灵谷,松景参差失草堂。因记振衣凌绝顶,江山极目感沧桑。

——《钟阜振衣》

在山水世界中,也许再没有一种声音比钟声更富有禅意和诗情,这几首诗皆因几杵悠悠回荡、余音缥缈的钟声而充满灵气。无论是在静寂的幽室,还是在苍茫的黄昏,抑或在深邃的灵谷,钟声和自然环境构成一片空灵澄静的世界,融进了诗人幽邃空明的心境之中。

寻常的景观,通过巧妙的结构组合便能产生超客观的效果。如《石林茅屋》:

四山护城郭,一水出溪田。苍崖晓独立,袅袅见炊烟。

诗题为"茅屋",但诗文并无所提,而是以"茅屋"为定点,全诗有如于定点拍摄的照片。诗人居于茅屋,由此观望周围景色:四面环山,苍茫屹立,溪流潺潺,炊烟袅袅,好一派清幽疏朗的景象。诗人将"苍崖""溪田""炊烟"等习见的景物组成图画,看似漫不经心,实则独具匠心。如王维一样,王维新常以诗人兼画家的眼光观察客观世界,用画理来创作诗词。他不止一次地以绘画来形容所看到的美景,如《潇湘烟雨》:"山势难将九嶷数,迷蒙楚江入烟雨。不知寺近但闻钟,几见船来惟觉橹。树梢帆影露空中,若有渔歌自可通。向时喜看房山画,到此嫌无一幅工。"维新的诗也像一幅幅写意山水画。所谓写,为强烈创作冲动下一种不可遏制的抒发,自然倾泻,不吐不快,包含着种种笔墨形式语言、造境手段;意,即意境,诗意的境界。维新在描摹景物的同时,亦比较注意融注自己的情感因素,湖光山色饱含诗人的审美情趣,人与风景同呼吸,共忧乐,此亦维新诗具有意境的原因所在。诗人观赏景物的激情,教人为之感动。如下面这首田园小诗:

>>> 天水遥相接,平堤细草生。晚凉吹柳过,十里暮蛙声。

——《清河行》

水天一色,细草可爱,风来条舞,蛙声阵阵。笔墨经济,但画面丰富,动静结合,有景有声,构成了一幅和谐自然、清淳幽美的乡野风光,诗人喜悦、陶醉的心情尽在不言中。诗用简笔,内容并不简单干巴,而是以简约见繁丰,以少胜多,一以当十,十以当百,更有欣赏余地。

就意象的视觉色彩而言,王维新作品中的景物往往偏于清冷、淡雅的色调,而少用镂金错彩、热烈艳丽的重彩。如:《山堂览胜》的"绿水萦纡到蜀冈"、《西郎曲·阳朔有西郎山》的"相思江下莲峰碧"、《东湖歌》的"长风轩然揭碧波"、《晚步》的"有脚斜阳垂碧落"、《江村晚》的"水漾遥山紫,烟含晚树稀"、《晓次马江矶》的"绿树连江晓,晴烟逐水飞"等。在这些色彩中,用得最多的是青、白、碧、绿,如同中国画的"青绿"之法,色彩浅淡,给人一种宁静的雅趣。这一点也与王维有惊人的相似,王维的诗作多以青绿着色,如《斤竹岭》的"青翠漾涟漪"、《白石滩》的"清浅白石滩,绿蒲向堪把"、《酬比部杨员外暮宿琴台朝跻书产率尔见赠之作》的"空谷归人少,青山背日寒。羡君栖隐处,遥望白云端"等。维新用青绿色调时而营造出深僻幽冷,时而又萌发出清新可喜;或隐隐透露出诗人苦涩寂寞的心境,或强烈迸射积极向上的快感。他的作品如同绘画一样,水墨与青绿皆工,雄壮与细巧兼备。如《松林峡》写泛舟松林峡所见所闻:

>>> 扁舟浮浪花,泛入松林峡。山势奇且陡,江容奥复狭。涛奔声若雷,波定绿如鸭。喜无疾风阻,时见苍藤夹。倒挂松自生,悬空石将压。劈头为此画,好用营邱法。

此景此境,已然绘成一幅水墨。上重下轻,上浓下淡,打破画面呆板的平衡,别有韵致。淡墨处透明,浓墨处生泽,仅以一处"绿"点染。《冬日途中》写隆冬雨后郊野清新的景色:"十里空郊润,千畦寒菜青。"冬天万物零落,很难写出生气。但诗人借雨打破了这种僵局,酥雨给田野注入活力,使枯槁的画面变得灵动,湿润的空气迎面扑来,一个"青"字将难生诗境的菜地浸润于喜人的嫩绿之中,洋溢着生趣之大美。全诗似从水底捞出,水汽淋漓。诗人感慨"不是倪迂辈,难移上画屏",对清美图景的描画信手拈来,对关心农民生计的关切亦不言而喻。

　　意象质地的晶莹清透是造成"空灵明净"的主要原因。"色""光""影"的有机融合,是王维新写景作品的又一个特点。如"树色穷平野,湖光印碧天"[91]、"山峰卷翠螺,长堤卧虹影"[92]。试看《白花江乘月夜归》:

　　　　竹梢月始上,放下扁舟轻。虽从竹里穿,实自月中行。明月送竹影,萧疏篷背横。竹影展明月,幽光篷背生。随洲转曲湾,所得为空明。星光逐水动,天色随波清。拨棹无几时,欸乃渐停声。微觉人语接,不闻寒犬惊。灯光一点来,知已近柴荆。

　　整个画面不施丹彩,只用素描,月辉、星光、竹影相映摇曳,空灵跳脱,恬淡明净,由境及意而达于浑然一体。

　　王维新作品的主要特点不仅仅是简单的"诗中有画"。刘熙载在《艺概·词曲概》中说,"词之为物,色香味宜无所不具",这恰说中了王维新作品的艺术特色。他的诗不但构图精美,浓淡相宜,而且有声有色,仿佛有声之画,情趣盎然,给人以丰富的美的享受。如"榴花烧碧砌,杜宇唤空山"[93],诗写夏日石榴花盛放,艳红欲燃,而墙阶苔色青翠,浅碧浓丹,相映成彩。如此绝妙奇景,唯明眼慧心人方能得而写出。山间林木幽深而静寂,但闻杜宇鸣唤,空谷传音,与前人"鸟鸣山更幽"句如出一辙。前句诉诸视觉,可比绘画;后句则凭听觉,却非画之所能,两相配合,声色俱佳。维新在描绘景物创造意象时,还善于调动多种感官刺激,巧妙地运用通感手法,使诗的语言具有多感性。关于通感,钱钟书先生在《通感》一文中做了精辟的论述:"在日常经验里,视觉、听觉、触觉、嗅觉、味觉往往可以彼此打通或交通,眼、耳、舌、鼻、身各个官能的领域可以不分界限。颜色似乎会有温度,声音似乎会有形象,冷暖似乎会有重量,气味似乎会有锋芒。"如《至日山中》"寂寂闻寒鹊,深深见冷花"写冬日山谷中萧索的景色,深幽的山谷寂静得只听见一两声鹊鸟的鸣叫,草木凋零,正在开放的花因为季节的原因而现出寒冷的色调。诗人用"寒"字形容鹊鸟,用"冷"字形容花色,使视觉向触觉挪移,传神地表现出一种深僻冷寂的意境氛围。"樽酒红榴艳，槛书碧麝熏"[94]，浓艳的花色似乎浸润醇酒之味，清幽的香气仿佛泛出碧青，色、香、味俱全，强烈地刺激着读者的视觉、嗅觉与味觉，酿造出浓郁的诗味。

陈湘先生用"俊爽飘逸、深沉博大"来揭示王维新某些诗作的风格，是很精当的。所谓俊爽，就是英俊豪纵，飒爽流利，它突出地显示在王维新的古体诗中。如《仙岩瀑布歌》《南洞燕月训仙根》《容管怀古》《感咏》等，这些古体诗或写景，或游仙，或怀古，或言志，纵横古今，畅谈历史，好用高旷脱俗、象征古君子风节的事物，如野鹤、青松、寒梅、磊石等，来显示自己清高峻洁的品格，同时也往往流露出被置远荒的幽愤。如《双鹤歌》：

荒村老屋竹作围，中有仙家鹤双飞。朝阳出兮，细整霜毫向天路；夕阳入兮，低翔雪羽认林霏。昂头并立栖正稳，引颈高鸣和者稀。竹枝似铁霞空集，竹实如丸年不饥。暗风萧飒经深夜，皎月辉煌近紫微。去住莫随俗士宅，饮啄莫逐虞人机。黄冠间放世稀有，白袷风流谁庶几？鹤兮！鹤兮！嘱尔千秋万代长相依。

诗人仰仙鹤心志之高洁，故歌以述怀。诗中"昂头并立栖正稳，引颈高鸣和者稀"正是诗人清逸孤高、傲然拔俗形象的写照，诗人的英俊风姿，高风亮节，跃然纸上。

又如《游八仙山》：

乱山罗城南，颢气日磅礴。中有龙潭山，阴森出寥廓。泓然在其巅，太古孰开凿。高帷碧天盖，深绝修绠度。春来无或添，冬至未尝涸。净绿形瀰涣，黝黑入溟漠。侵晨阳乌腾，入夜星斗落。将投一卷石，深虑蛟龙攫。旁环七八峰，苍翠兼瘦削。有如海上山，相聚共杯酌。杯中见真影，尔我皆相若。休暇此间来，知无叹离索。河西数里地，野老寺钱敷。不能资半点，何以为灵鳌？所期在山中，旱久烟云作。滂沱及远近，乃见神工托。

洋洋洒洒一百六十言，极尽铺陈排比之能事。王维新的这类古体诗篇幅较长，而且喜用典故，形象、含蓄、精练地传递自己的思想感情，或正用，或反用，或糅合在一起用而赋予新的意义，如盐溶水，使诗在精练的形式中包含丰富的、多层次的内涵，反映了他"以才学为诗"的主张。在用韵方面，常常押仄韵，而且有几十韵至上百韵，并好换韵，急管繁弦，体现了诗人驱遣文字的信心和功力。

在语言方面，王维新韵文作品的特色是清丽雅洁，富于音乐美，以其作品句意而喻即所谓"春禽叶边随意啭，敢云玉润珠圆"[95]。诸如"风过花枝樽酒冽，雪深松径地炉温"[96]，"石气有余润，涧芳无尽情"[97]，可以说语无烟火，字字有仙气。无论写景抒情，都能注意语言的锤炼，选择最富有表现力的语汇。比如"竹月侵杯小，松风入笛寒"[98]，动词"侵""入"用得尤为得体、巧妙，写活整个画面；再如"响遇清漏彻，光遇绿荫繁"[99]"绕径蛩声杂，侵阶树影疏"[100]"山寺钟声断，鱼梁人语稀"[101]，皆见炼句炼字之功，形容入妙，让读者咀嚼到无尽佳趣。

《尚书·舜典》云："诗言志，歌永言，声依永，律和声。"诗歌和音乐的密切关系由来已久。精于音律的王维新在创作时推敲斟酌，选词遴语，不仅从意念上考虑，而且还从音韵上审辨，力求做到意与声谐，以声助意。王维新韵文作品语言的音乐美常常是通过运用双声叠韵字来实现的。《贞一斋话》说："叠韵如两玉相扣，取其铿锵；双声如贯珠相联，取其宛转。"如《采莲曲》：

> 深青罗盖色，妖艳美人妆。碧水晕明镜，空堤吹好香。东邻窈窕心欢喜，宝钏鸾钗向波里。初携画桨到桥墩边，静对莲断柔丝常易生。慧性逢人得双璧，灵翘赠我余千茎。澄潭曲沚铺芳缛，鸳鸯定就中间宿。阿嫂寻思若等闲，惟有小姑看不足。棹还移天边，细雨下丝丝。水色迎来真潋滟，珠光跃出更淋漓。拂衣未及遽撩鬓，避湿难能转蹙眉。少时雨止仍延伫，淡荡烟波好容与。情至轻将采采歌，罗衣一任薰风举。何处翩翩一少年，手持团扇曲栏前。过时不敢回头顾，笑语声从柳际旋。

其中"窈窕""潋滟"系叠韵，"妖艳""鸳鸯""淋漓""淡荡"为双声，加上"采采""翩翩"等叠字词和鲜丽的色彩词，把一幅晴雨交替的湖中采莲图描绘得清新活泼、情趣盎然，令人赏心悦目，颇有南朝民歌的风味。重言叠字确为王维新诗增色不少，叠字既双声又叠韵，用之得当，更得声韵之妙。或以叠词状物，使之格外生动形象。如《信阳》诗云："依依弱柳拂城隅，兀兀谯楼出天上"，用"依依"描绘柳树在春风中披拂的姿态，以"兀兀"形容谯楼高耸屹立的样子，一平一仄，一柔一刚，取得了反差强烈的奇特效果。或以叠词摹声，其声感尤强。如《山中同何丈弹琴》："寒谷鸣飕飕，溪流聒絮絮"，不仅寒谷中的风啸声和山溪的水流声如在耳畔，而且与琴声混成天籁，韵致动人。或状物、摹声结合，更是取得了珠联璧合、相得益彰的效果。如《招隐山》："山上云苍苍，山下水汩汩"，"苍苍"涂抹出山头浓云的色调，"汩汩"则奏响了山底泉水的曲音，一写颜色一写声响，一雄浑一清灵，使人如见其状如闻其声，遐想不尽；还有《溯藤江》："碧石粼粼送，青旗猎猎催"，"粼粼"与"猎猎"两个叠字词上下相对，分别描状形容江水和江风，诗中未写一笔水风，水风却溢满全诗，如绘画之妙在留白，此为不写之写，乃诗人高明之处。通过水底清晰可见的碧石和飘飘扬扬的青旗来表现水流的莹澈和风的吹拂，而"粼粼"和"猎猎"给本来色彩清淡的画面增添了动态和声音。这些叠字联绵而下，相互映衬，无不自然妥帖。不仅生动地描绘出美不胜收的自然景象，而且形成了一种行云流水般的声韵美。当然，笔者在此只举其诗为例，应该指出，这种语言特点在王维新的词、曲等其他韵文作品中也是同样存在的。

　　无论从王维新所处的时代，还是从整个清代来说，王维新诗歌的创作数量都是相当可观的，尤其在广西，他属于多产的诗人。"近诗细丽有新意，古体亦足称为能"[102]，王维新的这两句诗，正是他对自己所作的近体诗和古体诗的正确评价。他的诗不仅内容丰富，而且在体裁方面，也是无体不备，各体俱工，尤擅五言。除五、七言古诗和律绝以外，还写了不少句式长短不一、形式非常特殊的诗作。五、七言自汉魏以来就很流行，或可谓家喻户晓，至于六言诗则知者寥寥，尤乏作者。按：李善注《文选》，注左思《咏史》诗时云汉代东方朔曾写六言诗，惜已散佚。今所见最早之六言诗，恐数孔融《六言诗》三首，此后则有曹丕《黎阳作》。至唐，诗歌众体皆备，菁华大盛，六言诗也有所发展。王维有《田园乐七首》，白居易有《临都驿答梦得六言》三首，刘禹锡有《答乐天临都驿见赠》，皆为六言绝句。总体而言，作六言诗者仍属少之又少。王维新有一组六言诗《心海山居六咏》别具韵致，引人注目。诗云：

　　风撼松梢古劲，月临南浦清辉。恐有故人相访，茗垆团扇频挥。
　　　　　　　　　　　　　　　　　　　　　——《松子冈望月》
　　荡胸足轻富贵，转盼还分古今。坐我西楼不下，当成变幻文心。
　　　　　　　　　　　　　　　　　　　　　——《夕阳楼看云》
　　日暖常吹细浪，烟开密嚼轻丝。若问知鱼知我，春风一样临池。
　　　　　　　　　　　　　　　　　　　　　——《绿杨池观鱼》
　　辟地栽成几本，客来期醉春风。令子秉匀提瓮，朴诚亦类家翁。
　　　　　　　　　　　　　　　　　　　　　——《望南园种花》
　　四千一年事迹，三杯浊酒消过。有分同居史局，是非再莫差讹。
　　　　　　　　　　　　　　　　　　　　　——《慕古堂读史》
　　夜夜亲司活火，朝朝眷念春晖。伏处非无远志，临行恐寄当归。
　　　　　　　　　　　　　　　　　　　　　——《爱日窝炼药》

六言诗特有的那种舒缓节奏感与诗人隐逸闲适的心境取得了完美的和谐。

《愁霖》则是一首杂言诗。从五言、七言、九言、十一言，直到十四言，参差错落，长短不齐，笔阵纵横，以起伏汹涌之势发泄出对天灾人祸的忧急和愤恨。

更为可贵的是，在《绿猗园初草》中有几首四言诗。如《言志》：

　　凄凄山云，莫莫江蓠。大人去矣，我将安师？

寥寥十数语，而情高格古，体现了王维新有意学《诗》的精神。后来在《十省游草》中出现的《生公讲台》：

　　岩花粲粲，野竹青青。放下拂子，踢倒瓷瓶。惟石实顽，环聚同听。空山月落，高松响停。断涧萧然，鹤梦未醒。相期脱屣，上可中亭。

可以看出，诗人的技法已相当圆熟了。

值得一提的是，在《峤音》诗集中有几首集句诗可谓别开生面。集句诗，即集古句以为诗，唐人谓之"四体"，"集句"一名至宋代才有。集句诗难好，因为每一首的每一句都要用前人诗句，而且不能从一篇中取材，若在同篇中取两三句，而所作又为短篇（例如绝句），则无异于抄袭。若要作律诗，押韵、平仄以外还要对仗，符合要求是起码条件，难得的是"切题意，情思连续，句句精美，打成一片"[103]。所以作者必须博闻强记，精熟前人诗句，加上自己的艺巧，才能达到天衣无缝的境界，维新完全具备这些条件。他把散如珍珠的旧诗成句连成串，使之脱胎换骨，焕发出更为夺目的光彩。如《幽栖集句》：

此日看云独未还，仙家寂寂洞天闲。清风明月无人管，嫩蕊浓花满目斑。一点渔灯依古岸，数行烟树接荆蛮。未能小隐聊中隐，利念浮名竟得删。

此为诗人蛰居都峤山时期所作。前句"一点渔灯依古岸"，后句"数行烟树接荆蛮"，合两句为一联，对偶工整若浑然天成。

又如《山中集句》：

山灵多秀气，我辈复登临。谷口人何在？禅房花木深。款言忘景夕，空翠落庭阴。前望钟鸣处，风多响易沉。

彩云阴复白，天气晚来秋。鸟散余花落，山空碧水流。岩中响自答，川上月难留。感念同怀子，兰尊夜不收。

随意春芳歇，龙宫锁寂寥。乱烟笼碧砌，野竹上青霄。行止皆无地，悲鸣惟一蜩。仙人如爱我，天路坐相邀。

拨云寻古道，列席俯春泉。出处安能问？吾今聊自然。阴霞生远岫，流水切寒弦。地胜遗尘事，无烦忧暮年。

情景交融，清新自然，一气呵成，绝无斧凿痕迹，极堪玩味。王维新的集句诗活用前人字句，语陈而意新，语同而意异，正所谓"前人之字句，即吾之字句也"[104]。

（二）王维新的词

词自产生以来，均以表现词人自我生活遭际和精神世界为主，归结为一点就是"言情"。善于选取典型的意象来构成静谧、凄清的意境，或正面烘

托,或反面衬托,以寄托幽寂的情怀,是王维新词作的主要特色。如《伤情怨》将对情人的相思写得缠绵悱恻:

> 残灯深夜独照,怪海棠眠早,切切凄凄,壁蛩声共闹。
> 瑶台仙梦尚杳,雨乍晴,愁绪重到。地久天长,何时拌得了?

剪取独照的残灯、凋谢的海棠花、凄切的蛩声等典型意象营造孤清的氛围,以烘托怀人之思;雨后晴日,反衬词人情绪的阴霾,更勾起内心深处的离愁别恨。《鹧鸪天·九日》亦用一系列富有季节特点的景物,如瑟瑟的秋风、金黄的菊花、南飞的大雁,同时将这一切安排在黄昏,便见秋光满纸,强烈地渲染出"客在他乡"的落寞。又如《惜分飞》:

> 无数乱山横极浦,触起离愁别绪。执手将辞去,深知此后相思苦。
> 生事近来无可语,安得花间长聚。掩泪频回顾,西楼缥缈惟烟树。

首二句触景生情,末二句融情入景,情因画生,意与境会,令人觉情味更浓。

王维新的词作虽不乏写儿女风情的题材,但洗尽铅华,绝无浓辞艳句。他擅长细致刻画人物的心理活动和抓住典型细节,尤重将人物置于一定的情境之中,通过环境的烘托和渲染,使人读之如观其人,如临其境。如:

> 花影隔疏帘,柳色垂虚牖。欲得到辽西,除是眠长昼。空房易吃惊,春梦难嫌久。为报打流莺,轻放金丸手。

——《生查子》

全词言情婉丽,文心曲妙,空灵雅致。通过"花""柳"等春天的寻常景物,但不写植物本身,而注重"影""色",并一"疏"一"虚",淡淡地传递出女子的闺房之情,无需在描述人物外形上花费笔墨,而人物风神自具,呼之欲出。作者选取了人物的典型动作细节"轻放金丸手",看似信手拈来,毫不着意,实则体现了作者在选材、构思上的独到用心。

王维新词还善于将叙事和抒情糅成一片,甚或化抒情为叙事,发展了词用赋体的特色。往往以一首小令写故事,结构严谨,颇暗合现代微小说之做法,而能以寥寥数十字出之。以下两首可作这方面的代表:

日永促人同问字,眼底眉端讵有愁滋味。梦醒不知缘何事,弓鞋悄向荒园履。

拾起黄梅为弹子,掷过花荫惊得流莺逝。更睹双鬟呈妙技,密防暗里猜心地。

——《蝶恋花·闺情》

二月小桃开,三月垂杨近。不敢问归期,只说思书信。得信手亲开,悄觉眉端紧。绝不向人提,压在描花砚。

——《生查子·得书》

词于王维新而言,不仅写景抒情得心应手,还以之谈艺论文、议理说物,充分体现了其对词创作的兴趣和才华。王维新的咏物词比比皆是,花鸟虫鱼、琴棋书画,天地万物无不入其笔端。如《徵招·琴弦》《角招·笛》《斗百花·铁树》《子夜歌·题苏蕙〈璇玑图〉》《送入我门来·秦吉了》《传言玉女·白鹦鹉》《六么令·蜻蜓》《如盆水·盆鱼》等。《醉蓬莱·天桃》《大有·蕉果》《鹧鸪天·杨梅》介绍亚热带水果,《露华·藤菜》《惜秋华·红蓼》《买陂塘·黄芽菜》描绘南方特有的蔬菜。这些作品不仅扩大了词文的表现领域,增强了词文功能,为词体开拓出一片新天地,而且极具史料价值。清刘体仁在《七颂堂词绎》中说,"咏物,至词更难于诗";宋沈义父《乐府指迷》说"咏物词,最忌说出题字",否则"便觉浅露"。王维新的这类词大多体物细致,运笔工巧,往往形神兼备,可谓"不着一字,尽得风流",并且通过比喻、拟人、联想等手法赋予他所吟咏的事物以种种动人的情态,使事物人格化,如同西方美学上的移情作用,使事物与人产生形象上的联系,赋之以人的感性和灵性。如《浪淘沙·象州》"洲伸龙舌舔涟漪",把江中洲地拟成吞吐浪涛的龙,气势雄壮又馋态可掬;《南柯子·云峰》"寒滩嘿雪花",满天飘飞的雪花,就像被沙滩含在口中一样;再如《红情·海棠》,将海棠花比喻成楚楚动人的美女,"胭脂晕赤""寸心脉脉",不但有妩媚的容颜,还仿如少女柔情似水,充满了美不胜收的诗情画意。

咏物词贵在空灵蕴藉,言近旨远,给人以无限深思的余地,而忌拘于形似,索寞乏神。王维新善用各种事物拟人化的艺术形象寄寓哲理或讽喻世事,其咏物词虽以物为中心,却处处关合人事,运用比兴的手法,表现自然与社会的契合。如《八犯玉交枝·鹇》：

> 陇鸟能言，白鸡学舞，毕竟胸中无有。何似功曹名最贵，有臆悬来如斗。今朝天色霁，见头角先抽，舒来光艳朱绶。赢得片时瞪视，荒山林薮。　　独怜不解藏身，不知远害，无端投入人手。纵能免于登于豆，奈长向雕笼孤守。盼篱下，鸡虽小丑，也能断尾啼清昼。慢学浅才人，文章轻炫罹灾咎。

这首词以谐音双关的手法，直接描绘了吐绶鸟的形象和特性，感喟仕途的坎坷，厌薄险恶的宦海风涛，揭示出睿智的人生理念。似处处在写鸟，又处处在写世事。另如《八宝妆·挂瓶》流露了如同系匏不为时用的抑郁，《透碧宵·竹香》则挥洒出"虚心劲节""雅自流芬"的高洁风格，等等。王维新的这类词作联想奇拔，蹊径独辟，名为演绎物理，实则阐释人生，达到了自然观向社会观的升华。

清谢章铤《赌棋山庄集词话三》说："填词亦宜选调，能为作者增色。"从王维新的词作可以看出，他很讲究表现题材和词调的和谐。如咏物的选用《沁园春》，叙事的选用《抛球乐》，写景的选用《踏莎行》，言情的选用《长亭怨》，各取其与题相称，以达辞笔兼美之功。这一现象绝非偶然，而是维新出于自觉的创作实践的结果。它体现出一种鲜明的调性意识，犹如诗体中古风、律诗、绝句各有其体性规范一样。这对于深谙格律又有强烈形式感的词人来说，尤为自觉而不苟。虽然谢章铤指出"《西江月》《如梦令》之甜庸，《河传》《十六字令》之短促，《江城梅花引》之纠缠，《哨遍》《莺啼序》之繁重，倘非兴至，当勿强填，以其多拗、多俗、多冗也"，但王维新对于各种词调，多敢于涉笔，抒写自如，壮柔并妙，长短俱佳。此外，在王维新的词作中还有一些"特体"，如集句的《江南好·游山集句》《月华清·送别集句》，集人名的《多丽·集美人名六十》，集词牌名的《三字令·唐明皇夜游》，回文体《菩萨蛮·仙城秋望回文》，另如《声声慢·琴曲平沙落雁》通押"声"韵，不仅笔无滞意，如出一体，而且别具格致，因难见巧，表现出词人驾御文字的卓绝才力。

## （三）王维新的散曲

清代散曲是当时最流行、最活跃的文学样式之一，王维新亦致力于散曲的创作，成果丰硕。其散曲内容除了传统散曲的写景咏物、男女恋情、叹世抒怀等题材外，还引入教授、训诫生员的内容以及村学里塾的教学情况。套曲【北中吕·粉蝶儿】《示学童》运用十支曲子的铺排，苦口婆心地劝诫学生珍惜光阴、勤奋读书，阐述了读书的用处，读书的内容、方法、步骤以及如何写作的要领秘诀、书法临摹的注意事项，等等；【北般涉调·耍孩儿】《里塾》则描绘了乡村书塾的环境和员生读书学习的情景：

柳依依别有村，水弯弯独绕门。东西插架图书满，黄莺尽日如求友，白鹭随时似乐群。笑诸生，知勤紧。惟涂抹之乎者也，但吟哦子曰诗云。

这类反映教育生活的篇章虽然为数不多，但以散曲形式表现清代里塾的教学情况以及教谕教授的职任内容，在中国散曲史上是独树一帜的。另外一组套曲【南黄钟·瑞云浓】《耕织》叙述了耕织蚕桑生产活动的过程，从早春的浸种、犁耙、播种、褥秧，到立夏时插秧、耘田、旱时的戽水，再到丰收时收割、舂杵、筛簸、纳租，以及丰收后的祈神祭祖，是中国散曲史上罕有的以耕织劳作过程为表现客体的篇章，从精神到手法，可以说是散曲中的《豳风·七月》。还有像题图这样的内容，元明两代是很难看到的；而感怀、凭吊、节令、纪游等，也都带有新的时代特点。王维新的曲作，扩大了中国散曲的题材内容，提高了散曲的意境，对散曲发展起到了积极的作用。

王维新的写景套曲犹如一幅幅秀丽的山水画，充满诗情画意，给人以清新明丽之感。【越调·斗鹌鹑】《赏长沙八景》从不同角度描写湖南洞庭湖一带的旖旎风光。元代马致远曾以【双调·寿阳曲】曲调写成八首小令——"潇湘八景"。王维新则运用八支不同的曲子，巧妙地将八景名称融入曲子中，自然无痕，浑然天成，使得内容更饱满，形式更富于变化，构成明丽又充满生机的画面，别有一番情趣。其语言清新雅洁，字字玲珑剔透，体现出王维新散曲的清丽风格。

王维新的小令清新倩巧，注意捕捉生活小景。在他的曲子中，青山绿水,红叶黄花,处处诗料,给读者留下隽永的情味。"一切景语皆情语也"[105],王维新的散曲往往将直抒胸臆与写景造境结合起来,或触景生情,或因情设景,或融情入景。如【北仙吕·青哥儿】《月夜》:

> 俺欲到蓬莱蓬莱云锁,又欲渡沧溟沧溟水阔。往日个六翮博风伤折挫,今夜里月泛金波,光动银河,露滴庭柯,冷透香罗,好舞婆娑,莫叹蹉跎。一枝花影砌前拖,宜酣卧。

开头二句即直抒对飘逸出尘的仙境的向往和无奈,接着以"往日"与"今夜"对比,用一连两个对仗描绘月夜光影交辉的景色,结尾再发出韶华易逝、人生如梦的感叹。幽冷清泠的景色与孤寂落寞的情怀浑然一体,水乳交融。

清刘熙载在《艺概·词曲概》中说:"曲家高手,往往尤重小令,盖小令一阕中,要具事之首尾,又要言外有余味。"王维新充分发挥曲之赋体功能,善于将叙事巧妙地糅合进描写、议论之中,使作品首尾完整,形象鲜明,又避免了叙述的平冗乏味。如【北仙吕·混江龙】《相见》:

> 晴光满院,檐牙燕雀几曾喧。迟来花下,悄步亭边,云鬓一团遮雪藕,湘裙六幅护金莲。从遇合说因缘,将身世思远,愿尔今生有托,来世相联。

在精细的刻画中不知不觉交代了天气状况、地点、环境、人物外貌、事件内容等,让人只感到美的印象,略无普通叙事的枯燥平淡。有的曲作甚至连人物的语言和对话都处理得妙合无痕,如套曲【南商调·绕地游】《春病》中的【满园春】:

> 问道此何时,柳絮扑空帏,侍儿说道清明矣。真无奈,真无奈。负了佳期,担不起这相思。茶来也不知,饭来也不知。揉碎花笺,碎揉花笺。伤心丽句,不合外间传示。

散曲在王维新的手中,仍然常常让读者感到诗意盎然。这分明由于他深厚的文艺修养和清丽庄雅的语言,也得力于大量运用对仗、整齐的句式:

> 柔条结蕊带青黄,入夜幽斋总是香,纤纤弦月上东墙。莫嫌花谱无

留样,得性都缘耐晚凉。

——【南吕懒画眉】《架上夜来香始开使人心醉》

棹歌欸乃接时闻,岸柳汀蒲漾绿云,数峰如洗立江滨。一会儿便与浯溪近,尔看雁背孤帆出暮曛。

鸡声喔喔柳疏疏,短屋低檐画不如,隔园山色被云铺。居人钓罢斜阳暮,手内携来一尺鱼。

——【南吕懒画眉】《永州江次二首》

当然,王维新的韵文作品也存在不少缺陷。由于身世、经历等局限,他的生活范围比较狭窄,与社会生活的接触和联系太少,因而在作品的题材和内容上有一定的单纯性,作品多围于身边琐事及祝寿、吊唁之类的应酬,没有涉及更多的现实内容,思想比较单薄,缺乏深度。有的作品清谈佛理玄学,有的则流露出人生如梦、及时行乐的颓废思想。一些写景篇章意境也不够完整,停留于模山范水之笔。

在驾驭语言方面,王维新虽然以清新雅洁见长,显示出一定的文字功力,但也明显还有一些不足。由于一味崇雅,削弱了散曲亢爽豪辣的风味,使他的一些散曲读起来更像诗词,失却了散曲自身的鲜明特色。某些作品出现重字,甚至流于文字游戏,重复累赘。还有些咏物之作,或长篇大论,让人有冗余之感。其实只在作法技巧、铺叙描写上见工,别无深意。有时为了铺陈,大量使用难字、僻字,致句意艰深晦涩,读之令人头痛。除能显弄学问,无甚积极意义。

# 六、结束语

虽然王维新的作品在思想内容上有不够深广之嫌,艺术技巧亦未便遽称上乘,但就其文学创作涉及的体裁门类之多、作品数量之大及艺术成就之高,他堪称清代广西大家,甚至在整个清代文坛中都是占有一席之地的。从现存的王维新作品来看,其思想性和艺术性均达到了一定的高度。这些不仅是广西珍贵的文学遗产,也是我国珍贵的文学遗产的一部分。但由于王维新身居卑职，地处僻远，故向来不为人所重视。其作品集少有人整理研究，致使这些可贵的文学遗产零落散佚。鉴于王维新所存作品中，《海棠桥词集》尤属稀见珍贵，故特为拈出，以期让世人更多地了解王维新，了解广西古代文学及文化发展状况之一斑。

[1] [2] 见光绪本《容县志·列传》。

[3] [5] 见《丛溪集·山居》。*

[4] 见《宜草·汾州》。*

[6] 见《峤音·岩宿》。*

[7] 见《峤音·白云岩》。*

[8] 见《峤音·静夜》。*

[9] 见《峤音·松》。*

[10] 见《绿猗园初草·采菊》。*

[11] 见《丛溪集·山堂览胜》。*

[12] 见《宜草·赠郡博高柏门》。*

[13] [14] [15] [16] 见光绪本《容县志·列传》。

[17] 见《峤音·序》。*

[18] [19] 见光绪本《容县志·列传》。

[20] 见《丛溪集·春斋雪》。*

[21] [22] [23] 见《宜草·序》。*

[24] 见《十省游草·序》。*

[25] 见《十省游草·望太行》。*

[26] 见（《十省游草·望西湖》。*

[27] 见《十省游草·望衡岳》。*

[28] 见《十省游草·鄱阳湖中》。*

[29] 见《十省游草·舟过金山寺》。*

[30] 见《十省游草·登滕王阁》。*

[31] [32] [33] [34] [35] 见《绿猗园初草·原序》。*

[36] 见《海棠桥词·拜星月慢》。*

[37] 见《十省游草·阻风》。*

[38] 见《十省游草·风霾行》。*

[39] [40] 见《海棠桥词·西江月·饮宣武门》。*

[41] 见《海棠桥词·绮寮怨》。*
[42] 见《十省游草·庾岭寻梅》。*
[43] 见《红豆曲·【北商调·集贤宾】舟中对妓》*
[44] 见《丛溪集·感咏》。*
[45] 见《红豆曲·【北双调折桂令】登望有感》。*
[46] 见《宦草·与郑愚川》。*
[47] 见《海棠桥词·玉蝴蝶·过覃爱吾》。*
[48] 见《十省游草·重过淇水》。*
[49] 见《丛溪集·仙岩瀑布歌》。*
[50] 见《宦草·九日游恩照山即事》。*
[51] 见《十省游草·大梁行》。*
[52] 见《十省游草·五日邯郸》。*
[53] 见《丛溪集·感咏》。*
[54] 见《海棠桥词·大酺·酒旗》。*
[55] 见《海棠桥词·忆少年》。*
[56] 见《红豆曲·【正宫引子·长生导引】渔樵》*
[57] 见《海棠桥词·鱼游春水》。*
[58] 见《红豆曲·【北双调折桂令】登楼有感》。*
[59] 见《红豆曲·【南南吕红衲袄】述隐》。*
[60] 见《红豆曲·【北南吕一枝花】填罗景纶〈深山之中〉一段》。*
[61][63] 见《宦草·闲居》。*
[62] 见《宦草·睡起》。*
[64] 见《宦草·郁江舟泛》。*
[65][66] 见《红豆曲·【北双调·太平令】秋夜》。*
[67][68][70] 见《宦草·自遣》。*
[69] 见《宦草·睡起》。*
[71] 见《宦草·武宣》（其四）。*
[72] 见《宦草·城望》。*
[73] 见《十省游草·夷门歌》。*
[74] 见光绪本《容县志·列传》。
[75] 见《绿猗园初草·自序》。*
[76][77] 见《丛溪集·与人论诗》。*

[78] 见《一瓢诗话》。
[79] 见《丛溪集·与人论诗》。*
[80] 见《宦草·赠黄云湄》。*
[81] 见刘勰《文心雕龙·情采》。
[82] 见王维新《十省游草·游西湖》、杜甫《绝句》。*
[83] 见《丛溪集·与人论诗》。*
[84] 见司空图《司空表圣文集》卷二《与李生论诗书》。
[85] 见王士祯《戏仿元遗山论诗绝句》。
[86] 见《十省游草·紫阳洞遇雨》。*
[87] 见王维《辋川别业》。*
[88] [89] [90] 见《海棠桥词·竹一词话》。*
[91] 见《十省游草·夕次邵伯镇》。*
[92] 见《十省游草·望西湖》。*
[93] 见《丛溪集·夏日过人山斋》。*
[94] 见《丛溪集·山居》。*
[95] 见《红豆曲·【南商调·水红花】春游》。*
[96] 见《丛溪集·都峤读书》。*
[97] 见《丛溪集·山晓》。*
[98] 见《峤音·宿婆娑岩》。*
[99] 见《峤音·岩夜》。*
[100] 见《峤音·夜游灵景寺》。*
[101] 见《丛溪集·丛溪夜归》。*
[102] 见《宦草·赠苏芝坪》。*
[103] 见沈雄《古今词话》。
[104] 见薛雪《一瓢诗话》。
[105] 见王国维《人间词话》。

标*者为王维新作品。

# 海棠桥词集

## 自序

粤中少填词者,以其为诗余也。夫古诗既有长短句,明谓"词为诗余",岂定论乎?近人如陈髯[1]、朱十辈[2],风流竞爽,皆不欲使"红杏枝头、桃花扇底"专美于前。予少苦无指授,自交封望仙[3]、覃心海[4],始相与学,为慢令。后出处殊途,忆昔按拍旗亭,渺焉若梦,而意之所至,时亦为之,通计得五百二十首,乃釐为六卷。系海棠桥者,以吾粤横浦有是桥[5],昔淮海秦先生被谪时[6],日从酬咏《醉乡春》,所谓"瘴雨过,海棠开,春色又添多少"者是也。夫先生在宋□长公推为词手,□□蕴谓之□家。又尝自横浦至容[7],饮酒赋诗数日,其抵藤占《好事近》一阕[8],亦即容之绣江口,西风吹泪,过客为伤褰裳之思,能无切于清溪佳处,抑倚声一道,实是宣昭六义,疏瀹七情。先生寓粤,谓溪山宛类江南,至启手足于江亭,梦中犹恋恋有述,是固词学初南之日也。闻风兴起,岂第当在我也哉?

[1] 陈髯:指陈维崧(1625—1682),字其年,号迦陵,江南宜兴(今属江苏)人。清代词人,阳羡派代表人物。

[2] 朱十:指朱彝尊(1629—1709),号竹垞,秀水(今浙江嘉兴市)人。清代词人,浙西派代表人物。

[3] 封望仙:作者友人,名豫。著有《翠园山房诗集》《后生缘词集》等。

[4] 覃心海:作者好友。名武保,容县辛里人。嘉庆丙子(1816)解元,大挑一等,补贵州余庆令。著有《四书性理录》《夕阳楼草》《驴背集》《半帆集》等。

[5] 横浦:指横州,故治在今广西横县。

[6] 淮海秦先生:指宋代词人秦观,号淮海居士。

[7] 容：指容州，故治在今广西容县。

[8] 藤：指藤州，故治在今广西藤县。

# 竹一词话

万氏《词律》[1]，最为谨严，然填词家或以为□然。观万氏□□□各解及方千里，和清真四声，毫不假借。则近日吴尺凫于上去之分[2]，兢兢不失寸度，岂好为□事者耶？

陈迦陵、朱竹垞向未分轩轾。予谓陈词之多，古今无两，顾不尽协律。前辈病弇州、升庵[3]，正坐此，似不如朱之摇谱寻声也。

诗忌纤，唯词不厌，又语有长短，可以发泄胸中，故不得志于诗者多喜为。但变轨当宋□已极，降此皆浸失其雅矣。

《草堂》大略以五十八字内为小令[4]，九十字内为中调，余为长调。然属意分，不如钱葆馚[5]，但以字数多寡为叙。至朱竹垞所辑更长短不论，尤觉便于编年。

藏书编目不及词，陋矣。自马氏《通考·经籍志》始胪列[6]，至我朝《四库全书》书目益详。学者正不妨别自为集。

[1] 万氏：指万树（1630—1688），字花农，一字红友，号山翁，清常州府宜兴（今江苏宜兴县）人。编《词律》二十卷，正旧词谱之误，排比声律，定为规范，共收词牌六百六十种，正、别体一千一百八十种。

[2] 吴尺凫：指吴焯（1676—1733），字尺凫，号绣谷，晚号绣谷老人，清钱塘（今杭州）人。著有《径山游草》《药园诗稿》《玲珑帘词》《陆清飞鸿集》及《南宋杂事诗》（与厉鹗、赵昱合写）等。

[3] 弇州：指王世贞，字元美，号凤洲，又号弇州山人。明代文学家、史学家。升庵：指曹贞吉，字升六，号实庵。清代词人。

[4]《草堂》：指明顾从敬辑《类编草堂诗余》四卷。

[5] 钱葆馚：指钱芳标，原名鼎瑞，字宝汾，一字葆馚，江南华亭人。按朱彝尊《词综·发凡》，钱芳标辑《词闳》，辨晰体制，以字数多寡为先后，计一千调，编为三十卷。

[6] 马氏《通考》：指宋末元初马端临著《文献通考》。

# 卷 一

## 开元乐

□送征鞍别去[1],愁生春草春烟。闲欲倚墙一望,绿杨高正参天。

[1] 征鞍:犹征马。指旅行者所乘的马。

## 南柯子

□□空园隔,雕栏翠树遮。春风绰约笑桃花,借问景阳桥□是谁家[1]?

[1] 景阳:南朝宫名。齐武帝置钟于楼上,宫人闻钟,早起妆饰。后用以为典。

## 清平乐·题人隐居[1]

□□数里,修竹连云翠。一分茅屋三分水,耕读却随人意。苍庚劝举吟瓢[2],鹭鹚□种良苗[3]。可惜湖山老叟,画图多□□□。

[1] 题人隐居:原无,据目录补。
[2] 苍庚:黄莺。 吟瓢:诗人的酒器。指饮酒作诗。
[3] 鹭鹚:水鸟,因其头顶、胸、肩、背部皆长毛,如丝,故称。

## 水调歌头·斋夜

□夜小庭内，细草醉余烟。迎风帘幕初卷，病骨怯衣单。忽□长空一望，遥见淡云如睍[1]，知是月光寒。心事寄天上，忘却在人间。

茶味永，灯烬落，帐空悬。欲眠未可，凉气侵□枕□边。切切蛩声不已[2]，湛湛露华成点，打叠报更残。□□对孤树，休叹夜□年。

[1] 睍（xiàn，音现）：日气。
[2] 蛩声：蟋蟀的叫声。

## 明月斜

明月斜，寒斋静，树参差，阴半床。谁家扣缶留人听[1]？□□□。

[1] 缶：瓦质的打击乐器。

## 天仙子·夜景

耿耿青灯光不灭[1]，心魂密怯当虚室。□然凉雨过残更，檐雷歇，草蛩咽，独向庭阶迎素月。

[1] 耿耿：明亮貌。

## 昭君怨

三十六□花卉，用意取怜争媚。簌簌小桃红，落墙东。

永巷渐生荒草[1]，深夜琵琶犹抱。不事怨春工[2]，待东风。

[1] 永巷：深巷。
[2] 春工：春季造化万物之工。

## 月华清

山影低垂，波□直照，娟娟明月如昼。四顾凄清，又是二更时候。掷长剑冷入芙蓉[1]；吹短笛怨从杨柳[2]。迟久，觉氤氲人气，总归乌有。

隔岸谁居林薮[3]？记初入黄昏，一灯遥逗。笑语声停，梦蝶想问庄叟[4]。争似我永夜无眠，但寂取空庭厮守。□袖，到露华寒□重，怎生消受？

[1] 芙蓉：指芙蓉剑。汉袁康《越绝书·外传记宝剑》载越王勾践有宝剑名"纯钧"，相剑者薛烛以"手振拂，扬其华，捽如芙蓉始出"。因以指利剑。
[2] 杨柳：指乐曲《杨柳枝》。
[3] 林薮（sǒu，音叟）：山林与泽薮。指山野之隐居处。
[4] 梦蝶：语本《庄子·齐物论》："昔者庄周梦为蝴蝶，栩栩然蝴蝶也；自喻适志与，不知周也；俄然觉，则蘧蘧然周也。"表示人生原属虚幻的思想。

## 桂殿秋

香篆歇[1]，月华明，阿谁别院理秦筝[2]？粉墙隔断音犹度，悄□花阴侧耳听。

[1] 香篆：焚香时所起的烟缕曲折似篆文，故称。
[2] 秦筝：古秦地（今陕西一带）的一种弦乐器，似瑟，传为秦蒙恬所造，故名。

## 甘州子·闺情

庭空月色几回□，新浴罢，喜勾留。半天凉气近深秋，斜整玉搔头[1]。

谁夜诵？清韵下南楼。

[1] 玉搔头：玉簪。

## 满江红·容江读书台[1]

月白风清，何处是桃花仙洞？忽听得琅琅清韵，书声高诵。日出烟销人不见，一声欸乃中流送[2]。睇崇台，几片碧云飞，山如动。

仙与隐，猜难中。耕与牧，传犹众。似郑人当日，采樵寻梦。欲得渔郎来讯问，好将铁笛重翻弄。只灯檠一点隔江明[3]，何人共？

[1] 容江读书台：在今广西容县。《粤西文载·容县山川志》："巨石蟠江，上如砥。昔渔人系舟，夜宿其浒，闻石上朗诵书声，故名。"容江，一名绣江。源出北流、蓝山，经容县城南，东流入藤梧。

[2] 欸（ǎi，音矮）乃：摇橹声。

[3] 灯檠：原注"岭名"，指灯檠岭。灯檠即灯架。

## 十六字令

清，风过春林日色明。新阴满，闲坐听流莺。

## 十六字令·送别集句

愁，红叶青山水急流。情难舍，双桨去悠悠。

## 长相思

长相思，日相思，看碧成朱只为伊[1]，无由传与知。

长相思，夜相思，梦到花丛尚见离，从今无太痴。

[1] 看碧成朱：亦作"看朱成碧"。谓心乱目眩，不辨五色。南朝梁王僧孺《夜愁示诸宾》诗："谁知心眼乱，看朱忽成碧。"

## 齐天乐·雨晴同覃爱吾[1]

雨来成阵风吹去，元章图画难比[2]。远水初澄，远山如浣，仿佛靓妆西子。芳□逦迤[3]，遇半□斜阳，分光明媚。引出晴烟，一丝独自掩苍翠。

瀛洲想共清霁[4]，问凌云有赋[5]，谁作杨意[6]？吴市吹箫[7]，齐门鼓瑟[8]，触起英雄涕泪。挥鞭遥指，道福命难凭，山河不异。幽赏千秋，好长歌此地。

[1] 覃爱吾：作者好友。名武保，字心海，容县辛里人。嘉庆丙子（1816）解元，大挑一等，补贵州余庆令。著有《四书性理录》《夕阳楼草》《驴背集》《半帆集》等。

[2] 元章：北宋书画家米芾的字。

[3] 逦迤（lǐ yǐ，音里以）：亦作"逦迤"。曲折连绵貌。

[4] 瀛洲：本指传说中的仙山，此喻士人获得殊荣，如入仙境。唐太宗为网罗人才，设置文学馆，任命杜如晦、房玄龄等18名文官为学士，轮流宿于馆中，暇日，访以政事，讨论典籍。又命阎立本画像，褚亮作赞，题名字爵里，号"十八学士"。时人慕之，谓"登瀛洲"。事见《新唐书·褚亮传》。

[5] 凌云：语本《史记·司马相如列传》："蜀人杨得意为狗监，侍上（汉武帝）。上读《子虚赋》而善之，曰：'朕独不得与此人同时哉！'得意曰：'臣邑人司马相如自言为此赋。'上惊，乃召问相如。"又云："相如既奏《大人》之颂，天子大说（悦），飘飘有凌云之气。"

[6] 杨意：杨得意的简称。王勃《秋日登洪府滕王阁饯别序》："杨意不逢，抚凌云而自惜。"

[7] 吴市吹箫：吴子胥乞食吹箫于吴市。喻穷困落魄。吴市，吴都之街市。在今江苏苏州市。

[8] 齐门鼓瑟：语本韩愈《答陈商书》："齐王好竽，有求仕于齐者操瑟而往，立王之门，三年不得入。叱曰：'吾瑟鼓之能使鬼神上下，吾鼓瑟如轩辕氏之律吕。'客

《海棠桥词集》校注　>>>

骂之曰：'王好竽而子鼓瑟，瑟虽工如王不好何？'是所谓工于瑟，而不工于求齐者。"喻怀才不遇。

## 遐方怨

□隔树，露盈轩。倦拥罗衾[1]，抱病含愁几得安。谁家巫觋祷苍天[2]？一声金鼓响，入云端。

[1] 罗衾（qīn，音亲）：丝制的被子。
[2] 巫觋（xí，音习）：古代称女巫为巫，男巫为觋。

## 巫山一段云

情种真难斩，情丝每受牵。无朝无暮倚栏杆，流盼在春园。
瞭目花枝好，骄人燕语传。珠帘十二隔中间，那更望能穿？

## 柳梢青

春意犹赊[1]，傍墙一树，曾否开花？月照空园，影侵朱户，略带欹斜[2]。　偷将帽整乌纱，莫惊着枝边宿鸦。咫尺邻居，地非甫寺，人异崔家。

[1] 赊：浓。
[2] 欹（qī，音七）斜：歪斜。

## 凤凰台上忆吹箫·情

种本何时，触原有自，悄然频寓心头。遇乱蛩深院，明月高楼。每至积来成恨，排不去，更至成愁。天将晓，试窥金镜，鬓发惊秋。

悠悠，□除莫得，便眠过三更，忽又来兜[1]。任那人未醒，我已先周。千遍柴车轮轴，柔肠内转逐无休。除非是用意皈依[2]，始断根由。

[1] 兜：指萦回。

[2] 皈依：佛教语。指佛教的入教仪式，表示对佛、法（教义）、僧三者归顺依附。

## 如梦令·游普陀山[1]

瘦石苍苔幽径，啼鸟声声相应。人到忽惊飞，飘落半山桃杏。谁省？谁省？此是菩提真境[2]。

[1] 普陀山：指广西桂林七星公园主山，以岩洞、亭阁著称。

[2] 菩提：佛教语，指豁然彻悟的境界。

## 忆汉月

门设金铺不闭[1]，添得月光如水。寻常入夜尚迟眠，况值幽辉如此。多情墙首树，风动处，叶翻深翠。隐疑花史下相招，欲往从之何自？

[1] 金铺：门户之美称。

## 渡江云

萧然藤径外，空林鸟语，着意坐来听。不期天正午，添暝团昏，欲改远山青。渔舟极浦[1]，悄收帆引入蒙冥。连是处、洞门窈窕，也被白云扃[2]。

飘零，好穿雨脚，急度峰腰，有空岩当道，深数丈，苔堪作席，石可为屏。花枝巧笑留人住，看苍崖掣电鞭霆[3]。随葛杖，蜿蜿幻作龙形。

[1] 极浦：遥远的水滨。
[2] 扃（jiōng，音迥，阴平）：关门。
[3] 鞭霆：一道道闪电。

## 江南好·游山集句

三春暮，同过石桥东。细草拥坛行不得，数声鸡犬白云中，愁倚两三松。

## 诉衷情

月上碧窗花影瘦，忆芳馨。从别院，相见，语零星。入梦未分明，声声，杜鹃空外惊，好无情。

## 惜余春

杜宇催更[1]，鹧鸪啼昼，报道青春归了。闲当曲径，检点花丛，尽被东风催扫。剩得一片空阶，半积莓苔，半生芳草。自那人去矣，青鸾信断[2]，玉容徒老。

遥望见十里长亭，柳烟深锁，不觉暗伤怀抱。舞拍空悬，歌喉自啭，莫为送春颠倒。春傍今兹忽归，春待来□，依然还到。叹人生鬓发，一去莫回年少。

[1] 杜宇：杜鹃鸟。据《成都记》载：杜宇又曰杜主，自天而降，称望帝，好稼穑，治郫城。后望帝死，其魂化为鸟，名曰杜鹃。

[2] 青鸾：青鸟。《山海经·大荒西经》言西王母有三青鸟。郭璞注云："皆王母所使也。"后世因称传信的使者为"青鸟"。

## 南乡子·莲笔

滴露研朱,临池咄咄向空书[1]。毕竟簪花徒结体[2],无字,翠袖潜来将转掔。

[1] 咄咄:语本《世说新语·排调》:"桓南郡(玄)与殷荆州(仲堪)语次……后作危语……殷有一参军在坐,云:'盲人骑瞎马,夜半临深池。'殷曰:'咄咄逼人!'仲堪眇目故也。"
[2] 簪花:古代书体的一种。

## 琴调相思引

宝鼎烟销漏未终[1],夜深寒色散秋空。凝神寂听,何处起微风。
几点铎铃敲不已[2],丁当响彻月明中。闻声独往,直殿阁西东。

[1] 宝鼎:香炉。因作鼎形,故称。 漏:漏壶,古代用翣计时。
[2] 铎铃:悬挂在高大建筑物檐角的风铃。

## 小重山

小春天气带模糊[1],墙头梅吐蕊,逐蜂须。个侬年纪破瓜余[2],新妆就,浅步入蘼芜。

望望意何如,整钗归去也,出花衢。东风若似打门初,情多少,凭仗尔吹嘘[3]。

[1] 小春:指夏历十月。
[2] 个侬:这个人。 破瓜:旧称女子十六岁为"破瓜"。"瓜"字拆开为两个八字,即二八之年,故称。
[3] 吹嘘:吹气使冷,嘘气使暖,吹冷嘘热可使万物枯荣。

49

## 雪梅香·雁字

　　作人字,画沙画荻总无庸[1]。看十三行数,家鸡野鹜难同[2]。雾结烟霏正飞白[3],鸾翔凤翥忽书空[4]。楚江阔,六幅羊裙[5],挥洒弥工。

　　临风,恨边塞春去秋来,音信难通。喜见来禽,不烦日给函封。碧落碑题远天外[6],回文锦织晚霞中[7]。那人在,无妨绝笔,南岳高峰。

[1] 画沙:古代书家以为笔锋如锥画沙,方为高妙。 画荻:欧阳修四岁而孤,家贫,母郑氏以荻管画地写字,教其读书。见《宋史·欧阳修传》。荻,多年生草本植物,与芦同类。

[2] 家鸡:喻指家传的书法技艺。 野鹜:野鸭。喻指外姓人家的书法技艺。

[3] 飞白:亦作"飞白书"。一种特殊的书法。笔画中丝丝露白,像枯笔所写。相传东汉灵帝时修饰鸿都门,匠人用刷白粉的帚写字,蔡邕见后,归作"飞白书"。

[4] 鸾翔凤翥(zhù,音住):凤凰盘旋飞举。喻指大雁飞舞的姿态。

[5] 羊裙:羊欣所穿的裙。《南史·羊欣传》:"欣长隶书。年十二时,王献之为吴兴太守,甚知爱之。欣尝夏月著新绢裙昼寝,献之见之,书裙数幅而去。"

[6] 碧落碑:唐碑,在今山西省新绛县龙兴宫。宫有碧落尊像,篆文刻其背。

[7] 回文:晋始平人苏蕙,嫁窦滔。滔,苻坚时为秦州刺史,被徙流沙。蕙因织锦为回文旋图诗赠滔,以寄离思。其诗回环诵读,皆能成文,词甚凄婉。

## 误佳期

　　造化欲危王母,颠倒芙蓉城主[1]。寒风飘泊送婵娟,瞥向红窗住。

　　初对寂无言,数近成私语。宫花联续管弦声,留待天公补。

[1] 芙蓉城:古代传说中的仙境。

## 虞美人·新婚（二首）

### 其一

曲房背着银釭立[1]，侧睇成羞涩。更阑渐学理衣裳[2]，偷取灯花弹落近牙床。

芙蓉帐幔薰兰麝，消受溶溶夜。金莺枕侧语如花，还问王郎何日过侬家？

### 其二

一声鸡唱禁难住，窗色看将曙。绿纱笼里烛花光，拱照玉人重理旧时妆。　　佩声断续随行止，勾得欢同起。侍儿争近揭湘帘[3]，一对鸳鸯新向画堂添。

[1] 曲房：内室。银釭：银质的灯盏、烛台。
[2] 更阑：更深夜残。
[3] 湘帘：原作"湘湘帘"，据词律删。

## 秋霁·木芙蓉[1]

大叶粗枝，比木槿辛夷一例培植[2]。秋气萧骚[3]，别风摇曳，向人若矜颜色[4]。暮红晓白，看渠变幻空岩侧[5]。与水国殊族共名，荣落不相识[6]。

犹记夜半，冷月如霜，独从花边，徐步空寂。有人兮霞冠雾髻，无言招我入林隙。行近欲寻浑不得，木末搴取[7]，惟觉露下如珠，粉痕盈匼，泪痕沾臆。

[1] 木芙蓉：又称木莲，或称地芙蓉，以别于荷花之称芙蓉。
[2] 辛夷：木兰科香草，今多以"辛夷"为木兰的别称。
[3] 萧骚：萧条凄凉。
[4] 矜：炫耀。
[5] 渠：它。指木芙蓉。

[6] 荣落：指开花与凋谢。

[7] "木末"句：化用屈原《九歌·湘君》："搴芙蓉兮木末。"木末，树梢；搴（qiān 千）取，采摘。

# 导法驾引（三首）[1]

### 其一

华藏界[2]，华藏界，竹叶散醍醐[3]。一点幡灯悬碧落，千寻觉海出明珠[4]，回望识迷途。

### 其二

何处去？何处去？火里玉莲开[5]。欲驾祥云防不稳，法船一只正安排[6]，般运入蓬莱[7]。

### 其三

元都观[8]，元都观，大善叹难逢。八部天龙齐喜庆[9]，双车刺史显神通[10]。骑鹿讼庭中[11]。

[1] "三首"及下"其一、其二、其三"原无，为编者加。

[2] 华藏界：佛教语，莲华藏世界（或华藏世界）的略称。

[3] 醍醐（tí hú，音提胡）：从酥酪中提制出的油。佛教用以比喻佛性。

[4] 千寻：古以八尺为一寻。"千寻"形容极深。觉海：指佛教。佛以觉悟为宗；海，喻其教义深广。

[5] 玉莲：原作"玉里莲"，据词律删。《维摩诘经·佛道品》："火中生莲华，是可谓希有。在欲而行禅，希有亦如是。"

[6] 法船：佛教语。喻佛法如船，可拯救沉溺的众生渡过生死苦海，到达"彼岸"。

[7] 般运：搬运。

[8] 元都观：玄都观。北周、隋、唐道观名，在陕西省长安县南崇业坊。见宋宋敏求《长安志》。

[9] 八部天龙：佛教分诸天鬼神及龙为八部。因八部中以天、龙二部居首，故又称天龙八部。

[10] 刺史：清代指知州。
[11] 讼庭：讼堂。旧时审理诉讼案件的场所。

## 庄椿岁·寿李中岩[1]

庚星不在人间[2]，胡然竟遇中岩李[3]。红藤策日，青鞋踏雪[4]，精神千里。见说英年，弓弯十石[5]，学追飞卫[6]。忽游心玉府[7]，将白练乌丝[8]，骋妍抽秘[9]。

自是书香长继，羡儿孙赋姿聪慧。任乘白马，逍遥溪谷，留题风月[10]，不愧当今山林伊吕[11]，风尘园绮[12]。八旬时，一傍兰阶，同祝比庄椿岁[13]。

[1] 李中岩：人名，事迹不详。
[2] 庚星：指被祝寿的人，即李中岩。
[3] 胡然：突然。
[4] 青鞋：草鞋。
[5] 石（dàn，音旦）：量词。计算弓弩强度的单位。
[6] 飞卫：传说中的古代善射者。
[7] 玉府：指道观、仙府、仙宫。
[8] 白练：白色熟绢。乌丝：乌丝栏。指上下以乌丝织成栏，其间用朱墨界行的绢素。
[9] 骋妍：展现妍丽。
[10] 风月：指诗文。
[11] 伊吕：商伊尹辅商汤，西周吕尚佐周武王，皆有大功。
[12] 园绮："商山四皓"中的东园公和绮里季的并称。
[13] 庄椿岁：祝人长寿之词。语本《庄子·逍遥游》："上古有大椿者，以八千岁为春，八千岁为秋。"

## 卜算子

明月落西天，倒挂秦时镜。夜半偷看不掩扉，素面浑忘冷。

《海棠桥词集》校注 >>>

空外翰音来[1]，到耳真清迥[2]。遥想伊人在那家，残梦应能醒。

[1] 翰音：飞向高空的声音。

[2] 清迥：清越而有回声。

## 采桑子·寄覃爱吾[1]

乾坤落落兄长在[2]，风过为兄，月照为兄，无地无时不见兄。

空斋寂寂兄长别，风过非兄，月照非兄，何地何时得见兄？

[1] 覃爱吾：作者好友。名武保，字心海，容县辛里人。嘉庆丙子（1816）解元，大挑一等，补贵州余庆令。著有《四书性理录》《夕阳楼草》《驴背集》《半帆集》等。

[2] 落落：清楚、分明的样子。

## 满江红·感旧

小院门开，但见着藤花一架。因讯问旧时舞扇、旧时歌帕。寥落不随芳草长，凄凉已逐夭桃谢。悄搴帷[1]，侧见小双鬟[2]，如将骂。

将懒说，真成惹，将细说，殊无那[3]。只沉吟略道，使伊无讶。薄幸萧郎非自至[4]，多情赵女曾相迓[5]。不相逢，肯向此间留，遄回驾[6]。

[1] 搴帷：撩起帷幕。

[2] 双鬟：指婢女。

[3] 无那：无奈，无可奈何。

[4] 薄幸：负心。 萧郎：语本唐崔郊诗："公子王孙逐后尘，绿珠垂泪滴罗巾。侯门一入深如海，从此萧郎是路人。"因以"萧郎"指女子爱恋的男子。

[5] 赵女：赵地的美女。泛指美女。 相迓（yà，音亚）：犹相迎。

[6] 遄（chuán，音船）回驾：急速驾车回行。

54

## 好春光

天气暖,草初长,蝶初忙。融融日色送花光,过回廊。

挂壁幺弦久废[1],倾瓯佳茗新尝[2]。一阵鸟声风刮去,落何方?

[1] 幺弦:琵琶的第四弦,借指琵琶。

[2] 瓯(ōu,音欧):杯、碗之类的饮具。

## 浣溪沙

云影衣香共一林,日长睡起静弹琴,不知身在万山深。

去汲井泉调沸蟹[1],坐分蕉叶写来禽[2],一声啼鸟到花阴。

[1] 汲(jí,音及):从井里取水。

[2] 蕉叶:指蕉叶杯,浅底的酒杯。

## 浪淘沙·窗影

窗格影玲珑,荡漾波中。晚来风定一灯烘,上下俨然同一色,妒杀儿童。 悄步复潜踪,密听喁喁[1],舌尖湿破纸条红。报道玉人犹□睡,微露酥胸。

[1] 喁喁(yú,音鱼):低语声。

## 子夜歌·咏苏蕙《璇玑图》[1]

念伊人天南留镇,近日音书都绝。倘歌舞沉酣将倦,定有转头时节。机借一张，图成八寸，缕缕心中血。唤苍头赍至襄阳[2]，料得该通经史，展来能阅。

正循诵，莹心辉目，五色彩霞齐缬[3]。交错纵横，回环宛转，点画全无阙。况缠绵恺侧，感人尤觉深切。车从邀迎，橐砧悔过，不啻璇玑斡[4]。看中间三点明星，一钩新月[5]。

[1] 苏蕙：字若兰，前秦苻坚时女诗人。其夫窦滔流放流沙后另寻新妇，蕙织成宛转循环锦绣文诗《璇玑图》寄夫，使夫妻关系重归于好。 璇玑：古代称北斗星的第一星至第四星。

[2] 苍头：指以青巾裹头的军队。 赍（jī，音机）：旅行的人携带衣食等物。

[3] 缬（xié，音谐）：和煦。

[4] 不啻：无异于，如同。 斡（wò，音握）：杓柄。

[5] 此句原注"图以心字居中"。

## 深院月

深院月，碧溶溶，香气氤氲似梦中。□□□□人不见，□□清影上花丛。

## 深院月

风息响，月韬光[1]，小簟摊来蕹叶凉[2]。争奈夜深人□□[3]，□□新至络丝娘[4]。

[1] 韬光：敛藏光采。

[2] 小簟：凉席。刘禹锡《送蕲州李郎中赴任》："蕹叶照人呈夏簟，松花满碗试新茶。" 蕹（xiè，音谢）：《仪礼·士相见礼》注：葱蕹之属，食之止卧。

[3] 争奈：怎奈。

[4] 络丝娘：虫名，即莎鸡，俗称络丝娘、纺织娘。夏秋夜间振羽作声，声如纺线，故名。

## 误佳期

月色清光堪爱,不比昨宵阴霭。窥来减却一分圆,懒□□儿待。拌弃负心人[1],梦醒翻生怪。怪他流影到空床,点点啼痕在。

[1] 拌(pān,音潘)弃:舍弃。

## 孤鸾·梨花

东风不绝,引□院梨花,数枝同发。梦易为云,玉笛□□□彻。多情一双春燕,去复来,乌衣争拂,又是江干酒店,值清明时节。

把水晶帘子一时揭,喜夜静无人,独对明月。皎洁精莹意,恋冰肌玉骨,自今黛螺不卸[1]。想姮娥永生欢悦,但恐连番雨至,作啼妆摧折。

[1] 黛螺:螺形的黛墨。古时用以画眉或作画。卸,原作"御",据文意及词律改。

## 伤情怨

残灯深夜独照,怪海棠眠早,切切凄凄,壁蛩声共闹。
瑶台仙梦尚杳,雨乍晴,愁绪重到。地久天长,何时拌得了[1]?

[1] 拌(pàn,音盼):分开。

## 忆少年

匈奴羝节[1],咸阳马角[2],青陵鸳树[3]。论心正相似,不必分今古。

竹叶一枝宵带雨，暗焚香瑶宫月府。今生莫能事，愿来生赔补。

[1] 匈奴羝（dī，音低）节：苏武手持汉廷符节牧羊，匈奴单于言羝乳乃令之归。喻不可能之事。羝，公羊。

[2] 咸阳马角：燕太子丹质于秦，秦王言"令乌白头、马生角"乃许之归。喻不可能之事。

[3] 青陵：典出李冗《独异志》卷中引晋干宝《搜神记》："宋康王以韩朋妻美而夺之，使朋筑青凌台，然后杀之。其妻请临丧，遂投身而死。王令分埋台左右。"

## 南浦·渭龙废县[1]

建治属初唐，阅千年，一带城基犹见。圭水会容江[2]，斜阳外，几片征帆零乱。谁居树里，喜将酒店临沙面。春至草生三角觜[3]，古戍断烟争恋。

翩然野鹜群飞，念市朝迁徙，真如一瞬。铁笛几声喧，沧波叟[4]，应是直钩渔隐[5]。予家水竹，渭南十里原非远。□笠随时来问渡，政要不忘贞观[6]。

[1] 渭龙：县名，唐置，故治在今广西容县西南，宋废。废县：原无，据目录补。

[2] 圭水：圭江。本名北流河，为广西北流市最大的河流。

[3] 三角觜（zuǐ，音嘴）：江中像鸟嘴一样的三角形洲地。

[4] 沧波叟：指渔父。

[5] 直钩渔隐：传说姜太公出仕前钓于渭滨，所用钓钩是直的且不设饵。泛指隐士。

[6] "政要"句：原注"吴兢撰《贞观政要》"。《贞观政要》，唐吴兢撰，为研究初唐政治和李世民的重要史料书。

## 摊破浣溪沙

中酒恹恹睡不醒[1]，晓来未觅雨迷冥。窗纸几声传细响，悄然惊。

梦草池塘思着屐，惜花庭院喜吹笙。烟锁流莺沉远树，几时晴？

[1] 中（zhòng，音仲）酒：醉酒。 恹恹（yān，音烟）：懒倦貌。

## 滴滴金·晓起

碧纱如梦春风荡，倚匡床[1]，对书幌[2]。万事无从着心上，看玉壶清朗。　灵乌不爱新烟养[3]，出花栏，已三丈。屋角疏林好相访，轧轧蝉声响。

[1] 匡床：方正的床。
[2] 书幌：书帷。亦指书房。
[3] 灵乌：指太阳。相传太阳中有三足乌，故称。

## 极相思

一天雨荡春华，草色近人家。庭隈已暗[1]，门儿未掩，轻剪灯花。
顾影寂寥能独乐，漫思量，入世生涯。园林雾湿，池塘人静，处处鸣蛙。

[1] 庭隈：庭院的角落。

## 拜星月慢

万籁停声，三星转角[1]，淡月仍留碧汉[2]。院落深沉，倚栏杆无伴。小池废，□□一树森然却立，远鹊飞来争恋。略久风摇，报良宵过半。

出门时，曾与伊家断。偏难料，征骑骎骎远[3]，便似水赴沧溟，纵经年无返。织回文[4]，顿觉心情乱。幽蛩近，切切如同怨。待有□，□到中庭，把程期共算。

[1] 三星转角：指夜深。

［2］碧汉：犹青天。

［3］骎骎（qīn，音亲）：马疾速奔驰貌。

［4］织回文：前秦符坚时女诗人苏蕙，其夫窦滔流放流沙后另寻新妇，蕙织成宛转循环锦绣文诗《璇玑图》寄夫，使夫妻关系重归于好。后因以为写情书的代称。

## 玉蝴蝶·过覃爱吾

平原莽苍人稀，风向柳边归。五字接来诗，如何忽见遗。吴箫当勿恨[1]，荆璞本难知[2]。萱草拂庭墀[3]，舞斑须此时。

［1］吴箫：指伍子胥吹箫于吴市。喻穷困落魄。

［2］荆璞：楚人卞和从荆山得的未经雕琢的璞玉。喻具有美好资质的人才。

［3］萱草：别名忘忧草，古人以为种植此草可使人忘忧。 庭墀（chí，音池）：庭院中的台阶。

## 江城梅花引

荒园半亩学操锄，盼蘼芜[1]，踏蘼芜。若有人兮赠我以琼琚[2]，貌似麻姑横翠黛[3]，竹梢外，远条且[4]，皙扬且。

玉环玉环早归与，香未除，粉半除。月里雪里，觅不得品洁形臞，旁有幽人饮水读仙书。出世神仙终让尔，孤山客，漫骑驴，更觅驴。

［1］蘼芜：即芎䓖的苗，叶有香气，古人以为可使妇人多子。

［2］琼琚（jū，音居）：精美的玉佩。《诗·卫风·木瓜》："投我以木瓜，报之以琼琚。"

［3］麻姑：神话中仙女名，貌美。

［4］远条：犹远扬。 且（jū，音居）：助词，用于句末，犹啊。

## 醉落魄

碧窗清晓，起来乍觉添烦恼。金尊昨为何人倒[1]？慵倚妆台，偷把菱花照[2]。

巷僻流音凭好鸟,帘疏织翠因芳草。侍儿说道春归早,试问庭花,红白存多少?

[1] 金尊:酒尊的美称。
[2] 菱花:指镜子。古时多用铜制镜磨光,背面镂铸图案,以菱花为最普遍。

## 玉蝴蝶又一体·夏雨

昨夜天公掣雨,将疏复密,欲重还轻。似傍雌风作势[1],鼍鼓催更[2]。过篱边寂然无迹,飘瓦上飒尔闻声。比清明,一番点滴,两样凄清。

冥冥,山居昼起,琴弦易捻[3],尊酒难倾。眼见山亭,落花飞絮不留停。鹈鸪鸪当窗尚唤[4],泥滑滑隔水犹鸣[5]。悄关情,南村北陇,荞麦青青。

[1] 雌风:卑恶之风。
[2] 鼍(tuó,音驼)鼓:用扬子鳄皮蒙的鼓,其声亦如鼍鸣。
[3] 捻(niǎn,音辇):弹拨琵琶的一种指法。
[4] 鹈鸪鸪:鹈鸪鸣声。鹈鸪,即鹈鸠。天将雨时其鸣甚急,俗称水鹈鸪。
[5] 泥滑滑:竹鸡的别名。因其鸣声如此,故名。

## 蝴蝶儿·夏睡

湘簟中[1],帐纱蒙。一泓秋水浸芙蓉,轻烟遮半空。

梦逐三千里,神游十二峰[2]。准防薄幸到惊侬[3],日长临镜慵。

[1] 湘簟:湘竹编的席子。
[2] 十二峰:巫山有十二峰,以神女峰最为著名,文人多用高唐神女之典。宋玉《神女赋》序:"楚襄王与宋玉游于云梦之浦,使玉赋高唐之事,其夜王寝,果梦与神女遇,其状甚丽,王异之,明日以白玉。"
[3] 薄幸:负心。 侬:犹我。

## 绣带儿·夏绣

剩线不堪拖，嚼唾闪银波。庭际日长将倦，又被养娘诃[1]。
应候绣新荷，添一对小蝶无多。不知何事，金针欲下，愁上眉窝。
[1] 诃（hē，音呵）：责骂。

## 眉峰碧·夏妆

日永垂珠箔[1]，鬓束随时掠。摘得兰花是素心，簪来稳还□□约。
爱淡须从薄，爱好难从略。天气清和小院深，杏黄衫子重新着。
[1] 珠箔：珠帘。

## 四和香·夏浴

唤到兰汤香气烈[1]，添水犹嫌热。帘外微闻声息别，将□服遮空缺。
红意蒸来香汗发，浴罢宜冰雪。不信池莲同我洁，密把着秋波瞥。
[1] 兰汤：熏香的浴水。

## 满江红·勾漏山[1]

晓出陵城[2]，沿路见群峰回互。共说是葛洪飞舄，丹砂留住[3]。高士见几多假托，神仙服食曾贻误[4]。况安南原有此山名[5]，从何据？
比都峤[6]，吾无取，连白石[7]，□争数。任宝圭十洞[8]，吸云嘘雾。石上林泉难称意，室中风月无寻处。等幽光一样建陵山，撑天宇。

[1] 勾漏山：山名，在今广西北流县城东北5公里。
[2] 陵城：今广西北流市。
[3] 葛洪：字稚川，自号抱朴子，东晋道教学者、著名炼丹家、医药学家。曾在勾漏洞内炼丹修道多年。洞口建葛仙祠，洞内雕其像。
[4] 服食：服用丹药，道家养生术之一。
[5] 安南：古代对越南的称谓，包括现在的广西一带地区。
[6] 都峤：都峤山，又称南山、萧韶山。位于广西容县南约10公里处，为著名宗教圣地、风景区及讲学场所，道书将其列为"中国第二十洞天"。
[7] 白石：白石山。在广西桂平县城东南35公里。道书称"第二十一洞天"。
[8] 宝圭：宝圭石。位于都峤山太极岩左，方平可置杯斝。宋绍兴间，太常主簿吴元美尝寓此，题曰："宝圭美杵"，故名。宝圭，古代帝王诸侯举行典礼时所用的一种玉器。

## 西江月·中元节[1]

白石莲花早供，清都月色旋高[2]。声声法鼓与金铙[3]，眷属有情皆到。合掌沙弥才唱[4]，拈香行者还号[5]。六街灯火影相交[6]，胜似上元人闹[7]。

[1] 中元节：指农历七月十五日。旧时道观于此日作斋醮，僧寺作盂兰盆会，民俗亦有祭祀亡故亲人等活动。
[2] 清都：神话传说中天帝居住的宫阙。此处指天空。
[3] 法鼓：佛教举行法事时用以集众唱赞的大鼓。 金铙：铙钹。一种打击乐器。
[4] 沙弥：初出家的男佛教徒。
[5] 拈香：撮香焚烧以敬神佛。 行者：佛寺方丈的侍者及在寺院服杂役尚未剃发的出家者。
[6] 六街：泛指大街和闹市。
[7] 上元：指农历正月十五日元宵节。

## 沁园春·春草

划尽还生[1]，焚余复长，芳郊古原。任宝马频嘶，炎□着迹；香轮叠碾[2]，未许留痕。细雨霏微，轻风荏苒，占尽河阳金谷园[3]。天涯渺，值萋萋相接，谁忆王孙[4]？

望中不觉销魂，忽夕照□烟罨远村[5]。见妆点春光，牛羊几队，铺陈美景，蛱蝶成群[6]。上巳才过[7]，清明欲至，十里蘼芜荒冢存。池塘梦，有何心更觅，零露方繁。

[1] 刬（chǎn，音产）：同"铲"。削除。

[2] 香轮：香木做的车。此为车的美称。

[3] 金谷园：指晋石崇于金谷涧中所筑的园馆。石崇曾写《金谷诗序》记其事。

[4] "值萋萋"二句：化用《楚辞·招隐士》中"王孙游兮不归，春草生兮萋萋"诗意。王孙，原为古代对贵族公子的尊称，后诗词中以代指出门远游之人。

[5] 罨（yǎn，音眼）：掩盖，覆盖。

[6] 蛱蝶：亦作"蛱蜨"。即蝴蝶。

[7] 上巳：指上巳节，汉以前取农历三月上旬巳日，魏晋后定为三月三日。

## 珠帘卷

开高阁，谢朝凉[1]，隔溪群树青苍。独有大容山色[2]，烟云深处藏。

意到只须停到，情来转恐多狂。一阵好风吹散，如揭幔，见新妆。

[1] 谢：除去。

[2] 大容山：今为广西省级森林公园，位于玉林城区北面偏东46公里，北流市城区北面23公里，方圆千余平方公里，因山体雄伟博大、无所不容而名。

## 剔银灯

安得波涛骤起，一阵雨暗随秋至。欲断仍连，如遥忽近，长在溪边萧寺[1]。灯花未坠，好净洗一双尘耳。

风定尚沾芦苇，不许西窗耽睡。几度飘来，连番滴下，浑欲别挑心事。恼人如此，莫更打晓钟相继。

[1] 萧寺：指佛寺。唐李肇《唐国史补》卷中："梁武帝造寺，令萧子云飞白大书'萧'字，至今一'萧'字存焉。"

## 醉蓬莱·天桃[1]

问何人和露？种向炎州[2]，木瓜相似[3]。春半花繁，惹群蜂□伺。青酢于梅[4]，黄甘过杏，擅一般风味[5]。想是瑶池，适逢初熟，东方偷至。

惟是荒年，始多成实，渍欲和盐，曝宜□岁。海国船来，竟兼金争市[6]。眼底生花，胸中作恶，说唊时能止。不但炎天，凭他散暑，凭他开胃。

[1] 天桃：一种主要生长于热带的水果，又名莲雾、水蒲桃或洋蒲桃。
[2] 炎州：指南方广大地区。《楚辞·远游》："嘉南州之炎德兮，丽桂树之冬荣。"
[3] 木瓜：落叶灌木或小乔木，果实长椭圆形，色黄而香，味酸涩，可供食用及入药。
[4] 酢（cù，音醋）：酸涩。
[5] 擅：独特出群。
[6] 兼金：价值倍于常金的好金子。泛指多量的金银钱帛。

## 大有·蕉果

咄咄蕉心，倒垂菡萏，逐房开蕊留子[1]。子生时，深青一一排比。空中挂上羚羊角[2]，成熟后，金梭相似。剥取软玉清甘，每尝辄钦滋味。

奇尤物，缘地气。怀素绿天菴，不曾钟此。丹荔同登，进向柳侯祠里[3]。若值有余蒸晒，随怀抱婴儿堪饲。纵西北竟切频婆[4]，安能媲美？

[1] "逐房"句疑脱一字。
[2] "空中"句：传说羚羊晚上用角把身体吊挂在树上，脚不着地，猎者无迹可寻。此以形容蕉果长在树上的形态。

《海棠桥词集》校注　>>>

[3]"丹荔"二句：柳宗元于宪宗元和十年（815）任柳州刺史，元和十四年（819）死于柳州。唐长庆元年（821）建罗池庙以纪念之，在唐岭南道柳州马平县（今广西柳江县），今称柳侯祠。韩愈为撰《柳州罗池庙碑》，有"荔子丹兮蕉黄，杂肴蔬兮进侯堂"之句。

[4]频婆：源于梵语，即苹果。陆凤藻《小知录》："来禽，林檎也。味甘。来禽一曰联珠果、文林果，北人呼为频婆，即今频果。"

## 鹧鸪天·杨梅

讵有幽花口共探[1]，荒村成熟异江南。一春白蜡枝头缀，三月红肌叶底衔。

偕稚子，挈筥蓝[2]，飞禽啄下质空嵌。深林我是猿猴性，听得新蝉口便馋。

[1]讵有：没有。

[2]挈（qiè窃）：携带。　筥篮：竹篮。

## 柳梢青·题方芷斋稿[1]

媚李清妍[2]，夭桃旖旎[3]，不及兰芳[4]。天地生才，肯将妙笔，别付班行[5]。

闲时爱读蒙庄[6]，泌水里衡门趣长[7]。堪叹乡邻，风流佳话，独让钱塘。

[1]方芷斋：名芳佩，清代杭州女诗人。著有《在璞堂吟稿》。

[2]清妍：美好。

[3]夭桃：艳丽的桃花。《诗·周南·桃夭》："桃之夭夭，灼灼其华。"　旖旎（yǐ nǐ 以你）：多盛美好貌。

[4]兰芳：兰花的芳香。比喻贤人。

[5]班行：同行，同辈。

[6] 蒙庄：指《庄子》。
[7] 泌水：指隐居之处。　衡门：横木为门。指简陋的房屋。

## 梅子黄时雨

乱苇枯槎[1]，正溪水急流，谁置笭箵[2]？只翠条当空，独摇清影。丸髻儿童来到[3]，一双白鹭飞无定。看幽景，隔崖□山，烟霭初净。

曾订，良朋采兴。欲沿溪上下，还有孤艇。奈月色时悬，柴门徒凭。携得松江渔父笛，几声吹彻无人应。孤村静，晓来鲤鱼风劲[4]。

[1] 枯槎：老树的枝杈。
[2] 笭箵（líng xǐng，音灵醒）：亦称"笭箐（jīng，音京）"。渔具的总称。亦指贮鱼的竹笼。
[3] "丸髻"句疑脱一字。丸髻，圆形发髻。
[4] 鲤鱼风：九月风，秋风。

## 飞雪满群山

蠹简能清[1]，鸡窗不夜[2]，晓来白满群山。凭高细望，琉璃千树，列在瑶岛银湾。念渔舟烟外，着粉缆，晶篷往还。此时望我，当似寄居，琼宇玉楼间。

争共说今年光景好，寒随春散，素逐梅繁。焦先露寝[3]，袁安僵卧[4]，知那个往温存？把红炉偎住，中山酒斟来便干[5]。苍茫世界，何妨尽作图画看。

[1] 蠹简：被虫蛀坏的书。泛指破旧书籍。
[2] 鸡窗：指书斋。典出《艺文类聚》卷九一引南朝宋刘义庆《幽明录》："晋兖州刺史沛国宋处宗尝买得一长鸣鸡，爱养甚至，恒笼着窗间。鸡遂作人语，与处宗谈论，极有言智，终日不辍。处宗因此言巧大进。"
[3] 焦先：汉末隐士。字孝然，河东人。孑然无亲，见汉室衰，遂不语。露首赤

《海棠桥词集》校注　>>>

足,结草为裳,见妇人即避去。参阅晋皇甫谧《高士传》卷下、晋葛洪《神仙传》。

[4] 袁安:汉时袁安未达时,洛阳大雪,人多出乞食,安独僵卧不起,洛阳令按行至安门,见而贤之,举为孝廉,除阴平长、任城令。见《后汉书·袁安传》唐李贤注引《汝南先贤传》。后以为典,喻指身处困穷但仍坚守节操。

[5] 中山酒:相传产于中山的一种名酒,又称千日酒。晋干宝《搜神记》卷十九:"狄希,中山人也,能造千日酒,饮之千日醉。"

## 点绛唇·江天秋思

白荻花飞,沙低岸远江千顷。一痕山影,印入波心净。
手执渔竿,独自依孤艇。沧江静,草衣徐屏,天色明如镜。

## 渔歌子

縠纹生[1],波面雏[2],桃花水长红光溜。沙漠漠,竹森森,是我村居江口。

立鹤滩,芦叶秀,南山碧月光连岫[3]。茅店近,木桥横,暇即携壶沽酒。

[1] 縠(hú,音胡)纹:绉纱似的皱纹。此处喻水的波纹。
[2] 雏:疑为"皱"之误。
[3] 岫(xiù,音秀):峰峦。

## 水调歌头·中秋水阁

明月向空上,转盼到南隅。万家帘幕皆撤,纤霭未□除。直至天街三鼓,始觉清光圆彻,不异海中珠。玉宇浩然阔,波影碧如无。
携拍板[1],歌白苎[2],击苍梧。逸情还举,银阙□子岂能如?何事长堤

68

横带，忽地深烟斜卷，众树入模糊。久立与相约，明夜再追呼。

［1］拍板：打击乐器的一种。也称檀板、绰板。用坚木数片，以绳串联，用以击节。唐宋时拍板为六或九片，以两手合击发音，今拍板常由三片木板组成。

［2］白苎（zhù，音住）：乐府吴舞曲名。

## 鹧鸪天·九日[1]

水国秋风瑟瑟凉，空城黄菊酒争香。一群过雁无留影，半刻登楼欲夕阳。　　情脉脉，意茫茫，赢縢为客在他乡[2]。坐来暂学江枫醉，世事浮云本不常。

［1］九日：指农历九月九日重阳节。

［2］赢縢：缠绕，束缚。

## 相思引·渔父

双桨平摇网急开，上滩渔父尔何来？村边月出，一曲自低徊。

春水桃花鱼子美，秋风芦叶雁声哀。素居江次[1]，当许共衔杯。

［1］江次：江边。

## 杨柳枝

日向风前袅袅垂，几条丝。轻盈全未解相思，只离披[1]。

想厌黄鹂非故物，毫无恤，独萦帘外小蜂儿[2]，别成痴。

［1］离披：分散下垂貌。

［2］萦：牵挂。

## 大酺·酒旗

见晚烟收,斜阳照,一幅青旗漂泊。由来称望子[1],□悬巾垂帕,不嫌轻薄。柳叶桥横,梨花店小,原傍山村水□。春阴何时散,倘蒙蒙莫辨,即宜高卓。为愁极欲欢,兴来求醉,此马堪托。

晴天容易觉,任风转,常不离檐角。遇雨湿,清明时节,路上魂销。牧童来,也须问着。若果摇□在,遥认取直行无错。影翻尽,当寥廓[2]。门外榆荚[3],能变青线成索。四时投此共乐。

[1] 望子:店铺前悬挂的招帘。指酒旗。
[2] 寥廓:空旷深远。
[3] 榆荚:榆树的果实。初春时先于叶而生,联缀成串,形似铜钱,俗呼榆钱。

## 解语花

乌衣巷口[1],素柰园边[2],名字称梨雪,十分光悦。初年遇,已把眼光一瞥。方春二月,逢满地新阴乍拂。春燕飞,高下差池[3],漫向空□越。

花片随风易没,独佳人才子,两情难灭。黄昏门闭,相思处,但对碧天明月。伊当决绝,今已历破瓜时节[4]。当此生无望同床,将玉钗敲折。

[1] 乌衣巷:位于今江苏省南京市秦淮河南。三国吴时在此置乌衣营,以士兵着乌衣而得名。东晋时王谢等望族居此,因著闻。
[2] 素柰(nài,音奈):白柰。柰即林檎,又名沙果,俗称花红。
[3] 差(cī,音疵)池:犹参差。不齐貌。
[4] 破瓜:指女子十六岁,因"瓜"字拆为两个八字,即二八之年。

## 玉抱肚·采桑双女石[1]

同胞同志,同行同止,笑侬身不是男儿,背人偷作盟誓。遇春光正过,平林外，黄鸟喈喈唤蚕事。懿筐在手[2]，去拾嫩翠，侵晨往，暮才已。

一昨柴门[3]，何人到，求思作伐[4]，雄□忽鸣逝。袖中金，愧杀秋胡子[5]；陌上桑，自知罗敷意[6]。叹耶娘不谅幽情[7]，组紃安望并侍[8]。两心无异，化为石，共对村□落桑水。是姊是妹，自今后，不生世。带绿苔，山上峙。迹真□此，经县令咏，好庙荐在思传里。

[1] 采桑双女石：原注"石在容县思传里落桑江上，彭欧明府志有诗"。明府，对县令之尊称。

[2] 懿筐：深筐。《诗·豳风·七月》："女执懿筐，遵彼微行，爰求柔桑。"毛传："懿筐，深筐也。"

[3] 一昨：前些日子。

[4] 求思：追求。思，助词，用于语末。 作伐：谓做媒。《诗·豳风·伐柯》："伐柯如何，匪斧不克；取妻如何，匪媒不得。"

[5] "袖中金"二句：春秋鲁人秋胡，婚后五日，游宦于陈，五年乃归，见路旁美妇采桑，赠金以戏之，妇不纳。及还家，母呼其妇出，即采桑者。妇斥其悦路旁妇人，忘母不孝，好色淫佚，愤而投河死。事见汉刘向《列女传·鲁秋洁妇》。

[6] "陌上桑"二句：《陌上桑》诗中采桑女子罗敷，美丽而坚贞。

[7] 耶娘：父母。后多作"爷娘"。

[8] 组紃（xún，音巡）：古指妇女从事的女红。紃，绦子，用丝线编织成的圆形细带，可以镶衣、枕等物之边。

## 凤箫吟·凤洲[1]

管城边，沙洲一带，萋萋碧草初生。午江□似秀，旧桥何在？柱础分明[2]。溶溶春水长，汎光风易动春情[3]。见古寺相连，翠树覆地宽平。

新晴，回波远徙，吹箫客喜卜科名。想当隆盛日，此间罗绮艳[4]，艳曲能成。如今形不改，过年宵，挑菜人行[5]。但拾翠[6]，优游自得，布谷将鸣。

[1] 凤洲：今广西河池地区。

[2] 柱础：承柱的础石。

[3] 汎光：水光。

[4] 罗绮：指衣着华丽的女子。

[5] 挑菜：指挑菜节。旧俗，农历二月初二日，仕女出郊拾菜，士民游观其间，谓之挑菜节。

[6] 拾翠：曹植《洛神赋》："或戏清流，或翔神渚，或采明珠，或拾翠羽。"本指洛神在江边游玩，拾取翠鸟羽毛以为首饰。后指妇女游春。

## 清江裂石·虎跳山[1]

为倚山□几树松，长日啸东风。不识被谁点化[2]，苍巅畔，欲奋高纵。向船头，露出威灵状[3]，一双绿眼，光出草茸茸。却笑尔，水萦如带，历岁跃无从。

亏我辈生平，苦思凤阙横行，亦竟感飘[4]。嵎负复何为[5]？年年过此，但领□轻烟，微雨迷蒙。取树色斑斓，写作身前文彩，惟是吓儿童。

[1] 虎跳山：原注"在藤县三十四都"。藤县，今属广西梧州。

[2] 点化：指用法术使物变化。

[3] 威灵：谓显赫的声威。

[4] "亦竟"句疑脱一字。

[5] 嵎负："负隅"。凭依山曲。

## 贫也乐·笋箨冠[1]

新篁解[2]，野客戴，自有斑文如玳瑁[3]，胎方为，缨又垂。浅蓝淡白，裁成相配宜。

笋鞋一双青竹杖[4]，同气尽为尘外□。行孤岑[5]，出空林，体圆质薄，无妨烟雨深。

[1] 笋箨（tuó 驼）冠：用竹笋皮制成的帽子。

[2] 新篁：新生之竹。

72

[3] 玳瑁：爬行动物，形似龟。甲壳黄褐色，有黑斑和光泽，可做装饰品。甲片可入药。

[4] 笋鞋：用竹箬编结的鞋。

[5] 岑：小而高的山。

## 斗百花·铁树[1]

不与群芳争媚，古色终无可比。曾笑近阶红苋[2]，未免逢迎人意。高立亭亭，居然□□珊瑚，安放百花丛里，有□皆称异。

见说朱草，能知时节到[3]。丁卯是否，开花使人专记。只是人生，韶华易度谁当？磐石得看三次。

[1] 铁树：常绿乔木，苏铁的通称。叶聚生于茎的顶端，花不常开。

[2] 红苋：苋陆，亦称商陆。嫩叶可食，其根有毒，可供药用。

[3] "能知"句疑脱一字。

## 夜合花·试橙

捏蜡成团，搓金作颗，非柑非柚同黄。酱齑菹醢[1]，何人谱入群芳？出罗帕，讲倾筐[2]。遇今宵得共檀郎[3]，向银灯下，平分擘破[4]，指甲先□。

一年好景难忘。曾记移从新雨，熟又寒霜。轻刀切下，知如瑞露流浆。堪斫蟹，足持觞。遇安来自胜寻常。取吴盐点[5]，此中滋味，想未经尝。

[1] 酱齑（jī，音机）：细切后用盐酱等浸渍的蔬果。菹醢（zū hǎi，音租海）：剁成酱。

[2] 倾筐：斜口的筐子。《诗·周南·卷耳》："采采卷耳，不盈顷筐，嗟我怀人，寘彼周行。"毛传："顷筐，畚属，易盈之器也。"

[3] 檀郎：《晋书·潘岳传》《世说新语·容止》载：晋潘岳美姿容，尝乘车出洛阳道，路上妇女慕其丰仪，手挽手围之，掷果盈车。岳小字檀奴，后因以"檀郎"为妇女对夫婿或所爱慕的男子的美称。

[4] 擘（bò，音博）破：剖裂。

[5] 吴盐：江淮一带所晒制的散末盐称吴盐，色白而味淡，古人食杨梅、橙子之类水果，多喜佐以吴盐，渍去果酸。唐宋诗词中每见之。

## 买陂塘·黄芽菜[1]

与秋菘想同种类[2]，惟当岁晚才出。饱经霜雪饶风味，牛肚熊蹯难匹[3]。前几日，就亥市[4]，收来碧玉盘根密。金钩带屈，恐误坠阶除，翻成雪碎，拾取多遗失。

闻人说，此最清柔甘滑，天生要作尤物。果中荔子为奇美[5]，蔬内还他第一。居窟室，把土锉[6]，烟炉静煮供饕餮[7]。登盘可悦，任荤素皆宜，豪家筵上，何必鸡豚设。

[1] 黄芽菜：大白菜的一种。

[2] 秋菘（sōng，音松）：白菜之别称。

[3] 牛肚（dǔ，音堵）：可供食用的牛的胃。　熊蹯（fán，音凡）：熊掌。

[4] 亥市：以每月寅、申、巳、亥日集市，俗称"亥市"。张籍《江南曲》："江村亥日长为市，落帆度桥来浦里。"

[5] 荔子：荔枝。

[6] 土锉：炊具，犹今之砂锅。

[7] 饕餮（tāo tiè，音涛铁，去声）：传说中的一种贪残的怪物。古代钟鼎彝器上多刻其头部形状以为装饰。喻美餐。

## 东坡引

春山多至乐[1]，伊人旧曾约。三叉小径行无错，刺桐花正落[2]，刺桐花正落。

白云□壑露，出三层阁。到日午箫声作。几时养得青田鹤[3]？林梢看独泊，林梢看独泊。

[1] 至乐：最高妙的音乐。
[2] 刺桐：亦称海桐、山芙蓉。枝干间有圆锥形棘刺，故名。旧时多入诗。
[3] 青田鹤：浙江青田方山素以产鹤闻名，故称。

## 木兰花慢·春远

见漪漪流水，从别岸，静拖蓝。想白鹭交飞，杂花生树，人半抽帆。楼台若归烟雨，定青红碧绿总相参。但向酒旗翻动，不知何处逢酣。

长干[1]，人着杏黄衫，丝竹旧音谙。问萧寺谁游[2]，□园谁过，美景谁耽？蓬蓬，断芜将续，喜万家樱笋满筠篮。入梦几时可见？寄书愁达空函。

[1] 长干：古建康里巷名，故址在今江苏省南京市南。
[2] 萧寺：指佛寺。唐李肇《唐国史补》卷中："梁武帝造寺，令萧子云飞白大书'萧'字，至今一'萧'字存焉。"

## 踏莎行·春色

好雨频施，轻烟闲染，江山着色皆鲜艳。渐由浅淡转深浓，化工的是工妆点[1]。

旧树红绡[2]，新池翠潋[3]，黄莺白鹭飞无厌。东邻粉黛管随时[4]，繁华未必能全占。

[1] 化工：指自然的造化者。语本汉贾谊《鵩鸟赋》："且夫天地为鑪兮，造化为工。"
[2] 红绡：红色薄绸。
[3] 翠潋（liàn，音练）：碧水荡漾。
[4] 东邻：借指美女。语本宋玉《登徒子好色赋》："臣里之美者莫若臣东家之子。"

## 黑漆弩·村夜闻舂

矮篱曲巷居人在，深巷犬入夜停吠。暗篁风自动村边，浅濑更无云碓[1]。　问何人杵臼声喧[2]，灯火定知相对。是邻家入夜尤勤，是辋水沦涟月晦[3]。

[1] 浅濑：浅水沙石滩。　云碓（duì，音对）：指石碓。舂米的工具。
[2] 杵臼：舂捣粮食的工具。
[3] 辋水：辋川，亦称辋谷水，在陕西省蓝田县南。诸水会合如车辋环凑，故名。王维曾置别业于此。

## 眉妩

值春光将晚，北坞南堤[1]，天气尽和暖。纵步村家去，秋千架，轻盈人效飞燕。彩绳□挽，惹少年园外偷盼。竟忘却，隔水楼台处，着红绿都遍。　斜转桥通红板[2]，见几株杨柳，当岸垂线。飘泊东风起，花如雪，飞来低扑纨扇[3]。此情莫懒。听叶间黄鸟频唤，实堪比鸾笙丹凤笛[4]，奏仙馆。

[1] 坞：四面高中间低的地方。此指村落。
[2] 红板：漆成红色的木板。指桥板。
[3] 纨扇：细绢制成的团扇。
[4] 鸾笙丹凤笛：笙、笛的美称。

## 寿楼春

乘云车飙轮[1]，举名山洞府，皆得留神。若使□无□分，此为何因？徒食粟，称同群，纵不殊凌烟功臣[2]，究莫脱人间红尘，未若高举出笼樊。

76

浮沤事[3]，原非真。任姻缘眷属，于我何亲？试望沧溟楼阁[4]，烂如金银。丹鼎火[5]，云瓶津，是一壶流霞长春。倘能与佺期遨游，足轻蝼蚁身[6]。

[1] 云车：传说中仙人的车乘。仙人以云为车。故称。 飙轮：指御风而行的神车。陆龟蒙诗："莫言洞府能招隐，会辗飙轮见玉皇。"

[2] 凌烟：凌烟阁。唐太宗贞观十七年（643）为表彰功臣而建的高阁，上绘功臣图像。

[3] 浮沤：水面上的泡沫。比喻变化无常的世事和短暂的生命。

[4] 沧溟：高远幽深的天空。

[5] 丹鼎：炼丹用的鼎。

[6] 蝼蚁：蝼蛄和蚂蚁。泛指微小的生物。《庄子·列御寇》："在上为鸟鸢食，在下为蝼蚁食。"

# 卷 二

## 月照梨花

皎洁，难灭，虾须帘揭[1]。冷逼高虚[2]，光笼瑞雪。深院当此溶溶，竟谁同？

文君绰约丁新寡[3]，淡妆洗罢，行近秋千架。隔墙防有人见真，春色平分，妙无痕。

[1] 虾须帘：一种用虾须织成的护书、画卷的小帘。

[2] 高虚：高空。

[3] 文君：汉临邛富翁卓王孙之女文君，貌美，有才学。司马相如饮于卓氏，文君新寡，相如以琴曲挑之，文君遂夜奔相如。见《史记·司马相如列传》。

## 多丽·集美人名六十[1]

貌羞花，宛若文君徐淑[2]。望云翘，兰香蝶翠，小怜菱角妆束[3]。一团儿，月华小小[4]，把琵琶，子夜歌曲[5]。荷叶田田[6]，桃花灼灼，大家却要茂猗紫竹[7]。浣衣罢，镜儿清照[8]，如愿夜来宿。朝云起[9]，阳台楚楚[10]，小润如玉。

曙光彻，幽妍雅秀，小英晃采金菊。步非烟，粉儿贞素[11]，妙想娇如玉儿足。举举飞鸾，翩翩轻凤，微波望子国容独。玉簪插，无瑕无美，花蕊锦云簇。芳华好，飞燕柳枝[12]，络秀争逐[13]。

［1］此词集历代女子名而成。

［2］文君：卓文君，西汉临邛（属今四川邛崃）人，貌美有才气，善鼓琴。　徐淑：东汉陇西人，诗人秦嘉妻。嘉死，淑守寡终生。

［3］小怜：冯小怜，原为侍女，后为北齐后主高纬贵妃。

［4］小小：苏小小，南齐钱塘名妓。

［5］子夜歌曲：乐府《吴声歌曲》名。

［6］田田：莲叶盛密貌。

［7］茂猗：茂盛柔美。

［8］清照：李清照，号易安居士，南宋杰出女文学家，山东济南人，婉约词宗。

［9］朝云：字子霞，姓王氏，钱塘（今浙江杭州）人，能歌善舞，少归苏轼为妾。

［10］阳台：赵阳台，鲜卑女子，窦滔在秦州任上娶为妾，后被滔遣。

［11］贞素：秦良玉，字贞素。明朝末期战功卓著的民族英雄、女将军、军事家。

［12］飞燕：汉成帝赵皇后之名。

［13］络秀：晋周顗母李氏，汝南人。见南朝宋刘义庆《世说新语·贤媛》。

## 江南好

寒釭静[1]，杜宇一声声[2]。芳草池塘何处好，梨花庭院不胜清，暗月转三更。

［1］寒釭：亦作"寒缸"。寒灯。

［2］杜宇：杜鹃。

## 江南好·闺晓

妆镜晓，相对喜成双。纤手引红簪宝髻[1]，□风摇绿到□□，深讶影幢幢[2]。

[1] 宝髻：古代妇女发髻的一种。

[2] 幢幢：晃动貌。

## 南柯子·春闺

柳外新莺默，花梢细雨添。东风有意入疏帘，惹起半天幽恨，上眉尖。

## 潇湘夜雨

世事艰难，有人分任，何烦自去当头。柴门托处岸西头，祈百岁，亲颜尚健，求八口，菜色无忧[1]。披蓑笠，纵居穷壑，也□风流。

霜晨星夕，□游万仞，兴寄千秋。笑诸公共处，欲见无由。山翠外，翩翩□鹭，烟霭内，拍拍轻鸥。春来也，丛溪水长，独放子陵舟[2]。

[1] 菜色：饥民营养不良的脸色。指受饥。《汉书·元帝纪》："岁比灾宫，民有菜色。"注："五谷不收，人但食菜，故其颜色变恶。"

[2] 子陵：严光，字子陵，东汉余姚人。曾与汉光武帝刘秀同游学，刘秀即位后，改名隐居，后被召至京师洛阳，授谏议大夫，不受而退隐于富春山。

## 柳梢青

寂寞江村，萧条门巷，苔积无尘。燕子春归，结巢梁上，时见泥痕。

墙头草色初新，任琐屑花飞四邻。荷笠农人[1]，敲针稚子[2]，日与相亲。

[1] 荷笠：荷叶制成的斗笠。

[2] 敲针稚子：语本杜甫《江村》："老妻画纸为棋局，稚子敲针作钓钩。"

## 风蝶令·丛溪

古渡斜阳近,荒村断壁翻。晴天采药去闲闲[1],听得牧童驱犊,几声喧。

松影临溪翠,滩声出树寒。趁墟人返便呼船[2],头戴笠儿停待,在洲边。

[1] 闲闲:悠闲的样子。
[2] 趁墟:赶集。墟,乡村集市。

## 临江仙

雨过远村沙脚净,松杉万树清幽。碧溪半曲抱层楼,朝朝迎爽气,日日下群鸥。

角胜争强情自热[1],不如万事都休。生涯办取钓鱼舟,荻花苹叶外[2],一片是清秋。

[1] 角(jué,音决)胜:较量胜负。
[2] 荻:多年生草本植物,与芦同类。生长在水边。 苹叶:浮萍。

## 满庭芳

春事阑珊[1],小楼岑寂[2],好梦多是难醒。今朝早起,悄觉雨迷冥。出槛花枝似濯,巡檐鹊报信无灵。闲门外,乱山千叠,送入眼中青。

空庭,当迩日,知交断绝,独坐伶仃。念雕鞍绀幰[3],渐向郊坰[4]。欲取清平旧调,将宫徵细按珑玲[5]。谁能捧,香姜瓦砚,一上牡丹亭。

[1] 春事:春色。

81

[2] 岑寂：高而静。

[3] 雕鞍：刻饰花纹的马鞍。 绀幰（xiǎn，音显）：天青色车幔。

[4] 郊坰（jiōng，音迥，阴平）：泛指郊外。

[5] 宫徵：古代五音中宫音与徵音的并称。借指乐曲。

## 满庭芳

草意将苏，花须带湿，细雨初洒闲庭。近时中酒，倦眼几曾醒。回忆当年聚处，才欢洽、浪打浮萍。空江远，蘼芜自长，无计觅芳馨。

冥冥深巷里，真珠帘子，碧玉窗棂。想佳人刺绣，或负娉婷。一幅蛮笺细擘[1]，光如雪、欲写还停。双文逝[2]，才如锦绣，未必解垂青[3]。

[1] 蛮笺：唐时高丽纸的别称。亦指蜀地所产名贵的彩色笺纸。

[2] 双文：原指唐传奇小说人物崔莺莺，其名为重文。借指美女。

[3] 垂青：谓以黑眼珠相看，表示重视或见爱。

## 宫中调笑·傀儡[1]

棚上，偶然见，指东向西称最善。因人出手为奇变，究竟非伊真面。不如断却身中线，还我自然方便。

[1] 傀儡：用土木制成的偶像。汉代用于丧乐及嘉会，隋唐已用于表演故事，宋代益盛行。

## 忆王孙·初春（二首）

### 其一

翠屏红烛画堂春，暖入帘栊宝鸭焚[1]。更与梅花作主人，数枝分，尽挂羊灯白似银[2]。

## 其二

幽居无客也倾觞,绿酒新篘柏叶香[3]。过了初春便未遑[4],看村庄,人与莺花一样忙。

[1] 帘栊:亦作"帘笼"。窗帘和窗牖。 宝鸭:香炉。因作鸭形,故称。
[2] 羊灯:用竹丝扎成外糊以纸的羊形灯。民间常在灯节悬挂。
[3] 新篘(chōu,音抽):新滤取的酒。
[4] 遑:闲暇。

## 杜韦娘[1]

是何娘子,生得丽质如珠玉?把故里从伊问清楚,说住近杜陵韦曲[2]。随教坊众伎,开元遗事,提来一一皆能熟。抱檀槽[3],就即纤指,调弦转轴。　唱断续,居然莺语,几声宛转出林谷。想度当,情思关幽独,定不禁,双蛾微蹙。念雏年,托处长安,换羽移宫[4],可并师曹穆[5]。觉苏州刺史在座,听来未足。

[1] 杜韦娘:原为唐歌女名。唐教坊用为曲名。此又为词牌名。
[2] 杜陵:位于今陕西省西安市东南。 韦曲:即今陕西省长安县。唐代位于长安城南郊,因韦氏世居于此得名。为唐时游览胜地。
[3] 檀槽:檀木制成的琵琶、琴等弦乐器上架弦的槽格。借指琵琶等乐器。
[4] 羽、宫:古代五音中的羽音和宫音。借指音乐。
[5] 曹穆:曹、穆,皆唐著名的琵琶师。

## 探春·春寒

九九梅花[1],胭脂点尽,尚未寒消一半。被舞鸾轻,炉眠鸭重,两道翠眉难展。才露些天色,忽又被云容铺满。锦袍赐与宫人[2],承恩争得余暖。

弹指一春将晚,漫拟过南邻北邻游宴。解语莺儿,含情燕子,绝少声音流转。阵阵梨花落,直呼作半庭飞霰。帘幕低垂,东风何事如箭?

83

[1] 九九：由冬至日起，历八十一日，每九天为"一九"，按次序定名为"一九""二九"至"九九"。亦指"九九"中最末一个九天。

[2] 宫人：妃嫔、宫女的通称。

## 更漏子

酒尊空，芳径渺，春事不知多少。情脉脉，意悠悠，漫登城上楼。
梨花褪，桐花润，又是清明节近。杜宇唤，不停声，川原绿已成。

## 月下笛·旅思

客路茫茫，邮亭寂寂[1]，欲投何处？乾坤内，云水游行总无据。惟余几点青山在，乍拥出平芜远树。懒炊烟，遥映斜阳，赚我此间延伫[2]。

无数征人顾，念去国无端，向谁堪诉？衣冠自污，不能除却尘土。好风吹袂，思留醉，把绿酒消来几许。只剩得柳千丝，能把离人系住。

[1] 邮亭：驿馆，递送文书者投止之处。

[2] 赚我：犹令我，让我。 延伫：久立，久留。

## 浪淘沙·象州[1]

薄霭满城飞，渐出朝曦，洲伸龙舌舔涟漪。花外猫儿江口鹭，俱是忘机。

今古不同时，搔首长思。小园珠树好风吹，谢氏昔年曾此住[2]，同气连枝。

[1] 象州：隋置，寻废。唐复置，故治在今广西象州县西。明清属广西柳州府。

[2] 谢氏：指谢洪、谢泽兄弟。宋代象州人，宣和三年（1121）同榜进士，博学能文，时人誉为广西"二贤"。家住象州城南门外"谢氏园"。园内有"扶疏堂"，竹

木幽翠，景色别致，凡迁谪象州的朝廷官吏，多在谢氏园借寓，与谢氏兄弟交游、吟诗，题咏满壁。

## 红林檎近·闺思

炉腹香慵袅，镜奁鸾自飞[1]。分袂密相约，至今是何时？一声流莺睍睆[2]，已报道一春归。侧见小径花枝，冷艳欲侵肌。

□□□似病，成瘦岂能肥？栏杆独凭，此情未许人知。唤小鬟悄问，绿杨树外，适闲金勒谁疾驰[3]？

[1] 镜奁（lián，音帘）：镜匣。

[2] 睍睆（xiàn huǎn，音现缓）：鸟声清和圆转貌。

[3] 金勒：金饰的带嚼口的马络头。借指坐骑。

## 三字令·唐明皇夜游图（集曲名）[1]

开元乐，庆时丰，夜游宫。红芍药，白芙蓉，赏花时，深院月，系梧桐。

五更转，瑞云浓，降黄龙。多娇面，喜相逢。对玉环[2]，双劝酒，醉春风。

[1] 此词集词牌名而成。唐明皇，即唐玄宗。因谥号为至道大圣大明孝皇帝，故称。

[2] 玉环：指杨贵妃。

## 荷叶杯·午窗对雨次覃爱吾韵

花影一庭无雨，当午，倏见半溪□。□情因尔得欢欣，高阁雨留宾。

日对天边飞鸟，调笑，只□到今宵。行人归梦路迢迢，莫打隔窗蕉。

## 惜分飞

无数乱山横极浦[1]，触起离愁别绪。执手将辞去，深知此后相思苦。生事近来无可语，安得花间长聚？掩泪频回顾，西楼缥缈惟烟树。

[1] 极浦：遥远的水滨。

## 贺新郎·夜来香[1]

月照空棚朗，小藤萝不带炎蒸[2]，独忺秋爽[3]。缭绕轻芬乘渐至，兰蕙徒劳想像[4]。乍浴罢，墙根因望。细蕊青黄浑莫辨，喜双鬟摘向床头放[5]。柔弱态，总相仿。

深宫旧事谁能状？记灵芸[6]，尘宵乍至，烛台高晃。道侧有人烧石叶[7]，翡翠明珠奚尚？笑魏帝迎归碧帐[8]。已取小名全改了，至今时犹在栏杆傍。清露下，得幽赏。

[1] 夜来香：多年生缠绕藤本植物，香气浓，夜间尤盛，故称。
[2] 炎蒸：亦作"炎烝"。暑热熏蒸。
[3] 忺（xiān，音先）：欢快，高兴。
[4] 兰蕙：兰和蕙，皆香草。
[5] 双鬟：指婢女。
[6] 灵芸：指三国魏文帝所爱美人薛灵芸。灵芸容貌绝世，被选入宫。至升车就路之时，以玉唾壶承泪。及至京师，壶中泪凝如血。见晋王嘉《拾遗记·魏》。后用以为典。
[7] 石叶：香料名。
[8] 魏帝：指魏文帝。

## 一络索

揭起湘帘延伫[1]，薄凉如许。悄然不觉是黄昏，洒几阵，帘纤雨。

争喜睡魔逃去，细茶新煮。小窗灯火读书声，这历□，谁先数？

[1] 湘帘：用湘妃竹做的帘子。

## 怨东风

日暖同乘兴，别院谁能省[1]？柔蜂几个□空来，听、听、听。翼小能□，身飞不动，短墙荒径。

人与花相竞，花比人须□。见人何事却离花，猛、猛、猛。躲了还逢，扑来更至，翠鬟妆靓。

[1] 别院：正宅之外的宅院。

## 行香子

月上金阶，香雾潜开，借华严集福消灾[1]。菩提路近，且住□佳。见跨青狮，跨白象[2]，跨莲台。烛渐成煤[3]，人尚成堆。值仙姿体貌如梅，见人不顾，意若迟回。学拜观音，拜罗汉，拜如来。

[1] 华严：佛教语。天台宗所说"五时"教之一。指释迦牟尼成道之初在菩提树下所说的大乘无上法门。因其高深，解悟者少。

[2] 白象：白色的象。古代以为瑞物。

[3] 煤：灯芯的余烬，即灯花。

## 绣停针·金丝荷叶

夏径好，看最小荷钱，粼粼铺地。面自凝青，缃碧界来[1]，遂觉得名殊异。□风初起，见叶背齐翻深紫。共言湿处多生，每添绿苔幽致。

花逢乍放矣，验几片玉屑，十分零碎。缕缕红丝，茎下纠缠，毫白虎当垂耳。石边圆□，本不许蜗牛潜寄。画工描写，又从一时游戏。

[1] 缃碧：浅红色和绿色。

## 南楼令

慼慼近河洲[1]，潇潇到寺楼。卷湘帘，凉气如秋。此景供来原不□，因信宿，感淹留。

剌剌几能休[2]，□□和楚讴[3]。盼前村，去马来牛[4]。咫尺鸥庄天样远[5]，问何日，许回头？

[1] 慼慼（qī，音戚）：忧愁貌。
[2] 剌剌：象声词。状风声。
[3] 楚讴：楚歌。
[4] 去马来牛：语本杜甫《秋雨叹》："去马来牛不复辨，浊泾清渭何当分。"
[5] 鸥庄：指隐者居处。

## 归自谣

群山一带入新晴，红日放孤明。远树依依，轻烟淡淡，倚槛画难成。

连朝尽被荒村雨，牢锁在愁城。活水蓝拖，芦花白散，争自赴归程。

## 千秋岁·寿刘母叶孺人[1]

西华王母[2]，觞举中秋后。分景剑，灵飞绶[3]。丹房开紫翠，排映兰台右[4]。卯金子[5]，斑衣舞罢宫袍又[6]。

丛桂香依旧，酿作延龄酒。将玉麝[7]，焚金兽[8]。月明湘磬响[9]，风定云和奏。君若问，小鸾吾妹淮南舅。

[1] 孺人：《礼·曲礼》："天子之妃曰后，诸侯曰夫人，大夫曰孺人，士曰妇人，庶人曰妻。"本指对贵族、官吏之母或妻的称呼。此处用为妇人的尊称。

[2] 西华王母：传说中的女仙，旧时以为长生不老的象征。此喻指刘母。

[3] 灵飞绶：仙人腰带名。

[4] 丹房、兰台：神仙的住所。

[5] 卯金子：谓刘姓之子。

[6] 斑衣：彩衣。《艺文类聚》卷二十引《列女传》："昔楚老莱子孝养二亲，行年七十，婴儿自娱，常着五色斑斓衣，为亲取饮。"因以"斑衣"指孝养父母。 宫袍：古代官员的礼服。

[7] 玉麝：麝香的美称。

[8] 金兽：指兽形的香炉。

[9] 湘磬：磬的一种。磬，古代打击乐器，状如曲尺，用玉、石或金属制成。悬挂于架上，击之而鸣。

## 拂霓裳

说神仙，原非华岭旧神仙。颐养乐余年[1]，驻景得灵丸[2]。杏花坛畔地，璧水□中天[3]。霎时间，化桃花流水武陵源。

宫墙数仞，远萃佳客三千。齐见得，虎章华胜出帘前[4]。云璈弹朗彻[5]，集羽舞婵娟。写红笺[6]，请蟾宫月姊到芳筵。

[1] 颐养：保养。

[2] 驻景：犹驻颜。

[3] 杏花坛、璧水：均指授徒讲学之处。

[4] 华胜：花胜。古代妇女的一种花形首饰。

[5] 云璈（áo，音遨）：云锣，打击乐器。　朗彻：爽朗通脱。

[6] 红笺：红色笺纸，多用以题写诗词。

## 惜秋华·红蓼[1]

水国烟疏，见泾涯崩岸，淡然无色。吐穗抽茎，斜阳为伊留赤。生来不比家园，敢实取鸡鱼同食。闲摘，向孤篷画图，依稀燕□。

宿鹭几留迹，喜渔灯蟹火，照几枝幽寂。隔□游龙，曲□旧闻曾释。□谁□景台边，把□诗一时传刻。难白，只秋风始能相识。

[1] 红蓼：蓼的一种。多生水边，花呈淡红色。

## 滴滴金

隔帘摇飏芭蕉影[1]，雨来时，几声应。触动双鬟发深省，把窗儿遮定。

湘纹簟设蒲葵屏[2]，向空奁，拭明镜。竹上斑鸠唤无定，浼玉郎同听[3]。

[1] 摇飏：亦作"摇扬"。摇曳。

[2] 湘纹簟：湘竹编的席子。　蒲葵屏：指蒲葵扇。蒲葵，常绿乔木，叶子大可做扇子。

[3] 浼（měi，音美）：请求。　玉郎：旧时女子对丈夫或情人的爱称。

## 两同心

茗鼎飞香，薰炉着篆[1]。剧难忘绿鸭清谈[2]，更共逞碧鸡雄辨[3]。一时间，满座春来，百花相见。

寂寞青纱帐外，月光铺遍。把年来旧恨都除，觉世上新知难恋。应共矢，松柏坚贞，芝兰妙善[4]。

[1] 着篆：谓香烟萦回如同篆文。

[2] 绿鸭：唐教坊曲名。又词牌名。亦称《多丽》《鸭头绿》。此调有平韵、仄韵两体。双调一百三十九字。前段十三句六平韵，后段十一句五平韵。

[3] 碧鸡：宋代王灼寄居成都碧鸡坊，撰《碧鸡漫志》，是从音乐方面研究词调的重要文献。"绿鸭""碧鸡"皆指品谈词之事。

[4] 芝兰：指香草芷和兰。喻优秀子弟。芝，通"芷"。

## 凄凉犯

天街历寂声闻断，一庭明月如水。苦雪初凝，酸风乍咽，竹梢微坠。栏杆十二[1]，伴重门深深锁闭。更何人长吁短叹，暗里垂珠泪。

振触无端绪，故友飘零，内妻憔悴。青衫着下[2]，似吾曹者般遭际[3]。隔住楼头，听寒柝飞声叠至[4]。向牙床[5]，辗转反侧更不寐。

[1] 栏杆十二：亦作"十二栏杆"。曲曲折折的栏杆。十二，言其曲折之多。

[2] 青衫：指微贱者的服色。

[3] 者般：这般。

[4] 寒柝（tuò，音拓）：寒夜打更的木梆声。

[5] 牙床：饰以象牙的眠床或坐榻。此为床之代称。

## 醉公子·九里香

香气随风递，□里原无谓。若道此专香，何将色相忘。

色相真幽媚，不合人间世。愿锡曼珠名[1]，深闺恰恰称。

[1] "愿锡"句：谓给九里香取名为曼珠花。

## 醉公子·友以绍酒见酌醉谢[1]

花月迎新霁,闭室淋漓醉。春色二分娇,醇醪十斛浇[2]。

毕卓中情餍[3],李白新诗欠。扶路几人嗤,归来总不知。

[1] 绍酒:绍兴酒,通称"黄酒"。因原产地为绍兴,故名。

[2] 醇醪(láo,音劳):味厚的美酒。

[3] "毕卓"句:晋吏部郎毕卓,常饮酒废职。邻舍酿熟,卓夜至其瓮间盗饮,为人所缚,明旦视之,乃毕吏部。旋解缚,遂与主人饮瓮侧,致醉而去。事见《晋书·毕卓传》。后常以指嗜酒成癖的人。餍,满足。

## 玉女摇仙佩·曼珠花[1]

镌冰镂雪,散入深丛,不厌十分精细。万颗玲珑,千重蓓蕾,叶底暗攒青翠。欲取飞琼比,恐瞿昙说是禅家滋味[2]。向曾想禅家妙旨,不过虚无寂灭为事。奚烦者翩翩秀美丰姿,纷呈雅致。

今夜风轻露重,皓月多情,冷浸一庭清气。我有好香,不□荀令[3],福薄怕成憔悴。重破闻根戒[4],每徘徊阶下,相怜无已。□小蝶朝来暮去,纷纷籍籍[5],把他蕲碎无留矣。家贫怎得纱笼尔[6]?

[1] 曼珠花:原注"即九里香,改名见前《醉公子》词"。

[2] 瞿昙:释迦牟尼的姓。一译乔答摩。用作佛的代称。

[3] 荀令:荀彧,字文若,为侍中,守尚书令。传说他曾得异香,用以薰衣,余香三日不散。因以"荀令香"指奇香异芳。

[4] 闻根:佛教所谓"六根"之一,指嗅觉。佛家以六根清静为达到远离烦恼的境界。

[5] 纷纷籍籍:众多貌。

[6] 纱笼:原谓以纱蒙覆贵人、名士壁上题咏的手迹,表示崇敬。典出五代王定保《唐摭言·起自寒苦》:"王播少孤贫,尝客扬州惠昭寺木兰院,随僧斋飡。诸僧厌

息,播至,已饭矣。后二纪,播自重位出镇是邦,向之题已碧纱幕其上。播继以二绝句曰:'……二十年来尘扑面,如今始得碧纱笼。'"此处指对珍视的事物加以呵护。

## 南柯子·江景

古木埋沙碛,寒滩噀雪花[1]。村醪酌罢夕阳斜[2],一阵渔歌声起,响呕哑。
[1] 噀(xùn,音迅):含在口中而喷出。
[2] 村醪:村酒。

## 湿罗衣

单衣小扇坐中林,唤人先有幽禽。不信天边,忽作轻阴。
霎然狂雨来侵,冷萧森。松涛聒耳,松风刮面,好是难禁。

## 玉树后庭花·观音蕉

普陀海岸香山寺[1],散来奇卉。秋风一霎空园里,绽红垂紫。
插瓶定有醍醐味[2],与莲相似。世尊昔日曾拈未[3]?问之童子。
[1] 普陀:泛指佛教胜地。
[2] 醍醐(tí hú,音提胡):从酥酪中提制出的油。佛教用以喻佛性。
[3] "世尊"句:《五灯会元·七佛·释迦牟尼佛》:"世尊在灵山会上,拈花示众,是时众皆默然,唯迦叶尊者破颜微笑。世尊云:'吾有正法眼藏,涅槃妙心,实相无相,微妙法门,不立文字,教外别传,付嘱摩诃迦叶。'"此为佛教禅宗以心传心的第一公案。世尊,佛陀的尊称。

93

## 大江东去·藤江[1]

苍江浩渺，比岷江[2]，千里原同一色。偌大乾坤从此处，当使心神俱适。碧岭遥分，孤城近接，形势何曾迫？冰轮光照[3]，水波天宇同白。

遐想当日坡翁[4]，扁舟东下，夜起忘岑寂。江月吟成相□舞，绝世高情谁识？赤壁东山，称名不异[5]，事过空陈迹。人生行乐，不须重辨今昔。

[1] 藤江：广西浔江在藤县界，名藤江。
[2] 岷江：长江上游支流，在四川省中部。古亦称汶江。
[3] 冰轮：指明月。
[4] 坡翁：指苏轼。
[5] 原注"见藤县志"。赤壁、东山，均在今广西藤县。

## 菩萨蛮

眉峰一点遥浮碧，石榴千颗低垂赤。窈窕对门居，偷睛半月余。

黄昏谁伴坐？卷牍留灯火。莫去倚栏杆，秋风阵阵寒。

## 系裙腰

裁成六幅称腰肢，湘江水，曳涟漪。秋千架上轻摇摆，忽露鞋儿。北风起，便相吹。

十里长亭初送别[1]，宽数褶，过腰围。近来觉带些儿紧，说与谁知？只梅树下，拂花飞。

[1] 十里长亭：古时于道路每隔十里设长亭，供行旅停息。近城者常为送别之处。

## 献衷心·小重阳祷[1]

记故人栖处，野菊含芬。将策杖，共开樽。忽天公飞雨，连日纷纭。泥滑滑，行不得[2]，鸟声云。

今夜里，意弥殷，明朝即便是良辰。若天随人愿，岂惜香焚。知听否，从二鼓[3]，验高云。

[1] 小重阳：夏历九月十日，即重阳后一日。
[2] 泥滑滑、行不得：皆鸟鸣声。泥滑滑为竹鸡的鸣声，行不得为鹧鸪的鸣声。
[3] 二鼓：二更天。指晚上九时至十一时。

## 意难忘·菊影

枝外零星，爱空能著相[1]，淡欲离形。现身归阒寂[2]，倚梦伴伶仃。筛小径，恋闲庭，未始到窗棂。日渐颓，携灯就看，忽上围屏。

移时月照圆灵，却不嫌重出，每喜常惺[3]。折来难措手，嗅去岂闻馨。天上雾，霎然经，悄悄复冥冥。似昔贤，因人口醉，懒独为醒。

[1] 著相：佛教语。有意识地表现出来的形象状态。
[2] 阒（qù，音去）寂：寂灭。
[3] 惺：清醒。

## 蓦山溪

角巾方垫[1]，危坐长林下[2]。何处走雷霆，似婴儿一声号嘎。东南数里，争得日光先，树依依，村暧暧，现出浮云罅[3]。

蓑衣箬笠，想是忘机者。何事水边鸥，竟远飞不栖平野。孤松密护，合袭大夫封，滴明珠，承片瓦，先取溪山写。

[1] 角巾：方巾，有棱角的头巾。为古代隐士冠饰。
[2] 危坐：正身而坐。
[3] 云罅：云朵间的缝隙。

## 风入松

神魂似醉忽然醒，泉谷助幽声。茅山宰相今何在[1]？应及早跨鹤瑶京[2]。清籁欲终旋起，寒涛乍涌还停。

澄心兀□到元冥，隐约暮山青。适闲留下渔樵话，能似此一种凄清。今夜月明无寐，相期听至残更。

[1] 茅山宰相：南朝齐梁时的著名思想家、道学家、医学家陶弘景曾不受梁武帝礼聘，隐居茅山中，创立道教茅山派，时人称"山中宰相"。茅山，位于今江苏句容市东南26公里处，为道教圣地。
[2] 跨鹤：道教认为得道后能骑鹤飞升。 瑶京：玉京，天帝所居。泛指神仙世界。

## 天仙子·登山

鞭策苍龙归上界[1]，人家橘柚喧溪籁。手拈红日照通寰[2]，云气解，旧园在，白鸟孤飞苍霭外。

[1] 苍龙：青色骏马。
[2] 通寰：天空。

## 探春慢·梅魂

村月荒寒，溪风荡漾，姗姗来者为汝。欲见无由，幽寻或遇，凄断春阴微雨。石上低徊久，窃细把三生共语。一枝竹叶相招，应同□□长住。

当日师雄帐暮，为甚事向伊，留恋无去？树杪参横，林梢斗转，可不惊闻啼羽。游戏无人地，□赠我清香如许。□笛吹时，黯然销向何处？

## 鹤冲天[1]·雨宿覃爱吾

风乍紧，雨还生，扑地楝花明。无端作势向三更，不遣梦儿成。
灯何处，人何处，四壁蛩声尔汝[2]。故交明发定能知[3]，两鬓欲成丝。

[1] 鹤冲天：又名《喜迁莺》《春光好》《万年枝》等。双调四十七字。本词非双调八十四字、八十六字、八十八字的《鹤冲天》。

[2] 尔汝：彼此亲昵的称呼。表示不拘形迹，亲密无间。

[3] 明发：黎明。

## 忆王孙

日长屋角雨淋漓，蓑笠耘田人未归，厌写豳风无字诗[1]。□黄鹂，隔树鸣来声苦饥。

[1] 豳（bīn 彬）风：《诗经》十五国风之一，共有诗七篇，多描写农家生活、辛勤力作的情景。借指田园诗。

## 玲珑四犯·洋绣球花

碗大花头，却百朵攒成，球面光粲。种自狮洋[1]，玉蕊琼花□逊。娇姹略带朝酣，便仿佛瑶台风韵。转盼间，又换幽姿，翠黛绿螺青鬓。

经旬币月尤多幻，或深红，或同蓝靛[2]。多应绣自鲛人妇[3]，浮海将寻问。抛掷恐被晓风，向屋里深藏最稳。见蒂盘锦簇，如踏鞠[4]，常亲近。

[1] 狮洋：西洋。

[2] 蓝靛：深蓝色。

[3] 鲛（jiāo，音交）人妇：捕鱼者之妻。

[4] 踏踘：亦作"踏鞠"。古代一种用于习武、健身和娱乐的踢球运动。

## 沙头雨

江县黄梅，枝□颗颗经时雨。停桡孤屿，十里斜阳暮。谁赛龙舟？远山潇湘浦。闻挝鼓[1]，抛开角黍[2]，觅个芳洲路。

[1] 挝（zhuā，音抓）鼓：击鼓。

[2] 角黍：粽子。

## 沙头雨·慕古堂

弱柳初垂，春风即向朱栏舞。鱼知乐趣，出水含飞絮。游子飘零，曾叹难居住。今无负，园林得主，翔泳皆吾与[1]。

[1] 翔泳：谓飞鸟游鱼。喻升沉。

## 泛清波摘遍·绿葡萄

华林园里，百七余株，种类不离红黑白。垂珠滴乳，叶尔羌供更奇特[1]。何由得，春波濯出，青鸟衔来，呼作虎睛人□识。蜜食维甘，独记回音号奇石。

蜀中□，曾见野人取携，细察俨然同色。难似西洋最柔，自然无核。问谁摘，盘钉赤玉为宜[2]，杯陈翠涛须亟。醉后分尝几颗，易生津液。

[1] 叶尔羌：指叶尔羌汗国，建于1514年，1680年为准噶尔所灭。首都在今新疆莎车，疆域包括吐鲁番、哈密、塔里木盆地。

[2] 盘钉（ding，音定）：盘盛果品食物的统称。

## 采桑子·偕覃爱吾游都峤

平生坐窟惟都峤，别后常怀。久后仍回，洞口桃花只管开。
刘晨阮肇情无异[1]，为道香腮。莫讶凡才，勾引何人到此来？

[1] 刘晨阮肇：刘晨和阮肇，东汉人。相传永平年间，二人至天台山采药迷路，遇二仙女，蹉跎半年始归。时已入晋，子孙已过七代。复入天台山寻访，旧踪渺然。后以为游仙之典。

## 月中行·娑婆岩醉月[1]

月光光不灭岩阿[2]，流影照山河。清芬桂子下娑婆，携酒问嫦娥。
乘风御气何年事？凌万仞，翠壁烟萝。高声唱出步虚歌[3]，传到下方么。

[1] 娑婆岩：都峤山北洞胜景之一，原名中宫岩。明末尚书李永茂栖隐其中，遂改岩名。
[2] 岩阿：山的曲折处。
[3] 步虚：指道家传说中神仙的凌空步行。

## 望江南·松涛

声滚滚，涌出碧峰头。鹤梦今宵知不稳，天风万里作飕飗[1]，撼尽一山秋。

[1] 飕飗（sōu liú，音搜留）：风凛冽貌。

## 曲游春·菜花

绣壤春光错，见几家园内，金翠如织。好雨连朝，又暄和晴日，照来当夕。罗绮纷然积，十二幅彩裙谁刺？遇远风夹巷潜吹，香气野人须识。

阒寂，元都重即[1]。笑千树桃花，皆已无迹。观此堪耽，任云鬟采撷[2]，不容妆饰。穿过疏篱隙，只蛱蝶纷纭同色。若乞种子囊盛，异时可得。

[1] 元都：玄都。道教传说中神仙所居之地。

[2] 云鬟：指女子。

## 临江仙·过覃爱吾

春色近来知几许，池塘绿草鸣蛙。夕阳楼外夕阳斜，梨□都化絮，喜意欲添花。

半榻兰言清可味[1]，未应见解争□。瓷瓯细，共品新茶。两人还得趣，树色障窗纱。

[1] 兰言：情投意合之言。语本《易·系辞上》："二人同心，其利断金；同心之言，其臭如兰。"

## 鹧鸪天·九日同爱吾过刘解元[1]

旧事谁谈戏马台[2]？如期风雨满城催。白衣客少江□□，乌帽人存晋代才[3]。

枫叶落，菊花开，孤鸿离阵负秋来。刘郎此日情无量，徙倚云端望几回[4]。

[1] 刘解（jiè，音介）元：姓刘的解元。解元，科举时，乡试第一名称"解元"。宋元以后对读书人亦通称或尊称"解元"。

[2] 戏马台：即项羽凉马台，在江苏省铜山县南。晋义熙中，刘裕曾大会宾客赋诗于此。

[3] 乌帽：黑帽，古代贵者常服。

[4] 徙倚：徘徊。

## 绣带儿·留别

花雾妒晴天，变幻却无端。绿树红楼村外，杜宇几声□。
种柳自何年？□旦惹，漠漠轻烟。不须赠别，思当命□，□即言旋。

## 夺锦标

文士高怀，一逢古物，即便摩挲难置。可惜漫堂退谷[1]，品鉴称精，至今皆逝。问鼎铭镜刻，更谁辨汉唐真伪。笑时人资力□余，还学嗜痂习气[2]。　若果征求不已，上蔡□都，犹有狗枷犊鼻[3]。要识物归所好，物固无心，适然因寄。看潭泉□籁，诩珍藏总非孙子。任烟云过目纷然，我肯区区专意。

[1] 漫堂退谷：唐孟士源曾与元结同隐于退谷，结为作《退谷铭》，并序曰："抔湖西南是退谷……时士源以漫叟退修耕钓，爱游此谷，遂命曰'退谷'。元子作铭以显士源之意。"退谷，在今湖北武昌西樊山、郎亭山之间。

[2] 嗜痂：典出《宋书·刘邕传》："邕所至嗜食疮痂，以为味似鳆鱼。尝诣孟灵休，灵休先患灸疮，疮痂落床上，因取食之。灵休大惊。答曰：'性之所嗜。'"指怪僻的嗜好。

[3] 狗枷犊鼻：典出赵璘《因话录》卷四引南朝梁谢绰《宋拾遗录》："江夏王义恭，性爱古物，常遍就朝士求之。侍中何勖，已有所送，而王征索不已，何甚不平。尝出行于道，遇狗枷、败犊鼻，乃命左右取之还，以箱擎送之。笺曰：'承复须古物，

今奉李斯狗枷，相如犊鼻。'"后用为嘲笑滥收古董的趣语。

## 南柯子·云峰

有意施长□，无心学点苍[1]。不应神女在高唐[2]，准得乾坤□面，及中央。蠹处方成岭，移时又作冈。晚来一雨洗斜阳，若有人从绝顶，牧群羊。

[1] 点苍：指苍山，在云南省大理市西北、洱海及漾濞江间。

[2] 神女：指巫山神女峰。　高唐：战国时楚国台观名。宋玉《神女赋》序："楚襄王与宋玉游于云梦之浦，使玉赋高唐之事，其夜王寝，果梦与神女遇，其状甚丽，王异之，明日以白玉。"后用为巫山的代称。

## 醉花阴·月夜同覃爱吾在芙蓉花下小饮

烂漫芙蓉开暮景，引屧来芳径[1]。月色若为期，皎□□□，照入空林静。　自分不能生酒病，把玉杯斟定。一吸一回歌，醉卧花间，忘却苍苔冷。

[1] 屧（xiè，音谢）：木屐。

## 归自谣

山月挂，山人举酒长林下，醉中天地无明夜。

花阴树色侵罗帕，留余□，归来不畏高官骂。

## 沁园春·除夕

小径常存，荒园独辟，宵无一人。讶流水滔滔，催将岁月。凄风切切，敲上梅筠[1]。困顿难辞，痴呆欲卖，但得承当价勿论。香焚罢，把酒斟芳斝[2]，果饤空盘[3]。

潜将指屈还伸，算歌哭年中□几巡。觉永夜儿童，欢然不寐，寒更□火，烂若□亲。伏念当时[4]，慈乌报喜[5]，行乐家庭非等伦。今何事，心存寸草[6]，悄□伤神。

[1] 筠：竹。
[2] 斝（jiǎ，音甲）：古代青铜制的酒器，圆口，三足。
[3] 饤（dìng，音定）：堆放食品于器。
[4] 伏念：旧时致书于尊者多用之。伏，敬词；念，念及，想到。
[5] 慈乌：乌鸦的一种。相传此鸟能反哺其母，故称。
[6] "心存"句疑脱一字。寸草，喻子女对父母的微小心意。

## 西江月·二月晦日[1]

日落阶前绿树，烟销嶂外平芜。□窗莫遣酒尊虚，掌□□原可数。
廊庙因缘尚远[2]，山林乐事非孤。明□□是暮春□，屈指兰亭游侣[3]。

[1] 晦日：每月末日。
[2] 廊庙：殿下屋和太庙。指朝廷。
[3] 兰亭：位于浙江省绍兴市西南之兰渚山上。东晋永和九年（353），王羲之与谢安等同游于此，王羲之作《兰亭集序》。

## 寻芳草

禊日渭龙道[1]，适相约共寻芳草。竟谁知粉蝶扑□到，雨霏霏，逼人早。
归去换罗衣，抖擞罢勉从欢笑。道不□今日皆除了，卿祓濯[2]，知多少？

[1] 禊（xì，音细）日：禊事活动之日。古代民俗，临水祓除宿垢与不祥。一般

均在春季三月上巳日进行。　渭龙：县名，唐置，故治在今广西容县西南，宋废。

[2] 祓濯（fú zhuó，音伏酌）：清污除垢。

## 鹧鸪天·上巳日纪事[1]

羽爵安排到水湄[2]，一番风雨不教知。正闻杜宇催归□，□见青山匹练垂。

前点也，后羲之，风流裙屐尚相随。春□□水难同浴，字剪兰亭好作诗[3]。

[1] 上巳：旧时节日名。汉以前取农历三月上旬巳日，魏晋以后定为三月三日。

[2] 羽爵：古代酒器。　水湄：水边。

[3] 兰亭：指兰亭帖。又称《禊帖》《兰亭集序帖》，著名的行书法帖。东晋王羲之书。穆帝永和九年，三月上巳，羲之和谢安、孙绰等修禊于山阴（今浙江绍兴）兰亭，临流赋诗，羲之草序，用蚕茧纸、鼠须笔书之。书法遒媚劲健，绝代更无，为隋唐诸家师法。

## 声声慢·琴曲平沙落雁

挥弦江上，朔雁方来，一一远奏清声。渐近疑休，无□忽□高声。洲边一只正落，望长空，引颈扬声。遂依□，招呼齐迅□，先后同声。

断续高低不等，乍成群扑羽，騞声收声[1]。舞蹈回身，雌声又应雄声。飞翔更兼宿食，乱纷纭，却似殊声。鸣□定，与月色俱未有声。

[1] 騞（huō，音豁）：象声词。

## 风流子·访潘士瞻[1]

远望故人□屋，踏过西畴晴绿。天未晚，尽堪归，忽遇□□留□。茶香酒熟,迭奏瑶琴新曲。

[1] 潘士瞻:潘方潮,字士瞻,号妙山,广西容县一里人。登嘉庆庚午(1810)副车官兴安教谕。著有《妙山诗文集》三卷。

## 南乡子·赠李叟

花□绕平泉,模楷龙门述祖先[1]。南面□城何足□,便便[2],道德繙来字五千[3]。

丽句雪儿传,适怨清和锦瑟篇。漫向楼头夸水调,翩翩,又见人间李谪仙[4]。

[1] 龙门:喻声望高的人的府第。
[2] 便便(pián,音骈):形容言语明白流畅。
[3] "道德"句:谓老子李耳《道德经》全文约五千字。繙(fān,音番),翻阅。
[4] 李谪仙:指李白。此喻李叟。

## 南楼令

戏鸟倦知还,孤城落照间。认分明,□外青山。径小□通元亮宅[1],却不见,□柴关。

柳树翠眉攒,桃花失笑颜。竹□□寄在通闤[2],竟□一弯衣带水,长隔别比□丹。

[1] 元亮宅:晋诗人陶潜字元亮,借指隐者居处。
[2] 通闤:四通八达的市街。

## 瑞鹤仙·春夜

柳眉开欲渐,正惊蛰才过,花朝来□[1],春□海棠艳。喜回廊日度,雾烟初敛。华堂整赡[2]，见西席铺陈似僭[3]。向黄昏彩袖双登，宝蜡明灯齐点。

风飐[4]，千绿散彩，百宝流光，□人寒俭。□阴冉冉，深院月不曾欠。拨金炉，烧尽都梁、艾纳[5]，永夜坐谈无厌。想西清富贵风流，此间不忝[6]。

[1] 花朝：旧俗以旧历二月十五日（亦作二月十二日，二月初二日）为百花生日，称为花朝。

[2] 整赡：整齐丰富。

[3] 西席：古人席次尚右，右为宾师之位，居西而面东。 僭（jiàn，音见）：谦词，谓越礼。

[4] 风飐（zhǎn，音展）：风吹物使之颤动摇曳。

[5] 都梁、艾纳：皆香草，可焚烧取其香气，有祛邪除秽之效。

[6] 不忝：不愧。

## 古香慢·过何太史竹荷阁

竹□劲节，荷放清香，同是君子。一阁收来，定有几分碧□。□册此谁居？□吾邑风流学士。想牙签玉轴[1]，永日细薰□□香气。

念世□烟云相似，惟看文章，能否传世。说□□□，又觉玉堂徒尔。戴笠偶经过，翻令我情怀莫已。拟倪迂[2]，但留下，断垣荒址。

[1] 牙签玉轴：象牙标签和玉卷轴。形容书籍之精美。

[2] 倪迂：元名画家倪瓒号云林，善画山水。家雄于资，藏书甚多。有洁癖，俗客造庐，比去，必洗涤其处。至正初，忽散其资，人咸怪之，称其迂。

## 河渎神·村宿

山意抱微寒，满林枫叶烂斑。荒塘草屋几多间，我来一扣柴关。

溪边簌簌风摇竹，月光穿到深□。鱼眼沸成茶熟[1]，更残幽梦难续。

106

[1] 鱼眼：指水烧开时冒出的状如鱼眼大小的气泡。旧时常据以说明水沸滚的程度。

## 十拍子·月食

闪闪窗灯落焰，鼕鼕衙鼓鸣鼍[1]。起□四□茅屋角，一□银盘烂已多，天公当奈何。

满汉星辰□位，半空风露□□。利剑在身无可用，姑待妖蟆一刹那，卢仝泪汩沱[2]。

[1] 鼕鼕（dōng，音冬）：象声词。指鼓声。 鼍：鼍鼓。

[2] 卢仝（约795—835）：自号玉川子，唐代诗人，唐初"四杰"诗人卢照邻嫡系子孙，一生爱茶成癖。大和九年（835），留宿大臣王涯家，适逢"甘露之变"，被宦官杀害。

## 女冠子·麻姑[1]

一团高髻，蓬松处微□雾气。玉芝掇得半篮紫[2]，细长鸟爪，蔡经何物？□□为爬背。银烛当筵照，行厨罔不备[3]。羡麻城勋阀[4]，方平异姓，可为兄妹。

说左股山高，冲虚观远，尚许峰留名字。元坛净，彩云示异。十洲隐对[5]，弱水浮来几千里[6]。月照花□，向梅林，玉箫声碎。问龙眠居士[7]，白描写就，几分相似。

[1] 麻姑：神话中仙女名。传说东汉桓帝时曾应仙人王远（字方平）召，降于蔡经家，为一美丽女子，年可十八九岁，手纤长似鸟爪。蔡经见之，心中念曰："背大痒时，得此爪以爬背，当佳。"方平知经心中所念，使人鞭之，且曰："麻姑，神人也，汝何思谓爪可以爬背耶？"事见晋葛洪《神仙传》。

[2] 玉芝：芝草的一种，又称白芝。

[3] 行厨：犹执炊，掌灶。

[4] 勋阀：建立过功勋的家族。
[5] 十洲：道教称大海中神仙居住的十处名山胜境。
[6] 弱水：古代神话传说中称险恶难渡的河海。
[7] 龙眠居士：宋代著名画家李公麟的别号。公麟致仕后，归老于龙眠山，自号龙眠居士。

## 翠楼吟·殿角

碧瓦翚飞[1]，彤云凤起，觚棱缥缈初露[2]。森森槐与柳，纵浓密安能遮住？苍天无雨，笑鸱吻长衔[3]，神鱼争舞。呀然处[4]，伏龙昂首，独当晴午。

其下，当有廉隅[5]，仗玉栏球槛，北东回护。倦鬟依砌卧[6]，合先有梅花黏住。何堪潜步，值月光清岩[7]，丁当铃语。抬头望[8]，玉绳初转[9]，秋天难曙。

[1] 翚（huī，音辉）飞：形容宫室的高峻壮丽。《诗·小雅·斯干》："如翚斯飞。"朱熹集传："其檐阿华采而轩翔，如翚之飞而矫其翼也。"翚，原指五彩山雉。
[2] 觚棱：宫阙上转角处的瓦脊成方角棱瓣之形。
[3] 鸱（chī，音吃）吻：古代宫殿屋脊正脊两端的一种饰物。初作鸱尾之形，一说为蚩（一种海兽）尾之形，象征辟除火灾。后来式样改变，折而向上似张口吞脊，因名鸱吻。
[4] 呀然：开口笑貌。
[5] 廉隅：棱角。
[6] 倦鬟：倦怠的女子。
[7] 光：《全清词钞》作"色"。
[8] 望：《全清词钞》作"观"。
[9] 玉绳：星名。

## 十月桃

严风将起，被阳和争胜[1]，先放桃花。南北区分，气候故尔纷挐[2]。荒村喜迎春色，将羯鼓不更掺挝[3]。寒山直入，篱□□边，都是丹霞。

有东邻吟诵人家，道月令书时[4]，不免多□。意欲为诗，散来惊倒中华。红衣美人不语，惟隐隐含笑天涯。闲谈节物[5]，须识环瀛[6]，井底多蛙。

[1] 阳和：和暖。

[2] 纷挐：亦作"纷拿"。错杂貌。

[3] 羯鼓：古代打击乐器的一种。起源于印度，从西域传入，盛行于唐开元、天宝年间。　掺挝（càn zhuā，音灿抓）：古代乐奏中的一种击鼓。

[4] 月令书：排列一年十二个月时令、节气的历书。

[5] 节物：各个季节的风物景色。

[6] 环瀛：指宇宙、世界。《史记·孟子荀卿列传》："中国名曰赤县神州……中国外如赤县神州者九，乃所谓九州也。于是有裨海环之，人民禽兽莫能相通者，如一区中者，乃为一州。如此者九，乃有大瀛海环其外，天地之际焉。"

## 八宝妆·挂瓶

半具壶形，平分胆样，却可全收生意。拂拭初，从瓶口望，月色上□相似。花时清水自添，壁上屏间，但经提挈能高寄。何必赵昌诸卉[1]，悬来欺世。

虽藉一面□依，细看耀彩，立锥直是无地[2]。有多少欲攀莫上，究谁省居危防坠。彼油壁车中得□，两旁安插皆红□。值口角生花，休嫌空际同匏系[4]。

[1] 赵昌：北宋画家。字昌之，广汉（今属四川）人。擅画花果，多作折枝花，兼工草虫。

[2] "立锥"句：语本《庄子·盗跖》："尧舜有天下，子孙无置锥之地。"形容连极小的地方也没有。此处谓挂瓶上纹彩丰繁，几无空白之处。

[3] 油壁车：古人乘坐的一种车子。因车壁用油涂饰，故名。

[4] 匏系：《论语·阳货》："吾岂匏瓜也哉！焉能系而不食？"刘宝楠正义："匏瓜以不食，得系滞一处。"喻不为时用，赋闲。

## 卜算子慢·影尺[1]

南针不用[2]，惟向太阳，寸表树来观影。卧线当中，得影更须能正。无定，任舟中马上皆堪证。但表度难齐，要在先参此地时令。

阒寂无人境，纵漏掣莲花[3]，日来还屏。用则拈来，不用镇书如命。持赠，遇分阴一过勤思省[4]。即一寸能量万里，恃吾心安静。

[1] 影尺：古代测日影的标杆。
[2] 南针：即指南针。
[3] 漏掣莲花：莲花漏。古代的一种计时器。
[4] 分阴：谓极短的时间。阴，日影。

## 法曲献仙音·洋琴

扇面横披，金丝错綑[1]，棐几平将安放[2]。宝盖初开，轻敲重击，纷纭起落难状。想绝域传来处[3]，鱼龙骇奇创[4]。

乍闻响，忆年时，有人携着，明月下，声应远墙飘荡。此际略相同，作孤鸿天际嘹亮。依永能谐，任歌喉健捷雄壮。彼鹍弦雁柱[5]，入座当先推让。

[1] 错綑（gèn，音亘）：交错连贯。
[2] 棐（fěi，音匪）几：用棐木做的几桌。
[3] 绝域：极远之地。
[4] 鱼龙：指古代百戏杂耍中能变化为鱼和龙的狻猊模型。
[5] 鹍弦：用鹍鸡筋做的琴弦。　雁柱：乐器筝上整齐排列的弦柱。

## 瑶台聚八仙·烟火戏[1]

月暗云霾，高架上烟火，共庆平安。箭飞成尾，旁出正出星繁。百盏篝灯能自点[2]，向空合供复分悬。大罗天翠旌绛节[3]，忽见神仙。

春花蓓蕾欲吐，讶片时结果，渐熟红鲜。爵马鱼龙[4]，犹觉变化多端。上阳宫外炫彩[5]，只珠翠荧煌照眼前。何如此，尽太平盛世，薄海争传[6]。

[1] 烟火戏：放烟火的游艺。

[2] 笼灯：置于笼中的灯。

[3] 大罗天：道教所称三十六天中最高一重天。　翠旌：用翡翠鸟羽毛制成的旌旗。　绛节：传说中上帝或仙君的一种仪仗。

[4] 爵马：古代两种角斗性质的杂耍。泛指玩赏之物。爵，通"雀"。　鱼龙：见前《法曲献仙音·洋琴》注[4]。

[5] 上阳宫：唐宫名，高宗时建于洛阳。

[6] 薄海：指海内外广大地区。

## 八声甘州·瓶笙[1]

讶空斋小饮未曾终，兀兀骤闻声。向云霄直入，抑扬往返，颇觉分明。细察□中却在，水火与相争。一缕宫商调，出自铿鍧[2]。

可是娲皇新制[3]，奈无人窃吹，竟动人听。信中闻天籁，尽是本天成。使东坡三蕉将醉[4]，笑作□，吾耳适然□。空厨内，少樵青报[5]，只凭硁硁[6]。

[1] 瓶笙：古时以瓶煎茶，微沸时发音如吹笙，故称。

[2] 铿鍧（hōng，音轰）：形容声音洪亮。

[3] 娲皇：女娲氏。传说她曾用黄土造人，炼五色石补天，断鳌足支撑四极，平治洪水，驱杀猛兽，使人民得以安居。

[4] 东坡三蕉：陆游《幽事》诗："酒仅三蕉叶。"原注："东坡自能饮三蕉叶。"三蕉叶犹言三杯。

[5] 樵青：唐颜真卿《浪迹先生玄真子张志和碑》："肃宗尝锡奴婢各一，玄真配为夫妻，名夫曰渔僮，妻曰樵青。"后因以指女婢。

[6] 硁硁（kēng，音坑）：象声词。

## 鹊桥仙

半帘凉露，一钩新月，少日时多情绪。夜深犹自倚栏干，不止邻家儿女[1]。

老来情减，烛花相对，深信双星不渡[2]。天高汉绝鹊成桥，只当作诗家谰语[3]。

[1] "不止"句疑脱一字。

[2] 双星：指牵牛、织女二星。神话中是一对恩爱的夫妻。传说每年七月七日喜鹊架桥，二人得以渡银河相会。

[3] 谰语：妄语。

## 雨霖铃·蛛网

身原无翼，向长空里任意腾掷。丝丝入扣如此，知心腹里，经纶曾积[1]。蚁磨螺旋[2]，界画作重叠痕迹。未必是黄道星图[3]，似有还无半空历。

牵来豆架瓜棚侧，遇偶然冷雨寒风逼。黏来柳絮花片，苏蕙的回文初织[4]。暗触明投，全用机心，撒网求食。试觅着数尺长竿，一解群生厄。

[1] 经纶：整理丝缕、理出丝绪和编丝成绳，统称经纶。喻指治理国家的抱负和才能。

[2] 蚁磨：《晋书·天文志上》："天旁转如推磨而左行，日月右行，随天左转，故日月实东行，而天牵之以西没。譬之于蚁行磨石之上，磨左旋而蚁右去，磨疾而蚁迟，故不得不随磨以左迴焉。"喻芸芸众生皆由命运摆布。

[3] 黄道：太阳每年在恒星之间的视轨迹，即地球轨道面与天球的相交线。 星图：标记恒星位置的图。

[4] 回文：晋始平人苏蕙，嫁窦滔。滔，苻坚时为秦州刺史，被徙流沙。蕙因织锦为回文旋图诗赠滔，以寄离思。其诗回环诵读，皆能成文，词甚凄婉。

## 八犯玉交枝·鹢[1]

陇鸟能言[2]，白鸡学舞，毕竟胸中无有。何似功曹名最贵[3]，有臆悬来如斗。今朝天色霁，见头角先抽，舒来光艳朱缊绶[4]。赢得片时瞪视，荒山林薮。

独怜不解藏身，不知远害，无端投入人手。纵能免于登于豆[5]，奈长向雕笼孤守。盼篱下，鸡虽小丑，也能断尾啼清昼[6]。慢学浅才人，文章轻炫罹灾咎。

[1] 鹢（yì，音义）：绶鸟，又名吐绶鸟。

[2] 陇鸟：指鹦鹉。

[3] 功曹：吐绶鸟的别称。晋崔豹《古今注·鸟兽》："吐绶鸟，一名功曹。"亦为官名。汉代郡守有功曹史，简称功曹，除掌人事外，得以参预一郡的政务。北齐后称功曹参军。唐时，在府的称为功曹参军，在州的称为司功。

[4] 朱缊绶：红色丝带，古代用以系印章、玉佩和帷幕之类。

[5] 登、豆：皆古代祭器。

[6] 断尾：《左传》："宾孟适郊，见雄鸡自断其尾。问之侍者，曰：'自惮其牺也。'"注："畏其为牺牲奉宗庙，故自残毁。"喻指忧谗畏讥，自我保全。

# 卷 三

## 南柯子·山亭（二首）

### 其一

舞蝶穿花态，飞泉出竹声。孤亭独立在苍冥，付与南州孺子作平生[1]。中酒心如醉[2]，看山眼自青。晚来半刻夕阳明，任是一峰名手画难成。

[1] 孺子：幼儿，儿童。

[2] 中（zhòng，音仲）酒：醉酒。

### 其二

翠簇烟□□，春归鸟自争。轻阴杂树覆危亭，知去窦州城北几多程[1]。野色围无改，山光合欲冥。花枝冷艳向空庭，一阵晓来风雨酒初醒。

[1] 窦州：故治在今广东信宜县南二里教场左。

## 解佩令·采艾[1]

山边也是，溪边也是，唤师婆那个知尔。染饼搓糍[2]，正别有一般香味。过蕲州，鲍姑难弃[3]。

簪来堪拟，煮来堪洗，作冰台老去才事[4]。猎猎茸茸[5]，取一尺顷筐□□[6]，□檀郎着衣须似。

[1] 艾：又名艾蒿。茎、叶皆可以作中药，性温味苦，有祛寒除湿、止血、活血及养血的功效。叶片晒干制成艾绒，可用于灸疗。

[2] 染饼搓餈：古俗，以艾汁和粉制糕饼，端午食之谓可祛毒。餈（cí，音慈），糍粑，一种以糯米为主要原料做成的食品。

[3] 鲍姑：相传为晋鲍靓女，葛洪妻，多行灸于南海。

[4] 冰台：艾之别称。

[5] 猎猎：形容物体随风飘拂的样子。 茸茸：柔细浓密貌。

[6] 顷筐：斜口的竹筐。

## 锦堂春

灿烂然灯点烛，喧豗击鼓鸣匏[1]。此时若不开怀抱，孤负酒中豪。
花下藏钩共戏[2]，帘前射覆分曹[3]。无端劝醉麻姑至[4]，眉目隐相□。

[1] 喧豗（huī，音辉）：犹纷扰。 匏：竽一类的乐器，为八音之一。古以匏为座，上设簧管，故亦以称此类乐器。

[2] 藏钩：古代的一种游戏。相传汉昭帝母钩弋夫人少时手拳，入宫，汉武帝展其手，得一钩，后人乃作藏钩之戏。

[3] 射覆：古时的一种猜物游戏，亦往往用以占卜。

[4] 麻姑：神话中仙女名。

## 瑶台第一层·九日

笑口难逢，君不见，荒池□径中，黄添绿减，□凄茂叔[1]，柳病王恭[2]。乾坤双脚在，努力向第一高峰。长天外，看青排万状，碧绕千重。

濛濛，故乡何处？故人遥隔海云东。玉山欢会[3]，钟陵胜事[4]，安得相同？晚来沽斗酒，恐人生转盼成翁。野亭空，且陶然独醉，僵卧秋风。

[1] 茂叔：《爱莲说》作者周敦颐的字。

[2] 王恭（1350？—？）：字安中，自号皆山樵者，闽县（今福建福州市闽侯县

115

人。有《衰柳》诗。

　　[3] 玉山欢会：指男女欢合。

　　[4] 钟陵胜事：唐罗隐《嘲钟陵妓云英》诗："钟陵醉别十余春，重见云英掌上身。我未成名君未嫁，可能俱是不如人！"

## 渔歌子[1]·与韦秀才兄弟

　　咫尺山前是画堂，风流谁更□韦庄[2]。花树□，□红香，兄弟君家不可当。

　　[1] 此调实为《渔父》，单调二十七字。

　　[2] 韦庄（836—910）：字端己，长安杜陵（今陕西西安）人。五代前蜀诗人。其诗圆稳整赡，音调响亮，包蕴丰满。有《浣花集》。此处以赞韦秀才兄弟。

## 浣溪沙·惠韦秀才

　　蘸水烟如匹练垂，蒙蒙细雨湿春衣，路从韦曲踏芳菲[1]。

　　桃李一园方结实，图书四壁尽装池，弹琴清赏乐忘归。

　　[1] 韦曲：唐代时位于长安城南郊，即今陕西省长安县，因韦氏世居于此而得名。为唐时游览胜地。借指风景秀丽之处。

## 徵招·琴弦

　　济阴独触人□说，宫商孰能依次？一一□□来，用何条为徵？好奇知在尔。向弦内，□来非是。最怕□□，邻家□女，壁中窥视。

　　多少古今殊，相依处，惟从岳山焦尾[1]。若煮用门冬[2]，比昆仑玉美。岁深声不起，将桑叶挏来生翠。□中去，□到杳冥，可一弦不事[3]。

　　[1] 焦尾：琴名。《后汉书·蔡邕传》："吴人有烧桐以爨者，邕闻火烈之声，知

其良木，因请而裁为琴，果有美音，而其尾犹焦，故时人名曰'焦尾琴'焉。"

[2] 门冬：药草名，麦门冬或天门冬的省称。

[3] 词末原注"碧弦琴以昆仑碧玉为弦"。

## 角招·笛

一枝笛，夔襄辈品来繁缛清激[1]。吾家谁可识？六六□场，师简争席。江水碧，遇夜静停船芦荻。若处高楼千尺，声声散入轻风，觉形神俱释。

空寂，□闻历□。吹从孙处，犯调翻难拍。志邪堪荡涤，制作源头，须加寻绎。平阳雒客[2]，借气出，欲扬先抑。莫效穿云裂石，曲方罢，霎时间，无由觅。

[1] 夔襄：夔与师襄的并称。夔，舜时乐官；师襄，春秋鲁乐官。 繁缛：形容声音细碎。

[2] 平阳：谓虎落平阳。此处为作者自喻有才能而无法施展。

## 何满子

日照曲江垂柳，楼台金碧交辉。待诏公车□□□[1]，春风蹙损双眉。归取鹔鹴贳酒[2]，闲庭莫负花枝。

[1] 公车：汉代以公家车马递送应征的人，借指应试的举子。

[2] 鹔鹴（sù shuāng，音肃霜）：亦作"鹔鹴"。雁的一种。颈长，羽绿。 贳（shì，音世）酒：赊酒。

## 霜天晓角

楼头呜咽，将报霜天彻。边雁来从云际，乍闻着翼将折。

征西鞭始去，抚衣防手裂。若到梅花开日，莫更向江城聒[1]。

[1] 聒：响。

## 东风齐着力·纸鸢[1]

命薄如烟，身轻似叶，敢上天宫。□条弱线，□又比长虹。欲借扶摇未得[2]，当春日，独乞东风。斜阳外，芳郊断陇，忙杀儿童。

开□望晴空，咸共羡，好音直达苍穹。远书莫寄，得此或相通。□虑方舆广大[3]，坠来那即到□中。良时在，休□□力，使至无穷。

[1] 纸鸢（yuān，音渊）：纸风筝。
[2] 扶摇：盘旋而上的大风。语本《庄子·逍遥游》："鹏之徙于南冥也，水击三千里，抟扶摇而上者九万里。"
[3] 方舆：指大地。

## 送入我门来·秦吉了[1]

容管生来[2]，昔年未见，雕□忽睹光仪。觜距皆丹[3]，黄色独侵眉。彩毛纵不如都护[4]，喜慧舌犹能学雪□。□帘外，窃欲遥嗤陇客[5]，难免□雌。　左卫兵□拆□，□觉此情急了，名改因谁？花底呼来，好授汉人诗。泸南若个贫思卖[6]？说未肯将身没入夷[7]。彼听经念佛，问安灭火，曷足称奇。

[1] 秦吉了：鸟名，亦称了哥、吉了。因产于秦中，故名。
[2] 容管：指容州（今广西容县）。
[3] 觜距：禽鸟的嘴和爪甲。
[4] 都护：传说中的一种鸟名。
[5] 陇客：鹦鹉。多产于陇西，故称。
[6] 若个：哪个。
[7] 夷：我国古代中原地区华夏族对中原以外各族的统称。

卷 三

## 侍香金童·香匕[1]

　　守口如瓶，不怕长饶舌。任凫鸣，狻猊灰□□[2]。□暖荴萸资一拨，几上窗前，不妨添设。

　　把半缕烟峻，□□常有别。只好与卢州中□□。用毕回来双箸揭，借子□□，独予孤子。

[1] 香匕：供插香焚烧的器具。

[2] 狻猊（suān ní，音酸尼）：指刻镂成狮子状的香炉。

## 传言玉女·白鹦鹉

　　尔本能言，何事此身全白。纸窗珠箔，每看来莫得。敲取响，呼唤声传方□。蔷薇红对，费人多植。

　　此鸟回言，陇州黄，大食赤。皎然如雪，乃陀洹本色[1]。犹闻普陀，□是白衣妆饰。皈依虔诵，可无灾厄。

[1] 陀洹：古国名，曾于唐贞观年间遣使献白鹦鹉。

## 湘春夜月·湖园

　　问湖□，几时留着名园？只见荇藻荷蒲，纷与水相□。一带粉墙□绕，□绿榆高柳，直欲参天。有白鸥三五，黄□□百，来往翩翩。

　　无须问主，门开窈窕，径入流连。红板桥边，倾耳听乱蛙遥吠，害得心酸。云根徙倚[1]，喜送来花蕊嫣然。欲折去，值斜阳渐暮，明灯翠管，无限游船。

[1] 云根：山石。　徙倚：徘徊。

119

## 透碧宵·竹香

入睢园[1]，默然无语若相关。虚心劲节[2]，端宜合漠，雅自流芬。当初脱箨[3]，微含薄粉，腻已曾闻。讶森然播弄南薰。亦非非托想，清难全□，淡竟微传。

想邱中径外，□□知处，定要逐梅魂。哂惹□[4]，芳殊烈，不称上世衣冠。□□□气，能依芸帙[5]，能□茶樽。念一身常得清闲，好林中独□，□下潜行，别作闻根[6]。

[1] 睢园：汉梁孝王刘武所造园林。在睢阳（今河南商丘东），故称。

[2] 虚心：指竹子空心。

[3] 脱箨：包在新竹外面的皮叶，竹长成逐渐脱落。俗称笋壳。

[4] 哂（shěn，音审）：笑。

[5] 芸帙：指书籍。芸，香草，置书页内可以辟蠹，故称。

[6] 闻根：佛教所谓"六根"之一，指嗅觉。

## 金菊对芙蓉

篱落萧条，池塘冷淡，晚秋谁斗奢华？见芙蓉焕彩，金菊开花。不因下下高高别，纵陨霜□目纷拏[1]。生当彭泽[2]，居从锦水[3]，要作通家[4]。

蜂蝶寂静无哗，向月底风□，隐若争夸。好频呈宝相[5]，三醉流霞。回头细问春间侣，待几何便□泥沙。黄徐合绘[6]，屏山并挂，无限清嘉。

[1] 纷拏：亦作"纷拿"。错杂貌。

[2] 彭泽：晋陶潜曾为彭泽（今江西省北部）令，独爱菊，因以"彭泽"借指陶潜。

[3] 锦水：即锦江。岷江分支之一，在今四川成都平原。传说蜀人织锦濯其中则锦色鲜艳，濯于他水，则锦色暗淡，故称。

[4] 通家：姻亲。

[5] 宝相：蔷薇花的一种。

[6] 黄徐：指黄筌和徐熙，均为五代时杰出画家。黄擅花鸟，兼工人物、山水、墨竹，风格华丽，适合宫廷的富贵气氛和装饰口味，人称"黄家富贵"；徐所作花木禽鸟，注重墨骨勾勒，淡施色彩，流露潇洒之风，故后人以"徐熙野逸"称之。二人并称"黄徐"，形成五代、宋初花鸟画两大主要流派。

## 六州歌头·塔影

浮图百尺[1]，屹立曲江边。朝日上，影独落，向西偏。一□□，多少名花在，带朝露，依幽径，如弱柳，扶难起，作人眠。

游尽禅房，不觉当晴午，缩就团圆。想河南旧迹，托处对中天。夏至全泯，理固然。只屏风上，时或倒，如照水，入澄澜。非细说，人莫解，眩风幡。喜当前，侧卧依平地，凌绝顶，可争先。虽□缝，能变现，界三千。若问由旬有几，将勾股算取无愆[2]。遇晚来月色，远度到前村，莫早关门。

[1] 浮图：指佛塔。

[2] 勾股：直角三角形夹直角的两边，短边为"勾"，长边为"股"；在立竿测太阳高度时，日影为勾，标竿为股。无愆（qiān，音千）：没有超过。

## 红情·海棠

胭脂晕赤，似美人睡起，一般颜色。满颊□□，□镜开来倦妆饰。沈约腰围近减[1]，犹自向身边怜惜。□□□，莫靳千金[2]，香艳有骨格。

春夕，露华滴，忽变作啼妆，惹□凄恻。寸心脉脉，除是文君莫相识[3]。谁信深闺妙质，攀折罢，对郎抛掷。□片片，皆假也，怎生爱昵？

[1] "沈约"句：南朝梁沈约尝写信给徐勉，言己老病，"百日数旬，革带常应移孔，以手握臂，率计月小半分。"见《梁书·沈约传》。谓消瘦。

[2] 靳：吝惜。

[3] 文君：指卓文君。汉临邛富翁卓王孙之女，貌美，有才学。

## 画堂春

小楼僻处巷中闲,苔痕渐作斑斓。杏花雨湿酒旗翻,又是春寒。
梁燕双栖不下,含情独对屏山。玉笙锦瑟几相关,欲诉殊难。

## 哨遍·海防

皮岛铁山[1],辽海利津[2],庙□成山卫。过莱阳[3],两点□□□。海船行五条沙外,问几时,崇明锁连江口[4],大衢马头洋山峙[5]。兼乍浦汪洋[6],尽山广大,南同东霍相掎[7]。历普陀[8],内外径分岐。下福郡,闽安海坛侍[9]。浯屿湄洲[10],虎门鲁□[11],直连乐会[12]。

噫!凡此诸防,水军第一当留意。其外多巢穴,皆须急捣无迟。要碉堡星罗,乡兵日练,水边渔户从驱使。随穷澳支洋,礁沙风信,昭然明白心里。遇不时透漏更严治,俾掘井盗粮不从彼[13]。密侦探,早防奸细。分巡合哨恒□,□在联声势。欲令□蜃随波远遁,岸上居民乐利。太平□□□恬嬉,读衣袽[14],□是当戒。

[1] 皮岛:在鸭绿江口,与朝鲜本土只一水之隔,北岸便是朝鲜的宣川、铁山。今属朝鲜,改名椵岛。在明末位于辽东、朝鲜、后金之间,北岸海面80里即抵后金界,其东北海即朝鲜,关联三方,位置冲要。

[2] 辽海:卫名。明洪武二十三年(1390)在牛家庄(今辽宁海城县西北牛庄)置,属辽东都指挥使司。二十六年(1393)移治三万卫城(今辽宁开原)。清初废。

利津:地名,今属山东省。

[3] 莱阳:地名,今属山东省。

[4] 崇明:地名,今属上海市。

[5] 大衢:指大衢岛,即舟山群岛。位于长江口以南、杭州湾以东的浙江省北部海域。

[6] 乍浦:指乍浦镇。杭州湾北岸重要商埠和海防重镇。

[7] 东霍:地名,今属山东省。 掎:同"倚"。

122

[8] 普陀：指普陀山，为舟山群岛中的一个小岛。
[9] 闽安：指闽安镇，位于福建省福州市马尾区。
[10] 浯屿：福建东南海中的一个小岛，位于小担岛与镇海角之间，今属龙海县港尾乡。湄洲：指湄洲岛。
[11] 虎门：地名，今属广东省。
[12] 乐会：地名，今属海南省。
[13] 俾：使。
[14] 衣袽：谓对潜伏着的危机应有所戒备。语本《易·既济》："六四，繻有衣袽，终日戒。"王弼注："繻宜曰濡，衣袽所以塞舟漏也。"

## 归自谣·半秋

篱花蓓蕾未成秋，岁月去如流。怪底寒蛩[1]，二更初过，已诉十分愁。中年感慨人恒有，满酌面前瓯。试问嫦娥，芳龄得几，二八正当头。

[1] 怪底：难怪。

## 清平乐·都峤山中

洞门深窈，曲涧时啼鸟。突兀孤峰撑树杪，一点月光圆小。
镗然忽起钟声[1]，溪边不见人行。松籁自喧幽壑，弹琴坐到三更。

[1] 镗然：形容鼓钟响。

## 天仙子

千仞楼台何处是？往来只在丹霄里。清风明月共追随，云鹤使[1]，玉书字，日向洞天长奏事。

[1] 云鹤使：传说中指仙家的信使。

## 扫花游·苔

经时不出，觉古巷斑痕，早分深浅。短镵莫划[1]，喜如茵似毯，坐眠皆便。径里春归，衬得残花几片。问谁见，只一阵好风，同我留恋。

飞雨当渐遍，忽绿到墙根，翠铺阶面。故人若近，怕车轮碾破，杖藜冲损，但值丰碑，漫蚀前朝旧篆。此间满，却红尘不来庭院。

[1] 短镵（chán，音缠）：古代的一种掘土器。 划：同"铲"。

## 南乡子·水帘

百尺挂岩檐，初夜钩悬白玉蟾[1]。毕竟障空谁可卷？恹恹，又是西山暮雨添。

一幅映山岚，色界分来内外严。唤作水晶知合否？纤纤，隔断花枝亦可觇[2]。

[1] 白玉蟾：指月亮。

[2] 觇（chān，音搀）：观看。

## 酷相思

二十四番风不断[1]，杨妃西子分娇面。向晚时，石边闲设宴。浓妆也，来相恋。淡妆也，来相恋。

屈指三春今过半[2]，翠被薰香暖。遇好梦，岂妨眠至晏[3]。乌衣也，当窗唤。绿衣也，当窗唤。

[1] 二十四番风：即二十四番花信风。古以五日为一候，三候为一节气。每年自小寒至谷雨共八个节气，计二十四候，每候应一种花信。

[2] 三春：指春季三个月，即农历正月孟春、二月仲春、三月季春。

[3] 晏：晚，迟。

## 抛球乐·月季花为苦瓜藤所缠

一片霞光灿不收，栗薪余蔓竞相投[1]。任教奇苦缠难尽，终要繁华发到头。旁有丝娘在[2]，唧唧篱边笑不休。

[1] 栗薪：指堆积的木柴。语本《诗·豳风·东山》："有敦瓜苦，烝在栗薪。"

[2] 丝娘：虫名，即络纬。夏秋夜间振羽作声，声如纺线，故名。

## 潇湘夜雨·荷林

地异江南，村殊渭北，芙蕖绿映华堂。亭亭直出水中央，夸七尺珊瑚炫彩，疑一簇锦绣生香。风摇处，阴同冠盖，韵叶琳琅[1]。

琴心画意，看谁入幕，只我移床。得成林相伴，便抵仙乡。将翠斝安为酒国[2]，随紫砚列作词场。烟初暝，微窥隔叶，双宿有鸳鸯。

[1] 叶（xié，音协）：合。　琳琅：原指玉石相击声。此指清脆美妙的声音。

[2] 斝：古代青铜制的酒器，圆口，三足。

## 生查子

花影隔疏帘，柳色垂虚牖。欲得到辽西[1]，除是眠长昼。

空房易吃惊，春梦嫌难久。为报打流莺[2]，轻放金丸手。

[1] 辽西：指边塞。

[2] 流莺：莺。流，谓其鸣声婉转。

## 醉翁操·听泉

　　玲珑，丁东。飞泉好，奔崖无穷。纡徐泻来忘初终，月明聆取商宫。风入松，断续若相通，付醳之醳之醉翁[1]。

　　醉翁独坐，骞思黄农[2]。醉翁抚弄，心与长天并空。云有时而来封，鹤有时而来从。清宵谁与同？深山无人踪。写入素弦中，后来牙旷皆具聪[3]。

　[1] 醳（yì，音义）：酿酒。
　[2] 黄农：黄帝、神农的合称。
　[3] 牙旷：伯牙和师旷的并称。二人皆春秋时著名音乐高手。

## 三台

　　凤洲旁芳草嫩绿，百尺台连经略[1]。枕绣江[2]，春至浪花浮，爱前代添来高阁。罘罳障[3]，赋手何萧索，怅旧日勋名如昨。但城上留得灵钟，遇扣缶韵流寥廓。

　　望书台十里岸侧[4]，景与桃源相若。夜静后，谁送诵声来？竟早被渔人知觉。灯蘂焰一点隔江着[5]，讶太乙星精飞落[6]。为甚事日出无闻？见烟水自淘沙脚。　　更韦丹遗迹废尽，钓台尚传西郭[7]。挂竹竿，直悟到忘机，瘴烟净，游鱼争跃。秋将届，碧月寒如削，待画船滩上停泊。念尘世如梦如泡，料无妨恣情行乐。

　[1] "百尺"句：指经略台，在广西容县永安门外。唐经略使元结尝游玩于此，因名。今为元武祠。
　[2] 绣江：容江。源出北流、蓝山，经容县城南，东流入藤梧。
　[3] 罘罳（fú sī，音服思）：古代设在门外或城角上的网状建筑，用以守望和防御。
　[4] 书台：指容江读书台，距广西容县城十里。《粤西文载·容县山川志》："巨石蟠江，上如砥。昔渔人系舟，夜宿其浒，闻石上朗诵书声。故名。"

[5] 灯簶：指灯簶岭。
[6] 太乙：天神名。
[7] "更韦丹"二句：指唐刺史韦丹政暇尝钓于钓台。钓台，即今广西容县钓鱼台，在县西三里。

## 玲珑玉·浪花

混混浮来，既如沸，何又如跳。缘知怪石，水中暗触潜挑。一道玻璃色绿，讶翻空忽似，玉琢琼雕。声销，随渔人一叶先飘。

潎洌能牵望眼[1]，见无中生有，凸处仍消。百丈滩头，稍旁皇，便犯轻桡[2]。茫茫波中危坐，觉名利粘心不上，鸥鹭堪招。片时度，怅空花离我将遥。

[1] 潎（piē，音瞥）洌：水波相激貌。
[2] 轻桡：小桨。借指小船。

## 碧牡丹

白玉雕为佩，香雪围成队。洗尽繁华，魏紫姚黄难赛[1]。骨已无尘，又十分□□。月明庭除谁待？

素心在，似欲承沆瀣，飞琼下来相会。富贵无骄，反是价增千倍。为语时人，写上宫姿态，胭脂何事多买。

[1] 魏紫姚黄：牡丹花的两个名贵品种。魏紫为千叶肉红花，出于宋时洛阳魏相仁溥家；姚黄为千叶黄花，出于民姚氏家。参阅欧阳修《洛阳牡丹记·花释名》。

## 长亭怨慢·柳

灞陵外[1]，春风将暮。万缕千条，易牵情绪。十里长亭，一般衣袂糁晴絮[2]。酒帘邻近,留过客,经时住。色比远山青,每日向曲栏延伫。

逆旅,觉迎来送往,举目总非亲故。金尊告尽,便攀折一枝谁与?忽地见燕子翻飞,只空外呢喃闲语。若解翦羁愁,当入绿云深处。

[1] 灞陵:本作霸陵,故址在今陕西省西安市东,有灞桥,汉人送客至此桥,折柳赠别。

[2] 糁(sǎn,音伞):洒上。

## 清平乐·醉韦氏宅

幺弦懒鼓[1],半院梨花雨。忽听云间归雁语,报道一春将暮。

再迟五日清明,钿车看逐娉婷[2]。烂漫草堂情重,不妨先博春酲[3]。

[1] 幺弦:琵琶的第四弦,借指琵琶。

[2] 钿车:用金宝嵌饰的车子。

[3] 春酲(chéng,音程):春日醉酒后的困倦。

## 清平乐·紫茉莉

风情雨意,烂漫堆红紫。早晚栏杆凭亚字[1],带得满身花气。

垂髫小婢多痴[2],点唇不作胭脂。摘取口中衔定,学人笛哨频吹。

[1] 亚字:指亚字栏杆。

[2] 垂髫(tiáo,音条):指年幼。髫,儿童垂下的头发。

## 清平乐

轻盈十五,春色生眉妩。眼见落花黏柳絮,未必尽无情绪。

恐人见得分明,骤然闭住窗棂。固是生来狡狯[1],其如不合平情。

[1] 狡狯(kuài,音快):谓机灵。

## 沁园春·云峰

何处飞来,随时宛委[1],九叠屏风。忽雷鼓宗琴,众山皆响;日横秋烧,半壁争红。岫出无心,鸦飞不到,玉女明星矗太空。三霄上[2],要彩桥高跨,须傍长虹。

无烦更付愚公,看陵谷迁移一瞬中[3]。觉风引难亲,黄金宫阙,手攀莫遂,紫盖芙蓉。海上驱来,娲皇炼就,不用根基自峻崇。森然列,仗乾坤最大,世界能容。

[1] 宛委：曲折。

[2] 三霄：犹三天。道教称清微天、禹余天、大赤天为三天。

[3] 陵谷：语本《诗·小雅·十月之交》："百川沸腾,山冢崒崩,高岸为谷,深谷为陵。"原指地面高低形势的变动,喻世事变迁。

## 清平乐

哄堂语笑,地主皆来了。可奈两行人奉教,尽属伊家年少。

手中画扇云裁,风前绛蜡花开[1]。正欲愁随末减,那知酒勒将来。

[1] 绛蜡花：红色蜡烛燃点时,烛心结成的花状物。

## 蝴蝶儿·咏双燕赠紫印二童子

双燕儿,出巢时。翩跹婉娈最多姿,舞风常恐迟。

密掠桃花水,勤拖柳絮泥。春明池畔万年枝,看从高处飞。

《海棠桥词集》校注 >>>

## 卜算子·月夜山亭独坐

小径竹阴连,好月当空破。个字移来到小亭,此夕如何过?
抛却素弦琴,灭却青藜火[1]。流水泠泠入曲池,一片宫商和。

[1]青藜火:指夜读照明的灯烛。典出《三辅黄图·阁》:"刘向于成帝之末,校书天禄阁,专精覃思。夜有老人,着黄衣,植青藜杖,叩阁而进。见向暗中独坐诵书,老父乃吹杖端,烟燃,因以见向,授《五行洪范》之文。"

## 雪梅香·村居

暮鸦散,夕阳流水一村孤。剩危桥将断,往还踪迹稀疏。屋小烟痕入空寂,墙低树色隐模糊。客来者,但期杖策[1],不用乘车。
冬余,嗅梅气,暗似难逢,淡岂全无。冷落高枝,伴人终岁幽居。酒酌三杯畅怀抱,笛吹一曲韵樵渔。南山上,浮云几片,总自如如。

[1]杖策:拄杖。

## 花非花·雪

花非花,絮非絮。柳外来,梅边住。美人玉帐扑犹温,战士边关宜勿度。

## 南楼令·紫印山[1]

日里课樵童,茶烟竹色中。笑金章斗大难逢。巨石一方名紫印,随朝

130

旭，挂高峰。

鹈鴂唤西东[2]，平林叶半红。住三年，问计愚公。何事坚心抛不去，苍霭内，只崇隆[3]。

[1] 紫印山：又名石印顶，位于今广西容县黎村镇珊萃村北。山顶开阔成盆地，西面溪河石壁有一凸形长石，状似印章，故名。

[2] 鹈鴂（tí jué，音提决）：杜鹃鸟。

[3] 崇隆：高起。

## 减兰

风横雨直，满地鹧鸪行不得。樽酒无欢，独坐寒斋半掩门。

光阴一瞬，屈指嘉平时节近[1]。天若怜才，应放还家看旧梅。

[1] 嘉平：腊月的别称。

## 云仙引·春日积雨

雾速重阴，烟生远泾，连朝雨下纷纷。芳草渡，绿杨津。行来一跤滑擦[1]，自笑寻芳何太勤。雏燕自飞，乳莺不啭，柳色长昏。

邻翁若与相亲，昨邀我同消缸面春[2]。岂惜冲泥[3]，为图濡首[4]，笑语成群。凤阙高游，爵园广宴，韵事遥思西晋人。钓鱼台外，几声风笛，好扫江云。

[1] 擦（cā，音擦）：磨擦。

[2] 缸面：新酿成的酒。

[3] 冲泥：谓踏泥而行，不避雨雪。

[4] 濡首：谓沉湎于酒而有失本性常态。语本《易·未济》："上九，有孚于饮酒，无咎。濡其首，有孚失是。象曰：'饮酒濡首，亦不知节也。'"

## 采桑子·山望

铜阳百里山川好，吐纳烟云。供养精神，万本倪黄未足云[1]。

黄昏月出诸峰朗，漫掩山门。静看江村，树隙灯光几点分。

[1] 倪黄：元代画家倪瓒和黄公望的并称。

## 越溪春

寂寞山亭如太古，佳酿好寻欢。黄莺一啭金杯尽，向苍苔小径盘桓。荷气侵衣，松风拂带，天地皆宽。

柳塘春水弥漫，燕子自飞还。莫因今雨旧雨不至，晚来遽掩柴关。半晌淡黄斜日映，当浓翠山间。

## 春风袅娜·新柳

想春光将到，尔定先知。形漠漠，色依依。怪东风，两日数来摇摆，不曾着眼，未即开眉。十里桥横，六朝人尽[1]，渐值销魂离别时。底似花间女儿口，轻盈才学试腰肢。

谁是风流可爱？灵和殿近[2]，对青琐未解相思[3]。蜂儿趁，燕儿窥。笼烟暗惹，带雨潜垂。翠袖看来，情柔欲系，黄莺飞上，力弱难支。初昏时候，向空庭徐步，期将碧月，分照些儿。

[1] 六朝：三国吴、东晋和南朝的宋、齐、梁、陈，相继建都建康（吴名建业，今南京市），史称为六朝。

[2] 灵和殿：南朝齐武帝时所建殿名。

[3] 青琐：装饰皇宫门窗的青色连环花纹。《汉书·元后传》："曲阳侯根骄奢僭

上，赤墀青琐。"颜师古注："孟康曰：'以青画户边镂中，天子之制也。'……孟说是。青琐者，刻为连环文，而青涂之也。"后华贵的宅第、寺院等门窗亦用此种装饰。此处指豪华富丽的房屋建筑。

## 生查子·灵川道上[1]

云气敛遥峰，松籁喧平野。不见海阳山[2]，问渡甘棠舍。
山叶杂花香，溪石随流泻。渴欲吕仙茶[3]，亏得双鬟舍。

[1] 灵川：县名，在今广西东北部，属桂林市。
[2] 海阳山：在今广西兴安县，为湘江发源处。
[3] 吕仙茶：茶的一种，属武夷岩茶。

## 杨柳枝·湘阴石塔[1]

混混江湖日夜流，不回头。削成一塔寄中洲，足千秋。
伊人宛在虽非故，侬将溯。秋水空明不易求，荻花稠。

[1] 湘阴：指湘阴县，清朝属长沙府，位于今湖南省东北部，南滨洞庭湖，今隶属湖南省岳阳市。

## 鹧鸪天·白鱼岐上[1]

湘色风光散不收，浮图约住几经秋。四天定是将神助，一宝才能并月修。　　天漠漠，水悠悠，君山神鼎望中浮[2]。衔碑半待题名客，呵壁谁称第一流[3]？

[1] 白鱼岐：地名，在今湖南汨罗市。
[2] 君山：在湖南岳阳县西南洞庭湖口，又名湘山。
[3] 呵壁：语本汉王逸《〈天问〉序》："屈原放逐，彷徨山泽。见楚有先王之庙

133

及公卿祠堂，图画天地山川神灵，琦玮僪佹，及古贤圣怪物行事，因书其壁，呵而问之，以泄愤懑。"

## 笛家·画竹

浓叶垂烟，轻筠滴露，从来模写，莫如笑笑先生美[1]。赵刘吴蔡，员峤丹邱，皆为则效，皆为摹拟。老干新梢，安根结顶，一样呈幽致。□坡翁[2]，尚师法，庄子欲如左氏。

用意，算来此道，自然乐善，各树宗风[3]，中隐张衡，别成良技。未审某某堪穷形貌，某某足追神理。不如留心，雨晴风露，偏反低昂里[4]。如专向谱中寻，正恐满帧非是[5]。

[1] 笑笑先生：指北宋画家文同，字与可，自号笑笑先生，人称石室先生等。梓州永泰（今四川盐亭东）人。善诗文书画，擅画墨竹。

[2] 坡翁：指苏轼。其在《筼筜谷偃竹记》中有"画竹必先得成竹于胸中"之见。

[3] 宗风：犹宗尚。

[4] 低昂：沉浮。谓随波逐流。

[5] 句末原注"赵令庇、刘仲怀、吴璃、蔡珪、员峤李倜、中隐信世昌"。按赵令庇，宋宗室，善画墨竹，宗文同；刘仲怀，宋山阴（今浙江绍兴）人，善画墨竹，笔法师文同；吴璃，宋延陵（今江苏丹阳）人，画竹师文同；李倜，字士宏，号员峤真逸、员峤山人，元河东太原（今属山西）人，工诗文，善书画，尤以墨竹最著名；信世昌，字云甫，自号中隐，元代东平（今山东东平）人，善画山水，墨竹别成一家。

## 虞美人·罗山道中逢修竹[1]

溪流一带萦寒碧，修竹千竿直。河南尘土此间无，也学老□当日暂停车。　墙边独速声如洗[2]，鸾尾风初起。仙居山远省登临，已觉片时清脱道旁心。

[1] 罗山：地名，今属河南省信阳市。
[2] 独速：摇动貌。

## 虞美人·淇水[1]

予家绿竹湘南宅，此水千重隔。幼从大学读诗云[2]，曾觉万家烟雨意中春。

清流到手欢如故，莫赴黎阳去[3]。小园得附岸西头，那许渭川公子占风流[4]。

[1] 淇水：源出河南林县东南临淇镇。
[2] 大学：指四书之一的《大学》。长期为封建时代科举取士的初级标准书。诗：指《诗经》。
[3] 黎阳：河南省浚县的古称。西汉高祖时置郡，称黎阳。
[4] 渭川公子：指王维，有《渭川田家》诗。渭川，即渭水。源于甘肃鸟鼠山，经陕西，流入黄河。

## 河渎神·题金龙四大王庙

报国借兴朝，龙宫积恨全消。伍胥文会只乘潮[1]，何曾擅此英豪。
红墙碧瓦临江国，懒将萧晏同席。贾让治河无策[2]，椒兰犹冀来格[3]。

[1] "伍胥"句：《吴越春秋·夫差内传》："吴王乃取子胥（伍子胥）尸，盛以鸱夷之器，投之于江中……子胥因随流扬波，依潮来往，荡激崩岸。"
[2] 贾让：西汉人，生卒年不详。因提出治理黄河的上、中、下三策而著名。
[3] 椒兰：椒与兰，皆芳香之物。喻美好贤德者。

## 沁园春·题《广韵》

切响相通[1]，仄平互用，风骚可征。自声判于周，韵遗夫沈，法言孙恼，继撰重增。传至临安，刊从礼部，唐韵飘如秋叶零。求原本，只陈邱广韵，尚足相承[2]。

此中部分犹清，二百六分来可细评[3]。彼李杜诸诗，文殳不合，刘阴各本，证拯何并[4]？度曲宗周，填词用沈[5]，入韵如□□未明。谁修改？看耽诗才子，好古儒生[6]。

[1] 切：指反切，用两个汉字合注一个汉字音，上字取声母，下字取韵母和声调，合成被注字的音。

[2] "自声"至"相承"：南北朝时期，周颙、沈约等人发现汉语里平、上、去、入四声的区别。隋陆法言编撰《切韵》一书，唐王朝将之作为科举的标准书，经多人增字加注，或称《刊谬补缺切韵》。天宝年间孙愐等人增补的《切韵》，称为《唐韵》。北宋陈彭年、丘雍在陆法言《切韵》的基础上编纂成《广韵》。

[3] 二百六：指陈彭年《广韵》细分为206韵。

[4] "彼李杜"至"何并"：由于《广韵》分韵过于琐细，唐人做诗并不完全按206韵。

[5] 周、沈：分别指周德清《中原音韵》和沈约《四声谱》。

[6] 句末原注"周德清《中原音韵》，沈去□□□□"。

## 江南好

江南好，油壁转香车[1]，三月莺花初满路，万家樱笋早盈厨。携手共踟蹰。

[1] 油壁：指油壁车，古人乘坐的一种车子。因车壁用油涂饰，故名。

## 浪淘沙·平山堂[1]

野色上清虚，欐棹菰蒲[2]，松风次第引衣裾。花气暗通□□静，似有还无。

谛视壁间书，邈逸神腴。风流胜事属欧苏[3]，人去依然林谷在，笑视吾徒。

　　[1] 平山堂：在江苏扬州城西北五里蜀冈上大明寺内。始建于宋仁宗庆历八年（1048年），欧阳修时任扬州太守，极赏此处清幽古朴，遂筑堂。坐此堂上，江南诸山，历历在目，似与堂平，因名。为专供士大夫、文人吟诗作赋的场所。

　　[2] 檥棹：使船靠岸。

　　[3] 欧苏：指宋欧阳修和苏轼。宋神宗元丰二年（1079）四月，苏轼自徐州调知湖州，生平第三次经过平山堂，为重游故地、缅怀恩师而作《西江月·平山堂》，发抚今追昔之感慨。

## 祝英台近·宜兴[1]

　　藓纹深，雷篆重[2]，天揭善卷洞[3]。楚尾吴头[4]，笠屐往来众。滆湖别业谁栖[5]？买田阳羡[6]，借十亩留思耕种。

　　水光动，远念清道山边，巍然有遗冢。节义忠贞，自古属情种。欲寻故宅无因，翩翩蝴蝶，或许我花间同梦。

　　[1] 宜兴：地名，今属江苏省。

　　[2] 雷篆：雷纹形状的纹路。此二句写宜兴善卷洞"风雷""波涛""金鼓""万马"四重石门之景观，在此能感受到波涛远闻、风雷隐作、金鼓齐鸣、万马奔腾的意境。

　　[3] 善卷洞：位于宜兴市西南约25公里的祝陵村螺岩山上。相传4000多年前，有善卷先生避虞舜禅让，在此隐居，故名。出洞下山即到祝陵村，相传晋代女子祝英台曾女扮男装到此读书。下文即写梁祝化蝶之事。

　　[4] 楚尾吴头：谓地当吴楚之间。古豫章一带（今江西省）位于春秋时吴之上游，楚之下游，如首尾相接，故称。宋黄庭坚《谒金门·戏赠知命》："山又水，行尽吴头楚尾。"

　　[5] 滆湖，俗称沙子湖，位于武进西南部与宜兴东北部间，是苏南地区仅次于太湖的第二大湖泊。

　　[6] 阳羡：在宜兴县南五里，产茶。

## 望江潮·杭州次柳耆卿韵[1]

王气无余，偏安一角[2]，往来漫说繁华。瓦子巷边[3]，钱王堤上，夕阳空照人家。河势濬三沙[4]，凤楼试登陟，海气无涯。奏院胭廊[5]，御厨军库，愿难奢。西湖十景称佳。望镜中金翠，屏后烟花。不雨不晴，为春为夏，贵人多逐娇娃。碧管和红牙[6]，楚楚今安在？袖掩朱霞。罗隐江东归去[7]，黄河异代谁夸？

[1] 次柳耆卿韵：指次柳永《望海潮·东南形胜》韵。"望江潮"又名"望海潮"。

[2] "王气"二句：指南宋王朝偏安杭州。

[3] 瓦子巷：杭州的一条街巷，位于菜市桥东、庆春路南。

[4] 濬（jùn，音俊）：疏通水道。

[5] 奏院胭廊：指烟花之地。

[6] 红牙：原为檀木的别称。檀木色红质坚，故名。此指檀木制的拍板，用以调节乐曲的节拍。

[7] 罗隐（833—909）：字昭谏，自号江东生。唐末新城钦贤罗家（今城阳乡）人。原名横，后因屡试不第，改名为隐。

## 贺圣朝·荷

红情绿意波心透，与月光邂逅。吴宫西子一声歌，傍锦帆消受。
无边香气，是花是叶，觉一身都有。待渠生日再亲来，折碧筒行酒[1]。

[1] 碧筒（tǒng，音桶）：碧筒杯，亦作"碧筒杯"。一种用荷叶制成的饮酒器。

## 琴调相思引·竹夫人[1]

渭水迎来四德娴[2]，无心专宠紫绡间。起居八座，每日报平安。

满眼啼痕当月照，一身清节怨秋寒。汤家婆子[3]，莫倚热中□。

[1] 竹夫人：古代消暑用具。编青竹为长笼，或取整段竹中间通空，四周开洞以通风，暑时置床席间。

[2] 四德：封建礼教指妇女应有的四种德行。《周礼·天官·九嫔》："掌妇学之法，以教九御妇德、妇言、妇容、妇功。"郑玄注："妇德谓贞顺，妇言谓辞令，妇容谓婉娩，妇功谓丝枲。"

[3] 汤家婆子：汤婆。盛热水放在被中取暖用的扁圆形壶，用铜锡或陶瓷等制成。

## 西湖

天气净，钱塘门外如镜。六桥花柳欲招人[1]，倒垂众影。晴光放出白鸥天，堤边先泛菱荇。

见一面环翠岭，迷蒙微雨将瞑。南屏钟鼓不闻声[2]，醉来未醒。笑当时，棹向西泠，几人能问名姓？

白苏若不抒妙咏[3]，竟谁知，烟寺游兴？岁月过来如骋，念折梅，放鹤惟从和靖[4]，画卷中尚堪追省。

[1] 六桥：指西湖外湖苏堤上的映波、锁澜、望山、压堤、东浦、跨虹六桥，为苏轼所建。

[2] 南屏钟鼓：南屏晚钟，为西湖胜景之一。

[3] 白苏：指白居易和苏轼。

[4] "念折梅"二句：西湖孤山北麓有放鹤亭，亭外多种梅花，为纪念林和靖而建。林和靖，名逋，字君复，钱塘（今杭州）人，北宋诗人。居孤山二十年，种梅养鹤，有"梅妻鹤子"的传说。

## 双调望江南·玉山

烟郊外，驾得筍舆轻[1]。红袖当垆春色送，青松夹道好风迎。朗朗玉山行。

清溪近，似笋一桥横。欲问天开图画处，人家多不住空城，去听棹歌声。

[1] 笋（xùn，音迅）舆：竹轿。

## 相思引·外舅草堂[1]

出树奇峰照草堂，地缘幽静显青苍。侵晨气湿，尽日□声长。瀑布双悬窗欲动，云罗一罩屋生光[2]。鹭鸶飞处，田水没新秧。

[1] 外舅：岳父。
[2] 云罗：形容瀑布像轻柔如云的丝绸织品。

## 忆秦娥·闰三月

论佳节，一年最好春三月。春三月，莺花历乱，风光秀发。恰逢置闰应欢阅，溪山美景重添设。重添设，流觞上巳[1]，了无分别。

[1] 流觞上巳：古代习俗，每逢夏历三月上旬巳日（三国魏以后定为农历三月初三日），人们于水边相聚宴饮，认为可被除不祥。后人仿行，于环曲的水流旁宴集，在上流放置酒杯，任其顺流而下，杯停于面前者即取饮。

## 尉迟杯

闲亭敞，雨乍歇，晴旭瞳昽上[1]。一枝安石榴花，先向席间开放。幽居事少，聊酌取山中紫霞酿。想当年，太白风流文章，历抵卿相。争如王掾无名人[2]，但即江东米价来访。黄犬苍鹰除两役，当早得乘风破浪。青衣劝，高歌烂醉，唾壶和[3]，桐琴不绝响。看浮云天际悠悠，百年富贵谁量？

140

[1] 瞳昽（tóng lóng，音童龙）：日初出渐明貌。

[2] 王掾：疑指东晋王珣。珣弱冠与陈郡谢玄为桓温掾，俱为温所敬重，尝谓之曰："谢掾年四十，必拥旄杖节。王掾当作黑头公。皆未易才也。"掾，佐吏。

[3] 唾壶：原指旧时一种小口巨腹的吐痰器皿。南朝宋刘义庆《世说新语·豪爽》："王处仲（王敦）每酒后辄咏'老骥伏枥，志在千里。烈士暮年，壮心不已'。以如意打唾壶，壶口尽缺。"形容心情忧愤或感情激昂。

## 朝中措·赠韦建三

春秋外传注多年[1]，旧德一经传。试看东山烟树，何如西驿池莲[2]。不乘蜀日，无烦越犬。尺五离天，好对铜鱼十二，扫开金甲三千[3]。

[1] 春秋外传：指《国语》，中国最早的国别史著。

[2] 西驿池莲：原注"韦丹在容建西驿阁，后人种莲"。韦丹，字文明，唐京兆万年人。曾为容州刺史。

[3] 词末原注"本陈陶赠韦中丞句"。按唐陈陶《赠容南韦中丞》："十二铜鱼尊画戟，三千犀甲拥朱轮。"铜鱼，即铜制的鱼形符信，为古代官员用以证明身份和征调兵将的凭证。后废，后世仍以"铜鱼符""铜符"作为郡县长官或官职之代称。

## 昭君怨

念昔见时犹少，到得相逢已老。欲问好姻缘，奈何天。
已觉此生有误，莫更攒眉千度[1]。烟水接潇湘，任微茫。

[1] 攒眉：皱眉。

## 且坐令·车帆

帆一幅，不讳车轮独。好风饱满将军腹，誓向平原逐。柳树村边，枫林径外，分明闪倏[1]。

推挽处更加神速[2]，如鸦字，喜在目。肩舆设牵滇黔俗[3]，总不异舟行陆。略资天助惟□轴，驾辕驴犹哭。

[1] 闪倏：亦作"闪倐"。忽隐忽现貌。

[2] 推挽：语本《左传·襄公十四年》："卫君必入。夫二子者，或挽之，或推之，欲无入，得乎？"杨伯峻注："在前牵引曰挽，在后推进曰推。"

[3] 肩舆：轿子。

## 燕山亭·驴鞭

半截枯藤，梢系细绦，挂在泥墙高处。长耳未来[1]，息影销声，闲却好风凉雨。见说吟翁，向村外寻梅容与。成句，多顺手摇来，灞桥归去[2]。

嗤我兀坐匡床，忽□着馋心，欲询人取。胡不细思，我本无驴，将伊赠吾何御？□彼驴存，移赠我，更将空伫。休顾，随季札立心万古[3]。

[1] 长耳：驴的别称。

[2] "见说"至"归去"：《唐诗纪事》卷六十五引《古今诗话》：有人问郑綮近为新诗否？答曰："诗思在灞桥风雪中驴子上，此处何以得之？"

[3] "随季札"句：《史记·吴太伯世家》："季札之初使，北过徐君。徐君好季札之剑，口弗敢言。季札心知之，为使上国，未献。还，至徐，徐君已死。于是乃解其宝剑，系之徐君冢树而去。从者曰：'徐君已死，尚谁予乎？'季子曰：'不然。始吾心已许之，岂以死倍（背）吾心哉！'"喻重守信用。

## 河传·河工估料[1]

灰柴汁米，铁石茭麻[2]，河工旧制。恒须覆实[3]，无令短碎，谙河臣共视[4]。

金城屹若围千里，非容易。意外宜防备，不必年时修理，取供无或已。

[1] 河工：指修筑河堤、开浚河道等治河工程。　估料：估量治河工程用料。

[2] 茭：草索。

[3] 覆实：审察核实。

[4] 河臣：指河道总督。

## 河传又一体·放淤

溜水，缕堤难恃[1]，开放沟洫，沙随水入水先行，沙停，□□成。要知胆大由心细，权时势，因害翻成利。况看清水复归河，□波，沙还被刷多。

[1] 缕堤：临河处所筑的小堤。因连绵不断，形如丝缕，故名"缕堤"。缕堤堤身低薄，仅可防御寻常洪水，在特大洪水时不免漫溢。

## 河传又一体·下埽[1]

安埽毋躁，马头结束[2]，鱼鳞分造[3]。万人号一刻操，攻守，异宜非芊草。

辘轳轴转山倾倒，蛟龙保[4]，赢得长为抱。问何□，要听□。重阳，无忧河伯狂[5]。

[1] 下埽（sào，音扫，去声）：筑堤时把筑堤材料放下去。埽，旧时治河，将秫秸、石块、树枝捆扎成圆柱形用以堵口或护岸之物。

[2] 马头：码头。 结束：扎缚，捆扎。

[3] 鱼鳞：依次。

[4] 蛟龙：古代传说的两种动物，居深水中。相传蛟能发洪水，龙能兴云雨。

[5] 河伯：传说中的河神。《庄子·秋水》："于是焉，河伯欣然自喜，以天下之美为尽在己。"陆德明释文："河伯姓冯，名夷，一名冰夷，一名冯迟……一云姓吕，名公子；冯夷是公子之妻。"

## 河传又一体·筑堤

遥堤，远制，缕堤拘挈。间格成横，月堤相辅[1]，夯硪何惜工程[2]，必丰盈。

伏秋汛水从东逝，当无厉。月色通宵霁。巡行空处，无□更赋新诗，对涟漪。

[1] 月堤：半月形的堤防。在险要或单薄的堤段，于堤内或堤外加筑月堤，以备万一。

[2] 夯硪（hāng，音杭，阴平；wò，音握）：捣压。

## 河传又一体·栽柳

宛转，婉娈[1]，依依在眼。黄正垂堤。青期□岸，二月碧絮将拖，好阴□□多。

巡河使者来堤上，东西望，一色春旂荡。倘安澜有庆[2]，执手向河梁，免情长[3]。

[1] 婉娈：柔媚。

[2] 安澜：谓使河流安稳不泛滥。

[3] "执手"二句：旧题汉李陵《与苏武》诗之三："携手上河梁，游子暮何之？……行人难久留，各言长相思。"河梁即桥梁。

## 瑞龙吟·铁牛[1]

清江浦，空说觳觫牵车[2]，远随商贾。春来依着杨花，□□调弄，□途欲污。

144

沔阳路，仍曲四蹄僵卧，半湾风雨，催□日夕声多，奉鞭执紖[3]，何曾或与。

徒以金能制木，洑□□浪，蛟龙争惧。如问几时留来，铭字皆具。闻琴不识，终夜听河鼓。应无碍，吴门月上，桃林风度。但向乌犍语[4]，长□与尔，千秋并固。□垫方无苦，休更似，蒲州西门依处。断□莫系，逐流遥去。

[1] 铁牛：铁铸的牛。古人治河或建桥，往往铸铁为牛状，置于堤下或桥堍，用以镇水。

[2] 觳觫（hú sù，音胡速）：指牛。

[3] 执紖（zhèn，音振）：手持缰绳。指牵牛。《礼记·少仪》："牛则执紖，马则执靮。"紖，牛鼻绳；靮（dí，音笛），马缰绳。

[4] 乌犍：阉过的公牛，驯顺、强健、易御。泛指牛。

## 西江月·平山堂[1]

道学无如苏子[2]，风流却爱欧公[3]。平山堂槛碧连空，□柳自为迎送。文选书楼别属，冶春吟社谁同？乌衣飞入万家中，旧月留人春梦。

[1] 平山堂：位于江苏扬州市西北郊蜀冈中峰大明寺大雄宝殿西侧"仙人旧馆"内，为北宋文学家欧阳修于宋仁宗庆历八年（1048）始建。坐此堂上，江南诸山，历历在目，似与堂平，故名。堂北有谷林堂，系苏轼为纪念欧阳修所建。

[2] 道学：指才学。 苏子：指苏轼。

[3] 欧公：指欧阳修。

## 绛都春·杭州瑞石洞

山中结乳，似缨络带□，莲花同聚。一笠小亭，昔日丁仙曾留住。归云洞口苍苔满，怪远石飞来□踞。碧泉流下涓涓，欲问青衣何处[1]。

惊顾，岩花易感，似帘梦，乍觉低徊疑误。废苑□寻，白露凋伤珠宫树[2]。凭栏窈窕宜回首,把池骨重看清楚。灼然天目能窥,莫穷肺腑。

[1] 青衣:女子。汉蔡邕《青衣赋》:"嗷嗷青衣,我思远逝,尔思来追。"
[2] 珠宫:龙宫。指道院或佛寺。

## 击梧桐

霜气寒将透,栖凤树[1],赢得枝撑皆瘦。为忆眠琴日,午□□,暑□从无罅漏。如何转瞬,浓阴顿失,殊异朱明节候[2]。閴□□庵近,问小径此夜,谁当厮守?

碧汉高悬,微云淡□,□有秋霖来逗。只是凭疏洗,未必致,淅沥清音重奏。懒瓒平生,除却笔床茶灶[3],总一般没有。向宵分,孙枝空处[4],宜对星斗。

[1] 凤树:梧桐。古代以为凤凰栖止之木。
[2] 朱明节侯:指立夏节。
[3] 笔床茶灶:卧置毛笔的器具。《新唐书·隐逸列传·陆龟蒙》:"不喜与流俗交,虽造门不肯见。不乘马,升舟没蓬席,赍束书、茶灶、笔床、钓具往来。"此句喻淡泊脱俗的生活。
[4] 孙枝:从树干上长出的新枝。

## 谒金门·人面子

真面具,见客未尝先露。有美人家生满树,靦然谁□□[1]。

多事贫家儿女,投入桃花仙醋。活剥一重酸涩去,来□□□暑。

[1] 靦(tiǎn,音舔)然:厚颜貌。

## 御街行·瓜花

篱边架上藤摇曳,讶几点明星缀。东陵园圃近如何[1],凉□一番来洗。

青青叶在,权舆父守[2],慎勿轻波累[3]。

客行曾向荒村祝,傍高树,依云际。长镵归后得亲操[4],应免身如匏系[5]。再三密嘱,殊茎共实,惟不取开成双蒂。

[1] 东陵园圃:语本《史记·萧相国世家》:"召平者,故秦东陵侯。秦破,为布衣,贫,种瓜于长安城东。瓜美,故世俗谓之东陵瓜,从召平以为名也。"

[2] 权舆父:虫名,亦称守瓜,可蛀食贴地生长的瓜果。

[3] 波累:连累。

[4] 长镵:古踏田农具。 操:方言。把东西急促而重重地放下。

[5] 匏系:《论语·阳货》:"吾岂匏瓜也哉!焉能系而不食?"刘宝楠正义:"匏瓜以不食,得系滞一处。"喻不为时用,赋闲。

## 师师令

眉痕刷翠,红点香唇细。诸于绣䙸酌时宜[1],一若要逢人中意。昨向柳阴逢着尔,为甚偏羞避。

才人多半因情累[2],爱闻诗闻礼。诗能亲密礼能疏,幽静处,正须商议。此夜蟾光清似水,向曲栏斜倚。

[1] 绣䙸(jué,音决):古代妇女所穿的彩色半臂上衣。

[2] 才人:有才情的人。

## 潇湘逢故人慢·咏凉雨竹窗夜话

柴门初闭,正峰头雨沐,屋背凝烟。看茅宇西偏,剩竹阴浓黑,近与窗连。孤灯一点,素心人,兹夕周旋。值残暑消归无有,惟余屑玉清言。

□来事,都撇却,只琴棋画谱,日与为缘。到夜久无喧,觉萧瑟风林,响杂新泉。神清虑澹,有匡床,总不思眠。期明日,看云看水,一筇同向溪边[1]。

[1] 一筇(qióng,音穷):指拄杖。筇,竹名。可以作杖。

# 卷 四

## 鱼游春水

悠悠长江水，每到春来光景异。风炉书卷，安放短篷船里。我本烟波放旷人，岂识朝宁升沉事[1]？芳草渡头，村醪频醉[2]。

嫩绿柔蓝如此，且唱一声渔歌子。闲鸥犹未归来，雨斜风细。昼长摊饭逢初觉[3]，静向洲边观鱼婢[4]。明朝会晴，夕阳斜睨。

[1] 朝宁：犹朝廷。

[2] 村醪：村酒。醪，本指酒酿。引申为浊酒。

[3] 摊饭：午睡。

[4] 鱼婢：原指鳑鲏（páng pí，音旁皮）鱼。似鲫鱼而小。此处泛指鱼。

## 喜迁莺

乌纱白纻，爱婉娈多姿，出群如许。露气初侵，雕栏半掩，侧目星河未曙。老我十年花下，吹彻琼宫箫谱。空斋静，看林梢缥缈，低飞人语。

山窗当日午，碧树风来，敲罔知何处[1]。倦拥桃笙[2]，静翻芸帙[3]，撩乱半天情绪。固是墙间画，果强似空花无据。年少也，好追随五岳，弹琴觅句。

[1] 敞罔：失意貌。
[2] 桃笙：桃枝竹编的竹席。
[3] 芸帙：指书籍。芸，香草，置书页内可以辟蠹，故称。

## 女冠子·越巫

教门别派，到眼真堪惊怪。不辞劳，在俗为僧道，登坛学叫号。
画符书蠒字[1]，吹角舞铃刀。闻说陈林李，是同曹。
[1]"画符"句：指巫师写画"蠒"字符，以役鬼神、避病邪。蠒（jiàn见），鬼神之名。

## 女冠子·初度用韵

四月初七，正是阿家生日[1]。举杯□，好鸟歌喉足，垂杨舞态齐。
生徒皆致祝，儿子亦相随。谁道炎荒外[2]，少人知。
[1] 阿家：我。指作者。
[2] 炎荒：指南方炎热荒远之地。

## 卜算子·留别

无数好山连，极目斜阳下。翠管红牙奏未终，门下装鞍马。
莺语不能留，柳絮当空挂。寂寞离人一寸心，付与苍烟锁。

## 满江红·楚江除夕

浩浩长江，流不尽乾坤岁月。容我辈，高歌此处，洒腔热血。九万风抟轻斥鷃，三千水击嗤飞鳖[1]。任萧疏古树暮村旁，笼寒雪。

唾壶近，曾敲缺[2]。酒樽罄[3]，重添设。怕光阴迅速，逼人华发，素志难移心里石，寒光忽动腰间铁。问当朝□□考中书[4]，谁豪杰？

[1]"九万"二句：《庄子·逍遥游》："鹏之徙于南冥也，水击三千里，抟扶摇而上者九万里……"斥鷃笑之。谓鹏之高举图远为斥鷃所无法理解。作者以"轻斥鷃""嗤飞鳖"对目光短浅、心里闭塞之俗人表示鄙视。

[2]"唾壶"二句：南朝宋刘义庆《世说新语·豪爽》："王处仲（王敦）每酒后辄咏'老骥伏枥，志在千里。烈士暮年，壮心不已'。以如意打唾壶，壶口尽缺。"形容感情激昂。

[3]罄：满。

[4]中书：中书令。隋、唐以中书令、侍中、尚书令共议国政，俱为宰相，后因以中书称宰相。此处泛指显要的官职。

## 摊破浣溪沙·对妓（二首）[1]

### 其一

络角星河仅一更，背人独坐若为情。顾影双丫重自掠[2]，悄分明。
强欲学歌犹未毕，蹴来掌上舞将成[3]。问着芳年胡不对，假惺惺。

### 其二

帘卷初闻笑语声，玳筵烧烛惜娉婷[4]。细剥瓜仁□底赠，颇公平。
初未近时翻似熟，到相聚处又如生。惹恨惹怜□自主，后能明。

[1]对妓（二首）：原无，据目录补。

[2]双丫：指丫形发髻。

[3]"蹴来"句：相传汉成帝之后赵飞燕体态轻盈，能为掌上舞。蹴，踏。

[4]玳筵：玳瑁筵。豪华、珍贵的宴席。杜甫《观公孙大娘弟子舞剑器行》："玳筵急管曲复终。"

## 昭君怨·燕市[1]

绛阙空瞻双凤[2]，未入邯郸一梦[3]。儿女逼成翁，路初穷。

浊酒一杯波及，聊把长歌当泣。驴子隔窗号，共萧骚[4]。

[1] 燕市：指燕京，即今北京市。

[2] 绛阙：宫殿寺观前的朱色门阙。

[3] 邯郸一梦：据唐沈既济《枕中记》载，卢生于邯郸旅店中遇道士吕翁。生自叹穷困，翁乃以枕授卢生，且曰："子枕吾枕，当令子荣适如意。"卢生梦中享尽荣华富贵。及醒，旅店主人蒸黄粱尚未熟。生怪曰："岂其梦寐也？"翁笑曰："人生之适，亦如是矣。"

[4] 萧骚：萧条凄凉。

## 轮台子·橐驼[1]

一队头昂背偻[2]，总付与长绳穿鼻。空城曲巷多逢，嚼复嚼兮无已。晴时牵出芳郊，铎郎当[3]，早觉声盈耳。值蒙来锦帕，过处骡纲咸惊视[4]。春归驿柳初红，毳房外[5]，漠尘远□。见骑人，尽低前却后，如轩如轾[6]。想阔步平行，故当有是。倘国遇军机，不无频劳尔。昔哥舒边关奏事[7]，只须用六日程期，能达三千里。

[1] 橐（tuó，音佗）驼：骆驼。

[2] 背偻：驼背。

[3] 铎：铃铛，用于牛马佩挂等。 郎当：象声词。铃声。

[4] 骡纲：结队而行驮载货物的骡群。

[5] 毳（cuì，音翠）房：游牧民族所居毡房。

[6] 如轩如轾：语本《诗·小雅·六月》："戎车既安，如轾如轩。"朱熹集传："轾，车之覆而前也。轩，车之却而后也。凡车从后视之如轾，从前视之如轩，然后适调也。"轩，车前高后低；轾，前低后高。

[7] 哥舒：指哥舒翰。唐玄宗委命驻守潼关的大将。

## 西江月·饮宣武门[1]

车马纷来桥上，酒楼一架临河。坐时索醉醉时歌，击筑几人相和[2]？

151

挈榼谁家小女[3]，见予着眼常多。应疑此客是谁何，非侠非儒长过。

[1] 宣武门：城门名。北京旧城有九门，其南之西门，元称顺承，明正统四年改为宣武。

[2] 击筑：语本《史记·刺客列传》："至易水之上，既祖，取道，高渐离击筑，荆轲和而歌，为变徵之声，士皆垂泪涕泣。"喻指慷慨悲歌。筑，古代一种弦乐器，似筝，以竹尺击之，声音悲壮。

[3] 挈榼（kē，音科）：提着盛酒或贮水的器具。

## 浣溪沙·涿州[1]

远树依稀似荠排，九州车马会黄埃，日边冲要定需才。
名将去家犹有井，美人佐酒已无台，不堪驱马独□来。

[1] 涿州：地名，明清时期先后隶属北平府、顺天府，民国时称涿县，始隶属河北省。

## 相思引

帘挂东风剪烛时，缓开檀点唱相思[1]。鹍弦断续[2]，泥饮酒无辞。
转眼瞧人原有意，伴花如我不曾痴。多劳别问，崖壑岂能窥[3]？

[1] 檀点：指拍板打击的节奏。
[2] 鹍弦：用鹍鸡筋做的琴弦。借指琴。
[3] 崖壑：高崖深谷。指隐者所居之处。

## 沁园春·秧针

露颖含芒[1]，十分微细，满眼成丛。岂罗袜将挑[2]，水中暗度，缯衣欲制[3]，村外斜缝。翠壤平分，青畴各判，喜得连横与合纵[4]。田夫说，此制从太昊[5]，种自神农[6]。

插来恒仰天工，把□□千条一一通。即社日方临[7]，不容□时，春分已过，尤望抽丰。刺自穿烟，拈能上手，水与拖蓝曳绿同。看秋后，取双岐九穗，绣出豳风。

[1] 颖：禾尾。　芒：草的末端。

[2] 罗袜：丝罗制的袜。曹植《洛神赋》："凌波微步，罗袜生尘。"

[3] 缯：丝绸。

[4] 连横与合纵：原注"合纵连横用《荀子》"。本指纵横家，为战国至秦汉之际诸子百家之一，多为策辩之士，创始人为鬼谷子，主要代表人物有苏秦，主张合纵，合山东六国之力以抗秦；张仪主张连横，说六国以事秦。此处指田间秧苗纵横交错。

[5] 太昊：伏羲氏。昊，通"皞"。

[6] 神农：指神农氏，相传始教民为耒耜，务农业。

[7] 社日：古时祭祀土神的日子，在立春、立秋后第五个戊日。周代本用甲日，汉至唐各代不同。

## 浪淘沙·五日临城驿同覃心海、周鼎初[1]

古驿类荒村，箫鼓无闻。一瓯薄酒共金兰[2]，添得伯仁为雅量[3]，自足成欢。

赤日下林峦，鸟雀争喧。青天划破剑光存，笑与当前蒲艾等[4]，暂寄人门。

[1] 五日：指农历五月初五，端午节。　覃心海：作者好友。名武保，字心海，又名爱吾，容县辛里人。嘉庆丙子解元，大挑一等，补贵州余庆令。著有《四书性理录》《夕阳楼草》《驴背集》《半帆集》等。　周鼎初：人名。事迹不详。

[2] 金兰：指契合的友情。语本《易·系辞上》："二人同心，其利断金；同心之言，其臭如兰。"

[3] 伯仁：晋周顗的字。元帝时为仆射，与王导交情很深。永昌元年（322），导堂兄江州刺史王敦起兵反，导赴阙待罪。顗在元帝前为导辩护，帝纳其言而导不知。及敦入朝，问导如何处置顗，导不答，敦遂杀顗。后王导知顗曾救己，不禁痛哭流涕说：

153

"吾虽不杀伯仁，伯仁由我而死。幽冥之中，负此良友！"见《晋书·周𫖮传》。

[4] 蒲艾：菖蒲与艾草。民俗，端午以蒲艾插门楣，可祛毒避邪。

## 如梦令·桃源遇雨

水向寒潭流定，云气霎时相映。暮雨积空坛，不见一株红影。穿径，穿径，那有故人来请。

## 风流子·过高邮吊秦少游[1]

学士风流潇洒[2]，曾向吾乡税驾[3]。朝泥醉，海棠边，夕卧古藤阴下。此间谁亚[4]？衰草微云如画。

[1] 秦少游：秦观，字少游，一字太虚，号淮海居士。扬州高邮（今江苏高邮）人。北宋词人。著有《淮海集》《淮海居士长短句》。绍圣初，坐党籍出通判杭州。以御史刘拯论其增损实录，贬监处州酒税。又以谒告写佛书为罪，削秩徙郴州。继编管横州（今广西横县），又徙雷州，卒于藤州（今广西藤县）。

[2] 学士：秦观因苏轼的推荐，曾除太学博士，故称。

[3] 税驾：犹解驾，停车。谓休息或归宿。王维新《海棠桥词集·自序》云："吾粤横浦有是桥（海棠桥），昔淮海秦先生被谪时，日从酣咏《醉乡春》……"税，通"挩""脱"。

[4] 亚：匹敌。

## 满庭芳·游湖

草脚初齐，云头独重，变幻光景无穷。轻移画舫，来泊小桥东。瀹茗炉边乍试[1]，荷成盖，半露鲫鳙[2]。斜阳转，联翩鸥鹭，飞向沉寥中[3]。

微蒙山径隐，松杉卷雾，蒲稗生风。报远寺僧祇[4]，已扣疏钟。遥想妍姿妙态，栏杆内应念归篷。回桡见，□楼映水，无数宝灯红。

[1] 瀹（yuè，音月）茗：煮茶。
[2] 鳏鱅（yú yōng，音鱼拥）：鱅鱅。传说中的怪鱼。
[3] 泬（xuè，音血）寥：指晴朗的天空。
[4] 僧祇（qí，音其）：犹僧人。

## 浣溪沙·同心海泛舟迎恩河[1]

欲借瓜皮载妓游[2]，环城沟水绿如油，水边红袖正当楼。
路到穷时还窈窕，山逢尽处更清幽，翩然携手入林邱[3]。

[1] 迎恩河：位于扬州市，今改名为玉带河。
[2] 瓜皮：瓜皮船。一种简陋小船。
[3] 林邱：林丘。泛指山林。

## 蝶恋花·游虹园

隔院梧桐喧好鸟，一道春泉，园外周遭绕。怪底奇花藏不了[1]，红光艳出墙头照。
晴日扣门忘窅窕[2]，历尽回廊，引路蜂儿小。荷叶粼粼铺满沼，坐来石上堪垂钓。

[1] 怪底：亦作"怪得"。难怪。
[2] 窅（yǎo咬）窕：宛转曲折貌。

## 圣无忧·同心海登平山堂[1]

万绿方团聚，平空巧构雕栏。风流文酒谁经会[2]？我□□登山。
好鸟叠传清唱，名花竞放朱颜。得来行乐□□□，沧海眼前干。

[1] 平山堂：见本书《西江月·平山堂》注 [1]。
[2] 文酒：谓饮酒赋诗。

## 六么令·蜻蜓

赤衣使者，正夕阳江上，飞来飞去。翼薄如蝉珠冠首，恐惹幽禽偷顾。草际曾寻，篱根乍见，漫学黏竿取[1]。亭亭欲欲，随时点水如故[2]。

记得红蓼矶边，钓丝三尺，立定方亭午。几度回眸飞又返，谁谓于人无与？不见空园，云鬟掇翠[3]，密向搔头住[4]。宜令涂翅，元宵卖付村女。

[1] 黏竿：一种捕捉蜻蜓的方法。在竹竿顶部涂粘物可粘取蜻蜓。
[2] 点水：谓蜻蜓飞行水面产卵，尾部触水即起。杜甫《曲江》诗之二："穿花蛱蝶深深见，点水蜻蜓款款飞。"
[3] 云鬟：高耸的环形发髻。借指年轻貌美的女子。
[4] 搔头：簪的别称。

## 双调望江南·虹桥[1]

宸游处[2]，小苑曲江通。夹道名花通梅气，拂桥官柳被春风[3]，绿水漾晴虹。

重三节[4]，觞酌忆诸公。□比长庚临海□[5]，□如太乙坐连中[6]，乐事可从同。

[1] 虹桥：横跨于扬州市瘦西湖上，初建于明崇祯年间（1628—1644）。原为木板桥，围以红色栏杆，名"红桥"。清乾隆元年（1736）年改建为石桥。因桥形似彩虹卧波，遂改名"虹桥"。
[2] 宸（chén 晨）游：帝王之巡游。
[3] 官柳：大道上的柳树。
[4] 重三节：上巳节。指农历三月初三日。
[5] 长庚：亦作"长赓""长更"。古代指傍晚出现在西方天空的金星，亦名太白

156

星、明星。

[6] 太乙：帝星，又名北极二，离北极星最近。

## 减兰·咏妓

施朱傅粉，见客低头佯不问。冷淡无端，要赚刘郎入洞门[1]。
桃花有主，半点轻盈如欲语。别后相思，可似春风向柳时。

[1] 赚：赢得。 刘郎：此指情郎。

## 减兰·水晶镇纸[1]

龙宫取此，障字分明能见字。内外无瑕，玉作蟾蜍□□龟。
推敲风夕，满室月明无处觅。却喜天晴，书面难□一寸冰。

[1] 镇纸：一种用以压纸、书的文具。

## 潇湘夜雨·晓钟

半夜清寒，四天空寂，一声忽扣晨钟。余音动宕太虚中[1]，城郭外，梦儿谁觉？帷帐里，睡味方浓。江湖客，何堪带雨，滞在孤篷。
名心何若，尘怀顿息，利念都空。想伊人戛击[2]，意或相同。沧海日，将离若木[3]，清漏水半浸壶铜[4]。横孤枕，暗中细数，百八响初终。

[1] 动宕（dàng，音荡）：犹飘荡。 太虚：天空。
[2] 戛击：敲击。
[3] 若木：古代神话中的树名。《山海经·大荒北经》："大荒之中，有衡石山、九阴山、洞野之山，上有赤树，青叶，赤华，名曰若木。"郭璞注："生昆仑西附西极，其华光赤下照地。"
[4] 壶铜：铜壶，古代铜制壶形的计时器。

## 菩萨蛮·维扬[1]

绿杨城外青帘动,绿杨城内朱楼耸。何处玉人娇？□□□洞箫。
索了隋宫笑,斗尽吴台草[2]。红雨竟终朝,伤心□四桥[3]。

[1] 维扬：扬州的别称。《书·禹贡》："淮海惟扬州。"惟,通"维"。
[2] 隋宫、吴台：隋炀帝杨广曾三下扬州,兴建离宫行苑,穷奢极欲,各地农民纷纷起义。后被宇文化等缢死于扬州,初葬于吴公台下。
[3] □四桥：疑为"廿四桥",即二十四桥。故址在扬州市江都县西郊。杜牧《寄扬州韩绰判官》诗："二十四桥明月夜,玉人何处教吹箫？"

## 虞美人·维扬[1]

江楼日色开晴暖,淮水分来缓[2]。花边柳外好追游,阵阵东风弦管逐骅骝[3]。
儿童不用秋娘教[4],自取新声效。侬家南巷尔东城,相约月明同到竹西亭。

[1] 维扬：原无,目录有"前题",因补。
[2] 淮水：今淮河。发源于桐柏山,原注入黄海,后因黄河改道淤高下游河床而流入洪泽湖,经高邮湖入长江。
[3] 骅骝(huá liú,音华留)：周穆王八骏之一。泛指骏马。
[4] 秋娘：原为唐长安城中著名的妓女。此为歌妓女伶的通称。

## 西江月

烟月当年如梦,风花此是成秋。清歌妙舞说扬州,□□□胜攘垢。
两脚□翻瓜步[1],一拳打破迷楼[2]。草囊盛取□□头,骑鹤别寻杯酒。

[1] 瓜步：地名，在江苏六合东南。有瓜步山，山下有瓜步镇。古时瓜步山南临大江，南北朝时屡为军事争夺要地。步，今写作"埠"。

[2] 迷楼：隋炀帝所建楼名，故址在今江苏省扬州市西北郊。

## 彩云归

绕城春水日弥漫，引芳情，颇似鸥闲。棹橄头[1]，一阵清风起，冲树影，径溯桃源。值无限嫩香新绿，使游人意欢。密念善和坊里，定有端端[2]。

胡然，勾栏映水[3]，见琼肌斗媚争妍。寸心不及花貌，诗句岂若金钱？笑古今薰莸异器[4]，斥地敢住神仙[5]。携长剑，归向楼头，一问青天。

[1] 橄头：尖头小船。棹橄头指划船。

[2] "密念"二句：唐范摅《云溪友议》卷五："崔涯者，吴楚之狂生也，与张祜齐名。每题一诗于娼肆，无不诵之于衢路……祜、涯久在维扬，天下晏清，篇词纵逸，贵达钦惮，呼吸风生，颇畅此时之意也。赠端端（李端端）诗曰：'觅得黄骝鞁绣鞍，善和坊里取端端，扬州近日浑相诧，一朵能行白牡丹。'"

[3] 勾栏：栏杆。

[4] 薰莸（yóu，音由）：香草和臭草。喻善恶、贤愚、好坏等。语本《左传·僖公四年》："一薰一莸，十年尚犹有臭。"杜预注："薰，香草；莸，臭草。十年有臭，言善易消，恶难除。"

[5] 斥地：开拓土地。

## 卜算子·金山寿心海[1]

台向妙高登，水自中泠取。寄宿江心第一峰，邛友逢□□。

行乐岁时宽，出海云霞曙[2]。好就琼宫贝阙间[3]，扮作天魔舞[4]。

[1] 金山：在今江苏省镇江市。原名浮玉，因裴头陀江际获金，唐贞元间李骑奏改。

[2]"出海"句：江上黎明到来时，朝霞涌起。此句化用唐杜审言《和晋陵陆丞早春游望》："云霞出海曙。"

[3]琼宫贝阙：指富丽堂皇、光彩夺目的仙界。语本屈原《九歌·河伯》："鱼鳞屋兮龙堂，紫贝阙兮朱宫。"

[4]天魔：乐舞名。

## 蝶恋花·湖上

浣绿湖光消几许？湖上长堤，堤里人家住。小径幽深莺不语，桃花历乱随飞絮。

拾翠归来红粉女[1]，嬉笑无端，见客佯推故。白鹤背人何处去？幽辉映入斜阳暮。

[1]拾翠：曹植《洛神赋》："或戏清流，或翔神渚，或采明珠，或拾翠羽。"本指洛神在江边游玩，拾取翠鸟羽毛为装饰。此指妇女游春。

## 风中柳·繁昌客感[1]

亭柳垂丝，宛转引人衣袂。问前程，付诸流水。夕阳明□，□浮云欺蔽。叹羁留，吴头楚尾。

扑羽沙鸥，□□又还□□。剩孤篷，荒汀长系。江天空阔，衬落霞如绮。只拌个，连宵□醉。

[1]繁昌：县名，今属安徽省芜湖市。

## 庆清朝慢·题琉球国图[1]

浩浩重洋，中山一点，曾分山北山南。明时合而为一，一岂成三？忆昔天孙创始[2]，氏族有谁谙？新春至，簪翘玳瑁，板舞衣衫。

隋不服，元不服，历世及洪武[3]。乃□输琛，终嫌冲礁落漈[4]，飑飓难堪[5]。岂若天朝定例[6]，隔年面向献忠忱。东风好，□山叶壁，频乐扬帆。

[1]琉球国：最初指历史上在琉球群岛建立的山南（又称南山）、中山、山北（又称北山）三个国家的对外统称，后来指统一的琉球国（1429年至1879年）。地理位置在台湾和日本之间，曾经向中国的明、清两代和日本的萨摩藩、江户幕府朝贡。

[2]天孙：据传，琉球王国最初统治者为天孙氏，为琉球神话中创造天地之阿摩美久神的后代。传位二十五世，逢臣下利勇篡位，覆亡。

[3]洪武：明太祖朱元璋的年号，借指明朝。1372年，明太祖朱元璋派杨载向琉球三国发布诏谕，中山国国王察度派弟泰期出使明朝，第二年，山北王怕尼芝和山南王承察度也相继向明朝进贡。至此，山北、中山、山南三国开始向明政府朝贡，成为明王朝的藩属国。

[4]落漈（jì，音计）：谓陷入海底深处。

[5]飑飓：台风和飓风。中国古籍中明以前将台风称为飓风，明以后按风情不同有台风和飓风之分。

[6]天朝：指清朝。

## 清平乐·归对锦石山[1]

孤峰秀异，襟带芙蓉水。千古才人专祷尔，未必神灵或□。

不曾花木斓斑，头将老秃同观。自是青山负我，非关我负青山。

[1]锦石山：原注"山为汉陆贾□赵佗去帝。闻以锦包不足，种花代之，俗呼'和尚石'"。按锦石山又称华表石、锦裹石、和尚石，在广东省德庆县回龙西江岸边。相传秦末汉初，赵佗割据南越称帝，汉文帝派陆贾出使南越。陆贾从桂岭取道，路经此石山，向山祷告，许愿若能使赵佗归汉，当以锦披山石，以酬山神。后赵佗去帝号，受汉封，与陆贾泛舟西江石山下，陆贾以锦裹石，锦不足，遍山植花卉代锦，因以为其名。

## 万年欢

明媚韶光，冲融霁景，新开桃杏偏宜。漠漠池塘波暖，浴鸭先知[1]。世

《海棠桥词集》校注 >>>

界皆成乐国，鸠鸣罢，燕子犹嬉。薰炉静，香裀不□[2]，得闲坐弄琴丝。

　　清和使人意好，出玉阶凝眺，弱柳牵衣。蛱蝶相邀何处？□殿东西。过午觚棱影转[3]，风□拂画□□稀。重门外，约略红尘，是谁驱马长堤？

　　[1]"漠漠"二句：化用苏轼《题惠崇春江晚景》："春江水暖鸭先知"句。
　　[2] 裀（yīn，音因）：通"茵"。指褥垫。
　　[3] 觚棱：宫阙上转角处的瓦脊成方角棱瓣之形。借指宫阙。

## 如鱼水·盆鱼

　　大仅逾针，长难及寸，荡漾绿藻盆中。勺水沖瀜[1]，看渠出没从容。落花红，能吹散几点浮空。便似向池沼江湖，浪洊南北与西东[2]。

　　沧海小，酒杯洪。若养得成龙，自有云从。满腔生意何穷？见鳙鳙[3]，除体貌即可相通。问周子，此是吾人乐处，敢信孔颜同[4]。

　　[1] 沖瀜（chōng róng，音冲融）：水深广貌。
　　[2] 洊（jiàn，音见）：一次又一次。
　　[3] 鳙鳙（yú yōng，音鱼庸）：鳙鳙。传说中的怪鱼。
　　[4] 孔颜：孔子与其弟子颜回的并称。朱熹认为"孔颜之乐"包括"鸢飞鱼跃"境界、"无一夫不得其所"境界和"万物各得其所"境界。此指与天地万物同体之乐。

## 隔溪梅令

　　麻姑意欲别嚣尘，水横村。不识扁舟载鹤是何人，□□翘幅巾[1]。

　　一枝疏影水边分，望犹真。欲架长桥行过，与□□。却防花见嗔。

　　[1] 幅巾：古代男子以全幅细绢裹头的头巾。

## 汉宫春·咏美人额上一点红[1]

　　月晕珠圆，是佳人额上，一点娇红。分明似射有的，对面相逢。十分端

162

正，怕人窥，扇欲高笼。嗟昔日，安黄贴翠[2]，无如脂泽为工。

生性原来爱淡，只粉题半面，着此成浓。何人画图取意，万绿丛中？佛头着宝，放毫光岂擅芳容？如旭日，瞳曈始上[3]，朱辉分映眉峰[4]。

[1] 人：原作"上"，据目录改。

[2] 安黄贴翠：古代贵族妇女的面饰。用黄、绿色"花子"粘在眉心，或制成小圆形贴在嘴边酒窝处。

[3] 瞳曈（tóng hàn，音同汉）：明亮貌。

[4] 句末原注"画社□□修竹美人作万绿丛中红一□□，亦取此云"。

## 锁窗寒

□角如何，芙蓉幻出，九秋光景[1]。黄昏月上，可是助人□□。□薰炉，余香懒烧，独来悄步空□影。觉蚓声如诉，蛩声如泣，十分难听。

延颈，双鬟冷，叹荡子归期，杳然无□。鳞鸿断绝[2]，岂果程途多梗。想当初，鸾凤未分[3]，锦衾角枕忘夜永。到今时，泪滴红绡，只有嫦娥省。

[1] 九秋：指九月深秋。

[2] 鳞鸿：鱼雁。指书信。

[3] 鸾凤：鸾鸟与凤凰。比喻夫妇。

## 兰陵王·绿阴

乱红落，赢得浓阴漠漠。空亭畔，群树遮天，翻笑儿童寻□缚。朱曦来欲却[1]。风作，才能射着。栏杆好，晴午独凭，遥听□声唤行乐。

丁年在京洛[2]。向耆旧名园[3]，留恋红药[4]。□□□粉如相约，当罗帕香拂，地衣红皱，溜下金钗久□□。□追忆如昨。

略约，近高阁。觑水面游鱼[5]，开口频□。衣襟□透耽琴酌。念曲渚修禊[6]，茂林何若？芳郊逢此，可不恨太寂寞。

[1] 朱曦：太阳。古代称日为朱明，而羲和为日御，合而为"朱羲"。

163

［2］丁年：男子成丁之年。明清以十六岁为丁。　京洛：京城洛阳。因洛阳从夏代开始频繁作为都城，历代多有沿用。

［3］耆旧名园：指洛阳名园。北宋文学家李格非（李清照之父）于绍圣二年（1105）撰成《洛阳名园记》。

［4］红药：芍药花。

［5］覷：注视。

［6］修禊（xì，音细）：古代民俗于农历三月上旬的巳日（三国魏以后始固定为三月初三）到水边嬉戏，以祓除不祥，称为修禊。

## 婆罗门引·吴道子观音[1]

轮开水月，毫光万丈孰能围？吴生独抱神奇，但把霜毫一运[2]，便见佛阿弥[3]。看瓶中甘露，遍地能施。

大慈大悲，念世界尽周知。只是音从听入，乃以观为。除非不画，□思画，即□现身随。僧祖鉴，可也相师。

［1］吴道子：唐代画家，其技艺超群而富有创新精神，被誉为"百代画圣"。善以线描表现衣带飘舞的效果，人称"吴装"或"吴带当风"。

［2］霜毫：指毛笔。

［3］佛阿弥：阿弥陀佛的变称。佛教指西方极乐世界的教主。"阿弥陀"意译为无量，亦译作无量寿佛或无量光佛。

## 婆罗门令·贯休罗汉[1]

□形貌，恁生来怪。那形貌，又恁生来怪。瘦□□□，将身□，□□乔。天竺国[2]，真个居人外。炉烟供，来细细。讶山魈坐列空岩隘[3]。携瓶拄杖眉毛拂，繙贝叶[4]，□猿玃能解[5]。雪□铁古，腑脏谁会？我意禅师，傀儡将取胸中卖，直取胸中绘。

［1］贯休罗汉：指五代时僧人贯休画的罗汉像刻石，现存浙江杭州市孔庙。广西

164

桂林隐山华盖庵殿壁上嵌有清代摹刻贯休所画的十六尊者像。

[2] 天竺：印度的古称。

[3] 山魈（xiāo，音肖）：一种类似狒狒的动物，性凶猛，状极丑恶。古代传说以为山怪，又称"山萧""山臊""山缫"等，记述状貌不一。

[4] 繙（fān，音番）：翻译。 贝叶：古代印度人用以写经的树叶。指佛经。

[5] 猿玃（jué，音决）：泛指猿猴。玃，大猴。

## 金浮图·南山寺僧赠菩提纱

山门树，来从印度。叶落何时，寺僧争取。浸寒泉，渣滓皆消去。荡漾霏微，片片揭如轻雾。笠帽灯帷堪做，将来赠我，□识因何故。

僧告语，功能辟蠹[1]。好伴芸香[2]，共归□库。物□微，满眼皆情绪。鼻观参余[4]，得气略如新布。多谢殷勤□□，慈悲喜舍，薄俗殊难遇。

[1] 辟蠹：避虫。

[2] 芸香：一种香草，可用于驱虫防蛀。

[3] 鼻观：佛教观想法，谓观鼻端白。

## 贺新凉·论画

造化心中具[1]。笑前朝顾陆荆关[2]，枉分家数。折带披麻皴□一[3]，要作童蒙依据。比大块萧然无与。王洽深知因泼墨[4]，刻舟求[5]，正恐无求处。宜闭目，想真趣。

开门即是丹青谱，看高山嶙峋隐现，半当烟树。淡抹浓勾随意下，何必区区追抚？但更欲读书为主。若果心怀经鼓铸，任时人□□皆无□。□得也，易高举。

[1] 造化：自然界的创造者。此指自然万物。

[2] 顾陆荆关：顾，指东晋画家顾恺之，无锡人，有《女史箴图》《洛神赋图》《列女仁智图》；陆，指南朝刘宋画家陆探微，擅画名士肖像、宗教壁画及风俗画；荆

关，五代后梁画家荆浩，善山水，为唐宋冠；关仝从浩学，有出蓝之誉。

[3] 折带：指绘画中以线描表现衣褶起伏转折等结构。 披麻皴（cūn，音村）：又称麻皮皴。因所绘山石脉理如披麻，故名。皴，中国画中表现山石、峰峦和树身表皮的脉络纹理的画法。

[4] 王洽（？—805）：或作王默、王墨。唐代画家，善泼墨山水。

[5] 刻舟求：即刻舟求剑。典出《吕氏春秋·察今》。喻拘泥成法，固执不知变通。

## 戚氏·论书

墨池编，好向枢密究言诠[1]。梁鹄大书、邯郸□字各分传[2]。□然，□坛山，杳无踪迹在人间。张芝最善草草[3]，足与崔杜共联肩[4]。卫氏诸体[5]，钟繇三色[6]，肯为宇宙开先。至时□□午，多少书手，咸觉通元。

斜正变幻无端，因物付物，意象总照宣。清虚品，迥非凡俗，峻出云烟。览翩翩，抱质简古谁知？托然散逸难言。笑花对镜，舞鹤飞鸿，品骘曾历千年[7]。

逸少□行好，惟萧阮辈，体各分延。自逐欧劁颜重[8]，把风流扫尽已无存。宋人欲破藩篱，□□趣□，终觉元真远[9]。念此中，升降关天运，非后起，当让从前。快雪堂问着书仙[10]。要尘□□切早能捐。对乾坤内，纷纭万状，可得蹄筌[11]。

[1] 言诠：以言语解说。

[2] 梁鹄、邯郸：梁鹄，字孟皇，东汉书法家。少好书，受法于师宜官，得师宜官法，以善八分书知名。邯郸，指邯郸淳，字子淑，三国魏书法家。工书，诸体皆能。善作小字。魏武（曹操）甚爱梁鹄书，以为鹄宜为大字，淳宜为小字，不如鹄之用笔尽势也。参阅《书断》。

[3] "张芝"句：汉末书法家张芝，字伯英，首创"今草"。

[4] 崔杜：指东汉崔瑗和杜度，二人皆以书法闻名。

[5] 卫氏：指晋卫夫人，名铄，字茂猗，李矩之妻，工书法。王羲之早年曾从卫夫人学钟繇书法。

[6] 钟繇：三国时期书法家，所写带有隶意的楷书，为早期楷书的代表。

[7] 品骘（zhì，音至）：犹评定。

[8] 欧劖（chán，音缠）颜重：唐代书家欧阳询楷书劲拔平正；颜真卿楷书端庄健伟，以气势胜。劖，峭拔。

[9] 元真：玄真。道家称妙道、精气等。语本《老子》："此两者（常有、常无）同出而异名，同谓之玄。"此处指习书法的诀窍。

[10] 快雪堂：今快雪堂书法博物馆，位于北京北海公园北岸。镇馆之宝为王羲之《快雪时晴贴》石刻。

[11] 蹄筌：指反映事物的迹象。语本《庄子·外物》："筌者所以在鱼，得鱼而忘筌；蹄者所以在兔，得兔而忘蹄；言者所以在意，得意而忘言。"谓语言蹄筌都是有形的迹象，道理与猎物才是目的。蹄，兔罝；筌，鱼笱。

## 似娘儿

园角柳垂丝，蘸曲塘，春水涟漪。昼永帘垂深巷静，碧纱如雾，书为乐国，诗是生涯。

几度启双扉，遇知心，茶话经时。空色色空参未透[1]，寻常行乐，花充舞女，鸟作歌儿。

[1] 色空：佛教语。"色即是空"的略语。谓一切事物皆由因缘所生，虚幻不实。

## 浣溪沙·憎鼠

有甚春粮足与争，夕阳西下即横行，终宵橐橐□闻声[1]。

搅□翻盆狂可恕，衔书啮画罪非轻[2]，仙哥不至太无情[3]。

[1] 橐橐（tuó，音驮）象声词，多状硬物连续碰击声。

[2] 啮（niè，音聂）：咬，啃。

[3] 仙哥：鼠之谑称。

167

## 减兰·与石□

山塘夜月，处处□□声不绝。生主蓉城，□□真过□漫□。
□中水利，昔到未明当问子。木渎乘春[1]，别港支流定遍巡。

[1] 木渎：镇名，在今江苏吴县西南。地近太湖口，渡太湖者皆取道于此。

## 三姝媚·十姊妹花[1]

敢嫌妆束小，见成群逐队，聚欢团笑。离别何曾，只暮暮朝朝，大家关照。二五排来，浑莫辨年华长少。可是蔷薇，为渠□出，不然胡肖？
粉黛三千闹扫[2]。羡同气连枝，并佳皆妙。杨氏五姨[3]，与蒋侯三妹[4]，都应让道。妒宠争怜，安得□联肩□好？相约终身不嫁，东风漫扰。

[1] 花：原无，据原目录补。
[2] 闹扫：唐代宫女梳的一种发髻。
[3] 杨氏五姨：指杨贵妃姊妹。《新唐书·杨贵妃传》："天宝初，进册贵妃。……三姊皆美劭，帝呼为姨，封韩、虢、秦三国为夫人。"
[4] 蒋侯三妹：指汉末蒋子文第三妹，世称青溪小姑。蒋子文为秣陵尉，因击贼至钟山，负伤而死，其妹亦投水自尽。吴孙权时封子文为中都侯，立庙钟山。至迟到晋代，小姑被祀为青溪神。青溪，水名，在今南京市钟山附近。

## 天门谣·九日[1]

九月当初九，把世事等诸乌有。呼浊酒，独推开虚牖。
意欲共黄花开笑口，不识何人堪作友。频扣缶[2]，卯时起[3]，看□□酉。

[1] 九日：指农历九月九日重阳节。

[2] 缶：瓦质的打击乐器。

[3] 卯时：十二时辰之一，早晨五时至七时。

## 夜飞鹊·秋夜观象

珠绳焕银汉，知自何时，名号一一□垂。天江鱼子向东泳[1]，秋来云雨谁知？瓠瓜五星照处[2]，听渐台漏永[3]，天籥声微[4]。扶筐□□[5]，想人间一样同携。

遥望女牛相待[6]，徐越隔双流，会合无期。空说年年飞渡，通宵守候，谁见迁移？露寒独树，□填河，夜鹊归迟。任觚棱高映[7]，王良策马[8]，阁□西陲。

[1] 天江鱼子：指银河中的星。

[2] 瓠瓜五星：星座名，有星五颗，在河鼓星东。

[3] 渐台：星名，在织女星旁。

[4] 天籥（yuè 月）：星座名，属斗宿，共八星。籥，古管乐器。在甲骨文中，本作"龠"。象编管之形，似为排箫之前身，故云"声微"。

[5] 扶筐：星名。

[6] 女牛：织女星和牵牛星。

[7] 觚棱：宫阙上转角处的瓦脊成方角棱瓣之形。借指宫阙。

[8] 王良：星座名。春秋时有王良，为善驭马者。

## 月上海棠

玉罏烟断禅堂静，隔砌缤纭乱花影。借得马卿琴[1]，□我至诚心性。芭蕉外，若个垂鬟细听[2]？

情担不起防成病，昨倚着栏杆悄然省。何处可求凰[3]？见月下惊鸿无定[4]。三生事[5]，愿向神前一证。

[1] 马卿琴：指汉司马相如《琴歌》。相如字长卿，后人遂称之为马卿。

169

《海棠桥词集》校注　>>>

[2] 若个：哪个。　垂鬟：指女子。
[3] 求凰：亦作"求皇"。汉司马相如《琴歌》之一："凤兮凤兮归故乡，遨游四海求其凰。"相传相如歌此向卓文君求爱。因称男子求偶为"求凰"。
[4] 惊鸿：喻指体态轻盈的美女。语本曹植《洛神赋》："翩若惊鸿，婉若游龙。"
[5] 三生：佛教语。指前生、今生、来生。

## 薄幸·自题瞿昙小像[1]

辛未客武林[2]，倩人作瞿昙小像[3]，一侍女拈花□酒。越十年检□□□人，因题。

头颅如许，想夙世空门曾住[4]。笔砚外新书全卷，别有一罏一□。倚栏杆，翠竹森然，色空空色浑难语[5]。见几点蔷薇、三升酒榼[6]，烦着青衣来去。

至今日，相违久，翻箧衍[7]，适然逢汝。此情虽无改，风尘潦倒，不堪面目难如故。美人迟暮[8]，值林梢碧月，来时更学修箫谱。周旋照证，谁说知心莫遇？

[1] 瞿昙：释迦牟尼的姓。一译乔答摩。亦作佛的代称。
[2] 辛未：指1811年。　武林：今广西平南县武林镇。
[3] 倩（qìng）：请。
[4] 夙世：前世。
[5] 色空：佛教语。"色即是空"的略语。谓一切事物皆由因缘所生，虚幻不实。
[6] 酒榼：古代的贮酒器，可提挈。
[7] 箧衍：方形竹箱，盛物之器。
[8] 美人迟暮：谓流光易逝，盛年难再。语本《楚辞·离骚》："惟草木之零落兮，恐美人之迟暮。"

## 酒泉子

月照花梢，刚遇箇人来了[1]。见愁容，佯作笑，手相交。

侍儿遥隔春园唤，只着暂行归看。霎时奴又返，莫终抛。

[1] 箇（gè，音个）人：那人。

## 忆秦娥·万松亭忆房虞部筝妓[1]

清风刮，钿蝉金□新声发[2]。新声发，绿云□地，春莺调□。

绮罗南国音尘绝，林□北□胭脂抹。胭脂抹，万松□□，美人谁说？

[1] 原注"唐虞部郎中房启，于长安怀远里得弹筝妓，更求国工诲之。来牧容州携游胜，既及天。刘梦得有诗伤之。予访旧迹，两步共韵，今并为此解"。按王维新《丛溪集·万松亭吊秦姝次刘梦得韵·序》："秦姝，唐容州牧房开士启姬也。开士，河南人，初为虞部郎中，过曲江闻筝询得秦姝，买以千金，求国工诲之。来牧时，山亭池榭携以游歌，及天，有悼佳人句，故人刘禹锡作《伤秦姝行》，万松亭下，清风满其词也。今城北里许万松岭迹犹未湮，邑志未详。为次刘韵，以传其事。"又按刘禹锡《伤秦姝行》："万松亭下清风满，秦声一曲此时闻。"万松亭，在今广西容县西北。虞部郎中，古职官名。掌山泽、苑囿、草木、薪炭、供顿等事。

[2] 钿蝉：筝饰。借指筝。

## 小桃红

惊蛰风初播，蓓蕾开三朵。绝□娇儿，朱唇半点，向人将唾。怪良朋不肯早些临，把金尊开箇[1]。

数日光通座，忽见游蜂过。红雨飞空[2]，锦茵铺地[3]，小庭时坐。若有人前面扣门来，莫教他踏破。

[1] 箇：助词。

[2] 红雨：指落花。

[3] 锦茵：指绿草。

## 浪淘沙·仙枣亭[1]

亭子出烟霞,枣树槎枒[2]。洞庭春色渺难赊[3],太守遣人来对弈,是之非耶。

铁笛奏梅花[4],响落谁家?留题壁上走龙蛇[5]。若使神仙言不妄,实待如瓜。

[1]仙枣亭:在湖北武汉黄鹤楼左侧,传说该地产枣如瓜,无核,食之可长生不老。

[2]槎枒:树木枝权歧出貌。

[3]赊:赏玩。李白《陪族叔刑部侍郎晔及中书贾舍人至游洞庭》:"且就洞庭赊月色。"

[4]铁笛句:指古笛曲《梅花落》。

[5]龙蛇:指书法、文字。

## 金明池·次秦少游韵[1]

东望陈留[2],西临广武[3],底是吹台旧路[4]。寒食近,郊原绿遍,乍经尽口烟淡雨。出青门[5],麝帕钿车[6],逐胜赏,多在杨花飞处。喜薄暮归来,连街灯火,更值樊楼歌舞[7]。

燕入人家寻故主。恨汴水东流[8],不曾留住。琼林宴[9],春风尚在,遗迹志,口蛮难诉。望空城,艮岳无存[10],引花石纲来[11],一何辛苦。想世事无常,年华若梦,合袖神椎遥去[12]。

[1]金明池:北宋时期著名的皇家园林,位于汴京(今河南省开封市)城外。又为词牌名。 次秦少游韵:指次秦观《金明池》韵。

[2]陈留:县名,明清属河南开封府。

[3]广武:古城名,故址在今河南荥阳东北广武山上。

[4]吹台:古迹名,又称繁台,在今河南开封市东南禹王台公园内。相传为春秋

时师旷吹乐之台。汉梁孝王增筑曰明台,因其常案歌吹于此,故亦称吹台。

[5] 青门:指京城东门。

[6] 麝帕:香巾。 钿车:用金宝嵌饰的车子。

[7] 樊楼:又称白矾楼,为宋代汴京的大酒楼。

[8] 汴水:今河南省荥阳县西南索河。

[9] 琼林宴:宋太平兴国九年(984)至政和二年(1112),天子均于琼林苑赐宴新进士,故称。后世赐宴虽非其地,然仍袭用其名。琼林苑,宋皇家苑名,在汴京城西。

[10] 艮岳:山名,在今河南开封城内东北隅。宋徽宗以为山在国都之艮位,故名。

[11] 花石纲:成批运输花石等货物的组织。宋崇宁四年(1105),蔡京引朱勔主持苏杭应奉局,劫民间花石往东京,以供徽宗赏玩。

[12] 句末原注"明李濂撰《汴京遗迹志》"。

## 柳梢青·汴城铁塔[1]

艮岳无存,都城已改,向日犹标。阅尽当年,北兵来□,不赴南朝。

黄河水灌滔滔,叹宫室民庐尽漂。侥幸能留,心旌为动[2],好上岧峣[3]。

[1] 汴城铁塔:开宝寺塔,在河南开封市东北隅。北宋皇祐元年(1049)建。因外壁镶以褐色琉璃砖,近似铁色,故名。历经地震、水患仍巍然屹立。

[2] 心旌:喻不宁静的心神。语本《战国策·楚策一》:"寡人卧不安席,食不甘味,心摇摇如悬旌,而无所终薄。"

[3] 岧峣(tiáo yáo 条摇):高耸。

## 眉峰碧·咏昭君套[1]

半握围初就,衬得花容瘦。雪夜燃灯锦帐中,且共余饮膏酒。

已觉乌云厚，不畏寒风透。若抱琵琶马上弹，定应唤作番人妇[2]。

[1] 昭君套：古代妇人的头上饰物，用条状貂皮围于髻下额上，如帽套。相传为昭君出塞时所戴，故称。

[2]"定应"句：汉竟宁元年（前33），匈奴呼韩邪单于入朝，求美人为阏氏，以结和亲，昭君自请嫁匈奴。入匈奴后，被称为宁胡阏氏。番人，少数民族。此指匈奴。

## 消息·昆阳怀古[1]

湛阪南头[2]，犹余一片旧时城址。杂树参差，高原□衍，巷曲多亏蔽[3]。地道遥冲，云车低瞰[4]，钲鼓声闻天地[5]。想长人齐驱猛兽[5]，任诸将皆回避。

片刻风雷，无端雨水，早与真人乘势。故国千年，人生一瞬，到此知何世？日脚苍茫，云头黯淡，催着寒鸦飞起。垂杨外，低徊返顾，霸图谁指？

[1] 昆阳：即今河南省叶县。

[2] 湛阪：《左传·襄公十六年》："楚公子格帅师，及晋师战于湛阪。"杜注："襄城昆阳县北有湛水，东入汝。"杨伯峻注："湛水源出今河南宝丰县东南，东经叶县，至襄城县境入于北汝河。湛水之北山有长阪，即此湛阪，在今平顶山市北。"

[3] 亏蔽：遮掩。

[4] 云车：古代作战时用以窥察敌情的楼车。

[5] 钲鼓：钲和鼓。古代行军或歌舞时用以指挥进退、动静的两种乐器。

[6] 长（zhǎng掌）人：指居上位者、官长。

## 醉垂鞭·岳口[1]

堤岸好垂杨。红妆女，谁家去？转侧绣罗裳，暗闻兰麝香[2]。

别来当岳口，频沽酒，醉斜阳。指点汉江旁[3]，天门烟树长。

[1] 岳口：地名，为湖北天门市重镇。缘因唐代诗人皮日休途经此地留下"行墙约物价，岸柳牵人裙"的诗句得名"约价口"，后因南宋将领岳飞屯兵于此，改称

"岳家口",简称"岳口"。

[2] 兰麝:兰与麝香,均为名贵香料。

[3] 汉江:即汉水,在湖北武汉市入长江。

## 江南春·永州溪上[1]

天莽苍,日凄迷。零陵芳□近,湘岸白云低。幽花带露红犹湿,闺里娇姿当面啼。

[1] 永州:地名,与下文的"零陵"均在今湖南省。

## 沁园春·褚墨耕别驾见过[1]

唐室声华,汉廷文学,灵光岿存[2]。记赋就三都[3],江东□秀,才非百里,湖北班春[4]。簪笏辞归[5],莼鲈别去[6],要看佳儿德政□。南荒外,问何人足语,月夕花晨。

秋风巷口先闻,忽遇我,寒斋笑语频。把白傅诗篇[7],诵如流水;谢家哀乐[8],付与浮云。李树无阴,芄兰有叶[9],喜得奎星与我亲[10]。移时别,只断芜烟草,门掩斜曛。

[1] 别驾:官名,全称为别驾从事史,为州刺史的佐吏。因其地位较高,刺史出巡辖境时,别乘驿车随行,故名。

[2] 岿(kuī,音亏)存:即岿然独存,经过变故后唯一存在的事物。

[3] 赋就三都:晋左思著《三都赋》,曾名动一时。

[4] 班春:颁布春令,指古代地方官督导农耕之政令。

[5] 簪笏:冠簪和手版,古代仕宦所用。借指为官。

[6] 莼(chún,音纯):莼菜与鲈鱼。南朝宋刘义庆《世说新语·识鉴》载:晋张翰在洛,见秋风起而思故乡莼鲈,因辞官归。因以"莼鲈"为思乡之典。

[7] 白傅:唐诗人白居易晚年曾官太子少傅,故称。

[8] 谢家:指晋谢安。

[9] 芃（péng，音朋）兰：茂盛的兰草。

[10] 奎星：二十八星宿之一。古人多因其形似"文"字而以它为主文运和文章兴衰之神。

## 盐角儿·池上

玻璃清绝[1]，玻璃硬绝，是谁亲割？晴窗洞启，虚檐倒覆，游鱼争沫。到黄昏，那时节，□星影层层空阔。惟防着五更风起，搅碎一池明月。

[1] "玻璃"句：形容池面平静如玻璃。

## 虞美人影·题吴少府看三影簃[1]

层层岸影兼波影，搀动一城花影。世事总如空影，□看连簃影。风流少府张三影[2]，书幌倦栖孤影。到底连簃各影，若者为真影。

[1] 少府：官名。指县尉，为县令之佐。　簃（yí，音移）：楼阁边相连的小屋。

[2] "风流"句：宋陈师道《后山诗话》："尚书郎张先善著词，有云：'云破月来花弄影''帘幕卷花影''坠絮轻无影'，世称诵之，号张三影。"张先，字子野，宋代词人。历任知县等职。

## 望江南·中秋夜和李生（三首）

### 其一

同步月，彳亍向南隅[1]。隔浦秋山浓转淡，停船夜火□如无。随处月为徒。

### 其二

同玩月，池馆极清幽。身外无身身却在，镜中有镜镜难求。我怎问根由？

### 其三

同宴月，休问夜何其[2]。似雪空杯斟欲凸，如花□□□嫌□。珍重素娥窥[3]。

[1] 彳亍（chì chù，音赤处）：慢步走。

[2] 何其：怎么那样。

[3] 素娥：嫦娥。

## 春夏两相期·会以园明府馆甥[1]

看深深谢家庭院，吹来柳絮如霰。何似琴堂，触手弦声能辨。五花金诰七香车[2]，不负当时持红线。一队官□，两行画烛，盈门有烂。

春禽枝上迁转。想我侯当此，□章□钏。回首燕山[3]，万里庆云先见。杯浮琥珀焕三星[4]，梁横玳瑁留双燕[5]。分付东风，日办芳华，送归南馆。

[1] 明府：指县令。 馆甥：女婿。

[2] 五花：唐人喜将骏马鬃毛修剪成瓣以为饰，分成五瓣者称"五花马"。 金诰：指朝廷的诰命。 七香车：用多种香料涂饰或用多种香木制作的车。

[3] 燕（读阴平）山：指自天津市蓟县东南绵延而东直至海滨的燕山山脉。

[4] 琥珀：指美酒。李白《客中行》："玉碗盛来琥珀光。"

[5] "玳瑁"句：语本沈佺期《独不见》："海燕双栖玳瑁梁。"玳瑁，一种与龟相似的水产动物，甲坚硬光滑，有文彩，可制装饰品。

## 紫玉箫·贺李艺圃明府婚

六诏名元[1]，五华才子，胪傅合在瀛洲[2]。符分百里[3]，牛刀小试[4]，敷政优优[5]。日勤巡省[6]，花似锦，人少嬉游。江关外，桃夭及时[7]，怨旷都休[8]。

公余不分回首，曾雨暗疏帘，月冷高楼。大邦有子，羡有齐季女[9]，载咏睢鸠[10]。想乘龙后[11]，弥恋勉[12]，案牍无留。青琴奏，闺门化行[13]，

177

□汉风流。

[1] 六诏：原指唐代位于今云南及四川西南的乌蛮六个部落的总称。后蒙舍诏并吞其他五部，史称南诏，其地在今云南及四川西部，因以称云南。诏，指首领。 名元：指少数民族声名显赫的王。

[2] 胪傅：传告皇帝诏旨。

[3] "符分"句：帝王封官授爵，分与符节的一半作为信物。

[4] 牛刀小试：喻大材器先于小事略显身手。语本《论语·阳货》："子之武城，闻弦歌之声。夫子莞尔而笑曰：'割鸡焉用牛刀？'"

[5] "敷政"句：谓施行宽和教化。

[6] 巡省：巡行视察。

[7] 桃夭：《诗·周南》有《桃夭》篇，赞美男女婚姻以时，室家之好。因以指婚嫁。

[8] 怨旷：指女无夫，男无妻。

[9] 此句原注"新人无锡季氏"。

[10] 雎鸠，指淑女。语本《诗·周南·关雎》："关关雎鸠，在河之洲。窈窕淑女，君子好逑。"

[11] 乘龙：谓得佳婿。

[12] 懋勉：劝勉，勉励。

[13] 化行：教化施行。

## 定风波·何素轩丈招饮醉归[1]

不诩安平旧食单[2]，花前酌酒自然欢。饮至署中更鼓响[3]，才放，归来□路舞仙仙。

水阁无人当翠帐，偎傍，梦回波面独清寒。何处秦筝声慨慷，弹唱，月光满地好凭栏。

[1] 何素轩：人名，事迹不详。 丈：老者。

[2] 诩：夸耀。

[3] 署中：官署。

## 浪淘沙·案上石菖蒲[1]

深谷此为迁,隐客名存。添来细石与幽泉,自是风霜应莫妒,着叶生根。

永日对方盘,绿意绵延,俨如岩壑在当前。借问安期餐剩后[2],可得成仙?

[1] 石菖蒲:观赏植物的一种。茎可入药。

[2] 安期:亦称"安期生",传说中的仙人。按陆游《菖蒲》有"仙人教我服,刀匕蠲百疾"句。

## 喝火令·烛

把一枝红映,龙鸾□画堂[1]。赋诗分韵此时良,□□□来归院,终觉夜徬徨。

掩抑明歌扇,翩跹照舞裳。也曾垂泪感红妆,似此欢娱,似此漏声长。似此石家同艳,何问寇平章。

[1] 龙鸾:喻华美的文章。语本《文选·吴质〈答魏太子笺〉》:"摛藻下笔,鸾龙之文奋矣。"李善注:"鸾龙,鳞羽之有五彩,故以喻焉。"吕向注:"鸾龙,有五色文章也。"

## 抛球乐

隔时天气和煦,人自欢喜。出城东,红绿杂糅,□□□加,叠成佳致。杏子缀,阴覆村檐,菜甲拆[1],香浮园地。但见五里□楼,十里长亭,都在丹青里。惹北邻娇脸,西家艳质[2],步行同羡,春光妩媚。嫩蝶一双飞,取小扇轻盈摇罗绮。笑东风无力，常任远飞，不教逐坠。

□漾□水朱栏，护苔径，□点蜚英细[3]。有流莺，鸣睍睆[4]，镇日堪砭俗耳。坐来半晌，衣染蘼芜深翠。几回酒幔远招，一盏两盏，留与游人醉。筑球踏鞠[5]，抛堶击壤[6]，太平□□，相期尽试。云际日犹迟，随宝马久向垂杨系。念抱膝独吟，索然无味。

[1] 菜甲：菜初生的叶芽。

[2] 娇脸、艳质：皆指女子。

[3] 蜚英：落花。

[4] 睍睆（xiàn huǎn，音现缓）：鸟声清和圆转貌。

[5] "筑球"句疑脱一字。踏鞠，亦作"踏鞠"。古代一种用于习武、健身和娱乐的踢球运动。

[6] 抛堶（tuó，音陀）击壤：一种抛掷瓦石的游戏。始于宋寒食之俗，后世易瓦石为铜钱，变游戏为赌博。

## 生查子·得书

二月小桃开，三月垂杨近。不敢问归期，只说思书信。

得信手亲开，悄觉眉端紧。绝不向人提，压在描花砚。

## 玉楼春

开到酴醾花欲尽[1]，燕子双双帘外趁[2]。美人斜倚玉栏杆，一股金钗□绿鬓。

眼见春光将远遁，眉黛蹙来应有恨。侍儿何故不知情，折得花枝犹竞进。

[1] 酴醾：本酒名。此同荼蘼（花）。以花颜色似之，故取以为名。宋王淇《春暮游小园》："开到荼蘼花事了，丝丝天棘出莓墙。"

[2] 趁：追逐。

卷 四

## 帝台春·卖花妪[1]

　　分别各色，青蓝并红白。一样逐人，□向若尘，东城南陌。逝水年华已莫挽，若当下女郎须惜。过帘栊[2]，略一招呼，□□□识。
　　随手摘，香未释，任意择，露犹滴。但欲助新妆，有金钱也，□可数来先掷。栽则全筐要齐具，簪则一枝取分拆。看蜂蝶纷纷，伴渠侬游历[3]。

[1] 妪：老年妇女。
[2] 帘栊：亦作"帘笼"，窗帘和窗牖。指闺阁。
[3] 渠侬：方言。她。

## 少年游·夏雨

　　雷声郁闷在何方？□□望穿苍。雨势将来，云形腾挚，迸出日轮光。迩来苦热了难当，挥扇汗如浆。一阵风狂，芭蕉叶动，深院转清凉。

## 宣清

　　后是高崖，前绕寒流，萧然一间空屋。散清风，响□琴□，漱湍泉，声振岩谷。湿翠蒙蒙，闲云一片，傍藤依宿。客来时，绿染衣，多缘立向修竹。
　　湘簟带霜痕，铺来意足，有书不用读。看麦浪芃芃[1]，蕉阴冉冉，催送荷香，入座皆成清馥。几声蛙，烟□浪逐，几声莺，柳边韵续。冰壶在心[2]，竟□待松枝，把生平热肠驱逐。

[1] 芃芃（péng，音朋）：茂盛貌。
[2] 冰壶：喻品德清白廉洁。语本《文选·鲍照〈白头吟〉》："直如朱丝绳，清如玉壶冰。"李周翰注："玉壶冰，取其洁净也。"

*181*

## 桃花水

依稀岸曲别为天，不记旧来船。林边去，径边穿，鸡犬有声传。
想见各欢然，话当年，分携何不订来缘[1]，出云烟。

[1] 分携：离别。

## 芳草

嫩阳天，平原芳草，何来窈窕佳人？髻鬟新束就，带□金□，手曳红巾。荒凉增丽色，想远山不妒眉颦[1]。喜拾翠人归，独自眷恋良辰。
逡巡[2]，蜻蜓眼利，搔头上恐惹娇嗔[3]。为□停待久，舞群风乍动，半拂青茵。姗姗归去也，野棠花犹□斜曛。或许向香泥润处，一□鞋痕。

[1] "想远山"句：语本晋葛洪《西京杂记》："（卓）文君姣好，眉色如望远山……"
[2] 逡巡：徘徊不进。
[3] 搔头：簪的别称。

## 石州慢·鸦

朝日城头，寒角乍鸣，严鼓初歇[1]。高空撩乱翻来，墨点有声争聒。哑哑听罢，不知古渡荒村，纷飞可踏枯枝折。一水□神祠，待斜阳将没。
凄切，旧宫深闭，剩得长堤，□□萦结。莫把玉钗，舒卷乌纱飘瞥[2]。天涯客去，纵有云鬟堪撩，榆关争奈音书绝[3]。若作夜乌啼，看归来时节。

[1] 严鼓：急促的鼓声。
[2] 飘瞥：迅速飘落或飘过。
[3] 榆关：本指河北省临榆县的山海关。此借指边关。

## 古阳关

亭柳愁攀折,只为伤离别。清樽倒尽,殷勤向征人说。说从今去后,即把乡关□。沙漠外,凄凉自看五□月。

毡帐风寒,仗肝肺熟[1],与鸢肩客[2],操长箭,属精铁[3]。逝欲过瀚海[4],喋取匈奴血[5]。有日归,何当一一话情节。

[1] 肝肺熟:指内心充满热情。
[2] 鸢肩客:指驻留异地的人。鸢肩,两肩上耸,像鹞鸟栖止时的样子。
[3] 精铁:用精工锻炼过的铁所制的器物。
[4] 逝:通"誓"。 瀚海:指沙漠。
[5] 喋取:犹吸取。语本岳飞《满江红》:"笑谈渴饮匈奴血。"

## 夜行船

篷背樯从天顶指[1],江风静,数篙声碎。何处言谈,□□灯火,深夜未曾酣睡。

沿岸□鸥谙不起,隐芦花,不知凡几[2]。□索难成,坐嫌徒守,犹说去城三里。

[1] 樯:船桅杆。
[2] 凡几:共计多少。

## 真珠帘·雪月

小春节后当晴霁[1],闲斋敞,凝望亭,无纤翳。征雁不闻音,扫碧阶遥企。不畏严寒侵入骨,觉□□光连天地。谁似,看无声水浸,寻常难比。

真个世界澄清，此身躯，已向□□栖止。若更往山阴[2]，恐太成多□。好把双扉长自掩，合茗碗曷能高寄？将睡，见一枝梅影，□明窗里。

[1] 小春：指夏历十月。

[2] 山阴：山北。

## 金人捧露盘·汤丸

是何人，调银屑，作匀圆？着胭脂半点红鲜。雕盘捧到，竹罏鱼眼正澜翻[1]。升沉随分，但留意欲济饥寒。

想工夫，原容易，新妆点，便团栾[2]。值梅花天气无端。甘香并济，瓷瓯浮得几多丸。好随意，早付汤官。

[1] 竹罏：亦作"竹炉"。一种外壳为竹编、内安小钵、用以盛炭火取暖的用具。鱼眼：指水烧开时冒出的状如鱼眼大小的气泡。

[2] 团栾：圆貌。

## 三部乐·绉钟花[1]

庆云僧刹[2]，有一种异花，入春红发。问名安取？枝上东悬西缀，霜虞分出零星，尚未曾见叶，利剑休刜[3]。野外日冥，□付雨敲风戛[4]。

低垂不坠若欲，伴粥鱼茶板[5]，塔铃斋钵。何事径穿古木？声闻都绝。想当时，供来我佛，稔宗旨[5]，要归寂灭[7]。开满一月，了不作百声零□。

[1] 绉（liǎo，音了）：悬挂。

[2] 庆云：五色云。古人以为喜庆、吉祥之气。

[3] 刜（fú，音拂）：砍。

[4] 戛：击。

[5] 粥鱼：木鱼。刳木为鱼形，其中凿空，扣之作声，悬于廊下。僧寺于粥饭或集聚僧众时用之。

[6] 稔：素知。

[7] 寂灭：佛教语。指超脱生死的理想境界。

184

# 卷 五

## 塞孤·笳[1]

听城头凛凛寒风刮,忽地笳声争发。博望可曾留一阕[2],芦叶内,真幽咽。惊沙动,马空嘶,枯草断,羊难啮[3]。问何人,愁思能撇?

边雁寂不来,故国经时别。料得文姬凄切[4],数拍弹成多促节。真不管,琴弦绝。空□远,漾寒烟,荒戍近,铺残□,□杨花,好梦难热。

[1] 笳（jiā，音加）：胡笳。古管乐器,其音悲凉。汉时流行于塞北和西域一带。传为春秋时李伯阳避乱西戎时所造,汉张骞从西域传入。

[2] 博望：今安徽当涂西南东梁山,与和县南西梁山隔江相对如门,故又称天门山。历来为攻守要地。

[3] 啮（niè，音聂）：咬,啃。

[4] 文姬：东汉蔡邕之女,名琰,知音律。曾为胡骑所获,在胡二十年,生二子。作《胡笳十八拍》。曹操以金璧赎之归。

## 梦扬州·重阳看荷

晚霜零,任□红浓绿难承。不信水乡,一簇芙蓉□城。□人底用伤迟暮[1],会涉江骚客多情[2]。铅腮湿,含清泪,露盘高□金茎[3]。

185

芦月苹风自生,只□我辉光,伴我轻盈。白社□□[4],慧远与陶渊明。无为子向峰头饮,想是渠随地成形。江国宴,杯存解语,青女宜擎[5]。

[1] 伤迟暮:屈原作《离骚》有"伤美人之迟暮"句。

[2] 骚客:本指屈原。此为作者自指。

[3] "露盘"句:以承露盘盛装露。传说将此露和玉屑服之,可得仙道。

[4] 白社:白莲社的省称。东晋释慧远于庐山东林寺,同慧永、慧持和刘遗民、雷次宗等结社精修念佛三昧,誓愿往生西方净土,又掘池植白莲,称白莲社。见晋无名氏《莲社高贤传》。

[5] 青女:指霜。《淮南子·天文训》:"秋三月(指九月),青女乃出,以降霜雪。"

## 相思引·瓶桂

金粟□来得几多,焚香幽室气无过,军持半勺[1],滴取自银河。
病骨珊珊思妙药,梦魂冉冉见姮娥。云端露出,着□□□挈。

[1] 军持:源于梵语。本指僧人游方时所携澡罐或净瓶,后亦指可穿绳挂于身上的扁形陶瓷水瓶。

## 相见欢·署中看妆面

画堂红锦平铺,照流苏[1]。小向寿星屏角,效龟趋。
樽酒醉,烛花碎,眼模糊。不觉□帷答拜,侍儿扶。

[1] 流苏:用彩色羽毛或丝线等制成的穗状垂饰物,常饰于车马、帷帐等物上。

## 小诺皋·至东来寺

二十年来,重经古寺,风景不堪回记。只夕阳楼上,朱栏犹从徙倚。一簇人家似画，门掩楝花风里[1]。望容山近，隔暮云深翠，叠嶂萧森，长林幽邃。更碧流绵延分润，无限田□肥美。问今日，谁寓此？

绛□依然，青毡如故，未觉故人憔悴。惟历尽白□黄尘，九千余里，已分纲官贻诮[2]，还值□□遽弃[3]。将□水，要到何时堪济。粉壁抽毫，蕉窗拾纸，觉从前一种狂情，此日无因□理。书几束，横素几。

[1] 楝花风：二十四番花信风之一，时当暮春。

[2] 贻诮：见笑。

[3] 此句原注"心海悼亡"。心海，即作者好友覃武保，字心海，容县辛里人。嘉庆丙子解元，大挑一等，补贵州余庆令。著有《四书性理录》《夕阳楼草》《驴背集》《半帆集》等。

## 蝶恋花·闺情

日永促人同问字，眼底眉端讵有愁滋味。梦醒不知缘甚事，弓鞋悄向荒园履[1]。

拾取黄梅为弹子，掷过花阴惊得流莺逝。更睹双鬟呈妙技[2]，密防暗里猜心地。

[1] 弓鞋：旧时缠脚妇女所穿的鞋子。　履：行走。

[2] 双鬟：古代年轻女子的两个环形发髻。此指婢女。

## 殢人娇·秋睡

秋至何时，海棠不语，似隔了一重轻雾。彩鸾堪驾，层霄有□，□梦到，琼宫素娥深处。

梁燕将辞，向人如诉。蓦□把梦□□寤。轻罗小扇，今宵延伫[1]。密记着，求郎指明牛女[2]。

[1] 延伫：久留。

[2] 牛女：牛郎与织女。传说每年农历七月七日晚为牛女相聚的佳期。

## 黄鹂绕碧树

桃李□风里，嫣然并笑，十分婀娜。丽景融和，更小禽幽径，一声啼破。清明节近，说村舍犹留榆火[1]。谁立尽半点桐花，暗雨一庭愁锁。

料峭轻寒重播，唤樵青细烹麦颗[2]。声□响，讶鸾铃轮轴[3]，远客初过。《周易》《毛诗》罢讲，且暂向匡床卧[4]。居停司马风流[5]，会来同坐。

[1] 榆火：《周礼·夏官·司爟》"四时变国火"汉郑玄注："郑司农说以鄹子曰：'春取榆柳之火。'"本谓春天钻榆、柳之木以取火种，因以"榆火"为典，表示春景。

[2] 樵青：唐颜真卿《浪迹先生玄真子张志和碑》："肃宗尝锡奴婢各一，玄真配为夫妻，名夫曰渔僮，妻曰樵青。"后因以指女婢。

[3] 鸾铃：车铃的一种。

[4] 匡床：安适的床。一说方正的床。

[5] 居停：谓寄寓。　司马：白居易被贬任江州司马作《琵琶行》："座中泣下谁最多，江州司马青衫湿。"引指官位不高或文人失意。

## 浣溪沙

纸阁芦帘岁欲除，小庭花影伴闲居，晚来一□□灯□。
当未近时多恐远，得相亲处不妨疏，背人笑语□从□。

## 双调望江南·初春岑溪[1]

烟径小，林屋未全遮。十里暮山横大瓮[2]，一江春□□华。来试雨前茶。

风信急[3]，开到小桃花。历历雁儿归北塞，双双燕子入东家。春梦故无涯。

[1] 岑溪：地名，位于广西东南部，今属梧州市。

[2] 大瓮：原注"山名，产茶"。

[3] 风信：随着季节变化应时吹来的风。

## 烛影摇红·周松坪学博招饮[1]

弱柳□掩，府门旧驿摇青旆[2]。罗衣欲典异时宜，散作嬉春计。小院雕栏自闭，艳蔷薇笑人无赖[3]。昼长难遣，惟藉新书，□□心醉。

岂意开门，濂溪风月分光霁[4]。饮醇座上客无多，□尽风流辈。自念疏狂无对，将拇战拳头尚昧[5]。酒阑归院，偏值邻家，夜深歌吹。

[1] 学博：唐制，府郡置经学博士各一人，掌以五经教授学生。后以泛称学官。

[2] 青旆（pèi，音佩）：指酒旗。

[3] 无赖：无聊。谓情绪因无依托而烦闷。

[4] 濂溪：湖南省道县水名。宋理学家周敦颐世居溪上，晚年移居江西庐山莲花峰下，峰前有溪，因取旧居濂溪以为水名，并自以为号，世称濂溪先生。

[5] 拇战：猜拳。酒令的一种。其法为两人同时出一手，各猜两人所伸手指合计的数目，以决胜负。

## 小阑干·人日过陆甥家[1]

落梅时节到山村，物色半销魂。子美初归[2]，达夫未老[3]，相对为开门。

黄昏深院器音绝，佳酿发青樽。豆蔻梢头[4]，芭蕉叶外，新月展眉痕。

[1] 人日：旧俗以农历正月初七为人日。

[2] 子美：唐代诗人杜甫的字。

[3] 达夫：唐代诗人高适的字。

[4] 豆蔻：又名草果。种子可入药，产岭南。

## 浪淘沙·梧江旅思

月照碧山头，影入江流。千航灯火一时收。缥缈有声谁□曲，响出高楼。篷底拥衾裯[1]，好梦难求。问君禁得几多□？昨日东风深院里，曾见娇眸。

[1] 衾裯：指被褥床帐等卧具。语本《诗·召南·小星》："肃肃宵征，抱衾与裯，寔命不犹。"

## 天香·印章

煮石山农[1]，独攻花乳，稷下青田争市[2]。螺匾难工[3]，刀镌执便，近日三桥精此。雪渔变化[4]，谁共讲汉唐文理？闻得编成学古，吹箫早向湖水。

尝见世贤印谱，网前朝，许多零碎。可似尧章松雪，一般高致。雕刻虽云手巧，还带着生平读□气。□□□回，休夸满纸。

[1] 煮石山农：指王冕（1310—1359），字元章，一字元肃，号煮石山农，浙江诸暨市长宁乡郝山下人。擅竹石、篆刻，尤工墨梅。

[2] 青田：山名，在浙江省青田县西北境，素以产青田石、青田鹤闻名。青田石为制作印章和雕刻人物花鸟等的上品。

[3] 螺匾：亦作"螺扁"。篆书的一体，形略扁，故称。

[4] 雪渔：指《雪渔印谱》，明何震辑。

## 送入我门来·阳朔画山[1]

别作山皴[2]，九峰横列，万年不许临摹。北宋何人，窃写寄东吴？恢奇莫入元章信[3]，更何问松年禹徒[4]。

细想江山一统，皆□天然图绘，岂但区区？一叶扁舟，山下泊菰蒲[5]。醉来壁上□留句，似画里人题画里图。

[1] 画山：在今广西阳朔县东北，为漓江中的名山。望如画屏，故名。

[2] 皴：山石、峰峦的脉络纹理。

[3] 元章：北宋书画家米芾的字。

[4] 松年：指南宋山水画家刘松年，南宋孝宗、光宗、宁宗三朝的宫廷画家，钱塘（今浙江杭州）人。禹玉：王珪，字禹玉，北宋宰相，著名文学家。

[5] 菰蒲：指湖泽。

## 新荷叶·再咏画山

一幅连江，俨然墨汁淋漓。画也山耶，驿南高与天齐。烟云渲染，怪烟云朝夕能飞。频年经过，至今未测端倪。

乘马班如[1]，或云韩干之师[2]。欲写兹图，归来细问阎毗[3]。但愁挥洒，画中间有画难施[4]。

[1] 班如：盘桓不进貌。语本《易·屯》："六二，屯如，邅如，乘马班如。"相传细看画山壁石纹可辨神态各异的群马形象，合称"九马画山"。

[2] 韩干：生卒年不详，京兆蓝田（今属陕西西安）人，唐杰出画家。擅画肖像人物，尤工画马，着重描绘马的风采神态，对后世影响很大。

[3] 阎毗：隋代榆林盛乐（今内蒙古自治区托克托西）人，为唐代著名画家阎立本之父。喜好研习经、史，工篆隶，善丹青。

[4] 词末原注"道光辛卯满南竹一重题（□以□□□马形者）"。道光辛卯，1831年。竹一，作者王维新的号。

## 望湘人

忆华堂□主，曾□隔帘，一双清眼钉住。阿母温存，小□□接，一种愁怀难诉。白傅杨枝[1]，王家桃叶[2]，倘能追附。□□□登入鸾笺[3]，扫却三千眉妩。

别久心情如故。奈重门再扣,不逢莲步[4]。纵黄鸟春归,也有一声传与。花间落片,柳边飞絮,何尽随波流去。从今后,小巷南头,触目皆成尘土。

[1] 白傅杨枝:指白居易《杨柳枝》词:"苏州杨柳任君夸,更有钱塘胜馆娃。若解多情寻小小,绿杨深处是苏家。"

[2] 王家桃叶:指王献之《桃叶歌》:"桃叶复桃叶,渡江不用楫。但渡无所苦,我自迎接汝。"

[3] 鸾笺:彩笺。宋苏易简《文房四谱·纸谱》:"蜀人造十色笺,凡十辐为一榻……然逐幅于方版之上砑之,则隐起花木麟鸾,千状万态。"

[4] 莲步:指美女的脚步。语本《南史·齐纪下·废帝东昏侯》:"又凿金为莲华以帖地,令潘妃行其上,曰:此步步生莲华也。"

## 醉春风·燕石山

无意临江面,有影当澄炼。不知何处远飞来,燕燕燕。锁日巢云,未曾相识,许长相见。

城郭非贞观[1],只尔无迁变。笑他王谢旧堂中[2],欤欤欤,寒便分离,暖□归就,不堪拘管。

[1] 此句原注"唐置燕州"。按燕州,《浔州府志》载系因燕石山而得名。唐贞观三年(629年)置,治在武林县(今广西平南县武林镇),贞观十八年(644年)撤。

[2] 王谢旧堂:语本唐刘禹锡《乌衣巷》:"旧时王谢堂前燕,飞入寻常百姓家。"

## 城头月·泊相思江下[1]

离家□遇圆蟾照,或免相思绕。郁水东行[2],罋山西贮,此意殊难晓。一声鹤唳江风峭,莫共灯前笑。月有盈亏,水入南北,此恨何时了?

[1] 相思江:位于桂林城南二十余公里,发源于卧石山,东经良丰,汇入漓江。

[2] 郁水：郁江。出广西靖西县，经安南（今越南河内），复自龙州县西之水口关入境。

## 风流子·自述

生平多困顿，犹听着许负吕公谈[1]。谓耳皙唇丹，鹤停犀贯[2]，□工翰藻[3]，早掇朝簪[4]。因甚事，太尊囊解绣[5]，学使食□甘。秋榜书名[6]，让人第一，春□□□，我维□□。

□□□□选，□家毡故物，博士新衔。□□□驱旁郡，管领青衫。觉眉似寒蚕，鬓如秋草，盘供苜蓿[7]，□类瞿昙[8]。惟喜江山如画，许得长探。

[1] 许负：汉代善于相面的许姓老妪，曾相周亚夫，竟如其言。见《史记·绛侯周勃世家》。后用以泛指相术家。

[2] 犀贯："伏犀贯顶"的略语，指人前额至发际骨骼隆起，通达头顶。旧时迷信者以为显贵之相。

[3] 翰藻：文采，辞藻。

[4] 掇朝簪：指弃官归隐。掇，除去；朝簪，朝廷官员的冠饰。

[5] 太尊：明清时对知府的尊称。

[6] 秋榜：秋试后所发的榜。秋试，科举时代地方（唐宋为州府，明清为省）为选拔举人所进行的考试。因于秋季举行，故称。

[7] 盘供苜蓿：指生活清苦。语本五代王定保《唐摭言》卷十五载薛令诗："盘中无所有，苜蓿长阑干。"苜蓿，豆科植物名，可供饲料或作肥料，亦可食用。

[8] 瞿昙：释迦牟尼的姓，一译乔答摩。

## 醉太平·润明府席上

双鬟髻尖，绣鞋底纤。浩歌高下声兼，把行云早淹。
春光满帘，□欢酒酣。那堪素手掺掺[1]，把双杯再添。

[1] 掺掺（shān，音山）：女手纤美貌。

## 杏园芳

问名寄在□支,问年可念名儿。过船即自□□□,有谁知?
春江花月成良夜,无人□□相思。与卿一见便分离,柳垂丝。

## 水龙吟·冬夜听雨次山阴祝佩五韵[1]

小窗紧闭残更,洒然独向窗间逗。难成雪点,但乘风势,暗欺羔袖。落叶惊啼,□蕉转战,空林湿透。想梅花一树,墙边□冷,经催洗,应加瘦。

鹤梦醒来已久[2],不知他可曾□□?凄凄沥沥,萧萧摵摵[3],响兼壶漏。暖玉杯存,寒炉炭积,有谁温酒?料山阴道上,一般昏暗,也无相候。

[1] 山阴:今浙江绍兴。
[2] 鹤梦:谓超凡脱俗的向往。
[3] 萧萧摵摵(shè,音射):形容风吹树木的声音。

## 蝶恋花·谢佩五镌印

□日柳州来寄□,□□唐镜,妙手能摹取。赠我一双□□□,心心相印堪□□。
十载留题空纸素,得此增辉,□□□章虎。琼笈巾箱当秘护[1],雪鸿指爪殊难遇[2]。

[1] 琼笈:玉饰的书箱,多指道书。 巾箱:古时放置头巾的小箱子,后亦用以存放书卷、文件等物品。
[2] 雪鸿指爪:"雪泥鸿爪"的变称,指鸿雁在雪地上走过时留下的脚印。语本宋苏轼《和子由渑池怀旧》:"人生到处知何似?应似飞鸿踏雪泥。泥上偶然留指爪,鸿飞那复计东西?"喻事情过后遗留下的痕迹。

## 蝶恋花·送佩五返柳州

鸿爪东西无定处，才下仙山，又赴龙城去[1]。计日春风欢笑语，文君鬟影长如故。

薆薱津亭罗远树[2]，一望销□，□作愁千绪。我向中留留不住，几时花下重相遇？

[1] 龙城：今广西柳州的别称。

[2] 薆薱（ài duì，音爱对）：草木茂盛貌。　津亭：古代建于渡口旁的亭子。

## 沁园春·次陵城苏芝坪韵即题其《蝶影词集》[1]

上下千年，纵横万里，欲作么生[2]？见红杏尚□，新词共唱，微云学士，雅调同称。藩邸风凉[3]，□江月暗，谁继当时乐府名？天门外，有千篇笛谱，足压迦陵[4]。

姚黄魏紫分评[5]，容蝶影翩翩总是应。恐禅榻鬓丝，易增幽感；妆楼□盒，难副深情。故国无心，他乡有会，何又扁舟欲早行。花间语，作斜川小序[6]，绰板休轻[7]。

[1] 陵城：镇名，清属北流（今广西北流市）。　苏芝坪：名琳瑞，清北流人。著有《抱花诗草》。

[2] 么（me）生：犹言什么生活。

[3] 藩邸：古代分封及臣服国王之第宅。

[4] 迦陵：清代词人陈维崧（1625—1682）的号。

[5] 姚黄魏紫：牡丹花的两个名贵品种。姚黄为千叶黄花，出于民姚氏家；魏紫为千叶肉红花，出于魏相仁溥家。参阅宋欧阳修《洛阳牡丹记·花释名》。

[6] 斜川小序：指晋陶渊明所作《游斜川》诗并序。斜川，古地名，在江西省星子、都昌二县县境，濒鄱阳湖，风景秀丽。

[7] 绰板：乐器拍板，用来打拍子。

## 浣溪沙·赠吴馥山少府[1]

蕴藉风流第一人，媆香庭院得相亲[2]，停琴迸奕见天真。
燕子翩翩能识主，萱花灼灼爱留宾，官闲即事总堪欣。

[1] 少府：县尉的别称。
[2] 媆（ruǎn 软）：柔软。

## 青玉案·与馥山

延陵世业傅皋□[1]，□□林来栖羽。似水官衙□日午。□□□画，除池见句，□□□家务。

弱龄曾到金□路[2]，三□□逢地主。问水寻山堪作侣，太湖烟月，灵岩风雨，□息□华暮。

[1] 延陵：春秋吴邑，公子季札因让国避居（一说受封）于此。故址在今江苏常州市。 傅皋：商高宗时贤相傅说和虞舜时刑官皋陶的并称。
[2] 弱龄：弱冠之龄。古时以男子二十岁为成人，初加冠，因体犹未壮，故称弱冠。

## 十二时·为馥山题生肖图

晚凉初，葡萄架上，渴鼠援藤偷子。见碧落牵牛星系[1]。黑丑花开相似[2]。念我同寅[3]，虎邱飞到，比凤鸾栖枳。逢卯饮兔颖将抽[4]，恐负良辰，早把龙涎香试[5]。

琴一张，纹成蛇腹，弹过重阳上巳[6]。策马闽中，希风典午[7]，交得羊求□。画手争棘猴[8]，条申生肖十二。　笑聚书空矜二□，鸡□功名难弃。赢得浮云，白衣苍狗[8]，屈成窗间□。亥既投暗处，猪肝向人频累。

[1] 碧落：道教语，指天空。

[2] 黑丑：牵牛子的别名。

[3] 同寅：同僚。

[4] 颖：带芒的谷穗。

[5] 龙涎香：抹香鲸病胃的分泌物。《岭南杂记》云："龙涎于香品中最贵重，出大食国西海之中，上有云气罩护，则下有龙蟠洋中大石，卧而吐涎，飘浮水面，为太阳所烁，凝结而坚，轻若浮石，用以和众得，焚之，能聚香烟，缕缕不散。"

[6] 上巳：指上巳节。汉以前取农历三月上旬巳日，魏晋后定为三月三日。

[7] 希风：指企慕，效法。 典午："司马"的隐语。《三国志·蜀志·谯周传》："周语次，因书版示立曰：'典午忽兮，月酉没兮。'典午者，谓司马也；月酉者，谓八月也。至八月而文王（司马昭）果崩。"

[8] 棘猴：战国宋有人请为燕王在棘刺的尖端刻猴，企图骗取优厚的俸禄。燕王觉其虚妄，乃杀之。事见《韩非子·外储说左上》。

[9] 白衣苍狗：浮云像白衣裳，顷刻又变得像苍狗。喻事物变化不定。语本杜甫《可叹诗》："天上浮云似白衣，斯须改变如苍狗。"

## 东坡引·璞玉山[1]

好山名璞玉，白雨经时沐。城头日见奇形簇，佳气含清淑，佳气含清淑。

晴江半束，朝阳半暴，砚山空夸辍耕録。年年山下停舠艓，何时看得足？何时看得足？

[1] 璞玉山：山名，在今广西武宣县黔江南岸。

## 醉乡春·木棉社

杜宇几声啼了，一树红光高照。隔圃看，独欣然，下有石坛□绕。

《海棠桥词集》校注 >>>

匝地绿荫难扫[1]，半接荒塘小沼。倘邀我，作□□，春祈秋赛同欢笑。

[1] 匝地：遍地。

## 满江红·咏怀

雾罩山川，谁认得高低黑白？多少是望流争赴，傍风思得。但会张罗称妙略，不谙捷足非长策。只花间有个闭门人，藏踪迹。

元珠失，飞尘积。明月照，浮云白。且高歌放浪，仰天长适。鹬蚌相持何足叹[1]，乾坤偌大终留识。任唾壶神剑在当前[2]，无须击。

[1] 鹬蚌相持："鹬蚌相持，渔人得利"的省语。《战国策·燕策二》："赵且伐燕，苏代为燕谓惠王曰：'今者臣来，过易水，蚌方出曝，而鹬啄其肉，蚌合而拑其喙。鹬曰："今日不雨，明日不雨，即有死蚌。"蚌亦谓鹬曰："今日不出，明日不出，即有死鹬。"两者不肯相舍，渔者得而并禽之。今赵且伐燕，燕赵久相支，以弊大众，臣恐强秦之为渔父也。'"后遂以"鹬蚌相持，渔人得利"比喻双方相持不下，而使第三者从中得利。

[2] 唾壶：南朝宋刘义庆《世说新语·豪爽》："王处仲（王敦）每酒后辄咏'老骥伏枥，志在千里。烈士暮年，壮心不已'。以如意打唾壶，壶口尽缺。"

## 步蟾宫·题梁极亭桃溪书舍

城东半亩荒园地，早办了官家租税。新添□屋两三椽，俨然在武陵溪里[1]。

春来锦浪浮窗几，展缃帙谆谆课子[2]。得闲鱼鸟会亲人，那更羡世间渔利。

[1] 武陵溪：指世外桃源。

[2] 缃帙：浅黄色书套。泛指书籍、书卷。 课子：督教学生读书。

*198*

## 蕉叶雨

窗外横拖几叶，恼人多在雨来时节。做出万般凄咽，能使小院凉生，闲房冷彻。

任他湘簟若雪，把砚瓦添设。新听得一声声将歇，体气静，耳根轻，还我一罅青天，半床明月。

## 玉烛新

彩楼高结处，比海藏纷华[1]，绛都幽胜。繁星万点，秋灯照，隙地难生人影。梅檀艾纳[2]，袅不尽金炉银鼎。何处奏凤管鸾笙？余音几般幽静。

□街左右分开，见巧笑娥眉，手携□□。冷窥悄语，簪珥□[3]，□符转身方省。樊楼灯火[4]，□可似今宵光景。原来是世界隆平，风流故盛。

[1] 海藏：传说中大海龙宫的宝藏。
[2] 艾纳：艾草，可焚烧取其香气，有祛邪除秽之效。
[3] 簪珥：发簪和耳饰，古代多为高贵妇女的首饰。
[4] 樊楼：宋代东京（开封）的大酒楼，又称白矾楼。

## 南乡子

鼓角初停，著衣危坐待天明。笔砚列前将属草，犹早，窗色朦胧须近靠。

## 渔家傲·题画

槛外白云横卷翠，桃明竹暗门斜启。不信长桥通柳市。波瀰瀰[1]，两三船只澄潭底。

渔弟渔兄无箇事[2]，瓦盆乐得分余醉。铃□声停犹可指，山路细，江天半壁开晴霁。

[1] 瀰瀰（mǐ，音米）：水满貌。

[2] 箇事：犹一事。

## 雪狮儿·柬封望仙[1]

湘皋客去，但传说碧水芙蕖，不劳雕饰[2]。近日黎家廷瑞，潘家希白[3]。凫分蝶拆，溯郁水总难寻觅。算只有吾兄妙丽，堪称词伯[4]。

绿蓝山翠欲滴，爱苏生年少，积词千百。秣马陵城[5]，沆瀣可曾相识[6]？古来多少名士，总游心声色。严霜逼，莫住梅边吹笛[7]。

[1] 封望仙：作者友人。名豫，岁贡生。著有《翠园山房诗集》《后生缘词集》等。

[2] 此句原注"谓蒋□□"。

[3] "近日"二句：原注"平南黎明府建三有《素轩词》，桂平潘布衣兆庄有《蝶园词》"。黎建三，字谦亭，广西平南人。乾隆戊子（1768）举人。历任甘肃安化、安西、海城、金城、山丹等地知县。工诗善词。著有《素轩诗集》《素轩词剩》等。

[4] 词伯：称誉擅长文词的大家，犹词宗。

[5] 秣马：饲马。

[6] 沆瀣（hàng，音杭，去声；xiè，音谢）：谓彼此契合，意气相投。

[7] 词末原注"苏名琳瑞"。苏琳瑞，字芝坪。清北流人。有《抱花诗草》。

## 调笑

窗色，窗色，毕竟几时能白。高烧红烛题诗，不害苍头起迟[1]。迟起，迟起，我已□怀满纸。

[1]苍头：言头发斑白。

## 一剪梅

连朝鸟语集幽斋，正把眠催，又把春催。纷纷花片坠苍苔，红也成堆，白也成堆。

年来百事总安排，得不关怀，失不关怀。一樽树底向人开，鸥可无猜，燕可无猜。

## 夏初临·戎葵[1]

昨夜园林，春工罢绣，残红瘦得啴嘛[2]。忽见檀心[3]，烂然直映窗纱。算来种类纷挐[4]，此为荆，是也？非耶。奎星阁下[5]，仙山署中，一片流霞。

花如木槿[6]，叶如芙蓉[7]，占城使者，一丈曾夸。薰风整顿，果然五月繁华，品乐谁家？唤云鬟腰肢频挝[8]。若当头，高插一枝，应助夭斜[9]。

[1]戎葵：蜀葵。花瓣五枚，供观赏。

[2]啴嘛（chē zhē，音车遮）：甚，厉害。

[3]檀心：浅红色的花蕊。

[4]纷挐（ná，音拿）：亦作"纷拿"，错杂貌。

[5]奎星阁：现称魁光阁，又名文星阁。位于秦淮河畔，为夫子庙古建筑组群中

201

著名的古迹之一。在科举时代是士子们"夺魁"的象征,很富时望。

　　[6] 木槿:落叶灌木或小乔木。夏秋开花,花钟形。

　　[7] 芙蓉:指木芙蓉。落叶大灌木,叶大掌状浅裂。

　　[8] 云鬟:原指高耸的环形发髻。借指年轻貌美的女子。　挝(zhuā,音抓):敲打。

　　[9] 夭(wāi,音歪)斜:袅娜多姿貌。

## 清平乐

　　松梢月上,钟磬声初响。白石净坛瞻佛相,谁向中宵来往?
　　旛竿百尺云翻[1],灯光万点星繁。邹子不烦吹律,寒空□变成温[2]。

　　[1] 旛(fān,音番):长幅下垂的旗。

　　[2] "邹子"二句:相传战国齐人邹衍精于音律,吹律能使地暖而禾黍滋生。《列子·汤问》:"微矣子之弹也!虽师旷之清角,邹衍之吹律,亡以加之。"张湛注:"北方有地,美而寒,不生五谷。邹子吹律暖之,而禾黍滋也。"

## 苏幕遮

　　水波清,山色翠。冷淡寒烟,散入蘼芜里。向晚斜阳容细倚,心绪无端,远出三千里。

　　□萧然,情独满,何处寻欢?小傍炉头醉。寥廓长天喧燕子。拂去还来,未解将书寄。

## 露华·藤菜

　　小藤幂历[1],渐攀上篱笆,不啻如织。带露潜垂,细认十分光泽。何人引出冰条?滑脆娇柔堪摘。秋风起,花抽几茎,缀粟微白。

丰湖暂寓犹识[2]，与锦带屏风，风味相敌。宦况至今何若？解组宜觅[3]。子熟乍觉离离，肯付络丝娘食[4]。纤手弄，胭脂一般着色。

[1] 幂历：分布覆被貌。

[2] 丰湖：在广东惠阳西。据清吴震方《岭南杂记》，惠州丰湖，亦名西湖。有苏公堤，乃东坡出上赐金钱所筑。

[3] 解组：解下印绶。谓辞免官职。

[4] 络丝娘：虫名，络纬的俗称，即莎鸡。夏秋夜间振羽作声，声如纺线，故名。

## 双调望江南·并蒂兰

同心好，瑞应入庭除。楚国骚人连屈宋[1]，谢家诸侄见封胡。一样小琼琚。

枯翠管，缔合结成图。寂寂秋闺深有羡，频将纫佩祝儿夫[2]，从此好相如。

[1] 屈宋：战国时楚辞赋家屈原、宋玉的并称。

[2] "谢家"句：《晋书·列女传·王凝之妻谢氏》："（谢道韫）初适凝之，还，甚不乐。安曰：'王郎，逸少子，不恶，汝何恨也？'答曰：'一门叔父有阿大（谢尚）、中郎（谢据）；群从兄弟复有封胡羯末，不意天壤之中乃有王郎！'封谓谢韶，胡谓谢朗，羯谓谢，玄末谓谢川，皆小字也。"后用为称美兄弟子侄之辞。

[3] 纫佩：谓捻缀秋兰，佩带在身。语本《楚辞·离骚》："纫秋兰以为佩。"喻对他人的德泽或教益铭感于心，如纫佩在身。　儿夫：古代妇女自称其丈夫。

## 买陂塘

出东门，近城一带，清池茂树环绕。日光欲射浑难入，历寂数声啼鸟。芳径里，绝不见妍姿，蹴近金莲小。好风乍扫，只草似裙腰，花如人面，为我作先导。

抬头望，丹碧画楼新造，巍然耸出林杪。女墙隐现随丛翠[1]，向午忽闻蝉噪。穷窈窕，记邻水金陵废苑身曾到。如今别了，得此阴森，迥殊俗境，应足写怀抱。

[1] 女墙：城墙上呈凹凸形的小墙。泛指矮墙。

## 巫山一段云[1]·春行

拂面风丝好，沾衣雨□轻。眼前疏树翠相迎，行乐出东城。
直至宽闲野，翻多骀荡情[1]。过桥啼鸟一声声，唤我□么生。

[1] 云：原作"山"。
[2] 骀荡：无所拘束。

## 无闷·失马

德未孚人[1]，诚难动物，思马斯臧曷取？记无力乘兴，权为执御，近日添驹并畜。至我仆疏虞偷儿顾[2]。穴墙直入，崩城引出，八蹄皆去。

烟树，隔村渚。浼县令追侦[3]，杳无凭据。念得丧无常，存亡有数。正似塞翁旧事[4]，慎无把中心长萦住。况故物犹剩青毡[5]，来往不妨徒步。

[1] 孚：使信服。
[2] 疏虞：疏忽，失误。
[3] 浼（měi，音美）：央求。
[4] 塞翁旧事：指"塞翁失马"。喻祸福相倚，坏事变成好事。
[5] 青毡：典出《太平御览》卷七〇八引晋裴启《语林》："王子敬在斋中卧，偷人取物，一室之内略尽。子敬卧而不动，偷遂登榻，欲有所觅。子敬因呼曰：'石染青毡是我家旧物，可特置否？'于是群偷置物惊走。"后以"青毡故物"泛指仕宦人家的传世之物或旧业。

## 玉京谣·与邓道士

浪迹何曾又，道行崇闳[1]，敬惜儒家字。窗壁街衢，留心细检无弃。□

204

炉火，化作烟云，取灰烬，付诸流水。从今喜，江城尽变，冰壶天地[2]。

熊经禽戏皆闲事[3]，看何人长生久视。似汝功修，足令天府增记。若不厕碧落仙郎，亦竟是青山外史。存真意，尘界有谁堪比？

[1] 崇闳（hóng，音洪）：高大宏伟。

[2] 冰壶：喻品德清白廉洁。语本《文选·鲍照〈白头吟〉》："直如朱丝绳，清如玉壶冰。"李周翰注："玉壶冰，取其洁净也。"

[3] 熊经：古代导引养生之法，状如熊攀树而悬。 禽戏：指五禽戏。相传为汉末名医华佗所创导的一种健身体操。

## 西江月·感事

后壁前门不肃，左宜右有争夸。崚嶒殿阁等空花[1]，圣哲几时来下。一铎何曾动听，众擎惟是纷拏。金钱百万□□沙，地运人材难假。

[1] 崚嶒（líng céng，音灵层）：高竿突兀。

## 八归·江店

眉峰却走，孤村来迓[1]，滩历二十有六。黄昏正唤收帆住，时见岸堆青石，径排青竹。旧店依稀茅盖覆，遇笑语声音相逐。乍逗出一点灯光，闪闪入人目。因说床头小瓮，浇书已尽，趁便宜沽醹醁[2]。渚花寒落，渚禽低咽，不碍凄酸相触。念年时作客，几处关河得安宿？三更后，月轮初上，转忆丛溪，三间丁字屋。

[1] 迓：迎。

[2] 醹醁：美酒名。

## 菩萨蛮·仙城秋望回文

雁来初递凉风晚，晚风凉递初来雁。秋半倚南楼，楼南倚半秋。

绪多嫌竟语,语竟嫌多绪。高峡泻寒涛,涛寒泻峡高。

## 虞美人·回文

名姬旧取长歌和,命薄争同我?溃围重数汉如何,楚覆晚烟铺地锦情多。

春园满羡因风舞,隔帐纷来顾。蕊垂开直簌轻枝,冉冉绿裙罗列更何为[1]?

[1] 词末原注"虞美人草,一名满园春"。

## 绕佛阁·郭南屏参军惠《法华经》[1]

旧翻两次[2],微妙佛法,安有遗义?今日居士,妄猜哑谜机锋斗何事?月光在水,人苟悟破,禅在于是。岩谷幽邃,木樨香达吾无隐乎尔[3]。

宦海遇香象[4],妙法莲华经独遗,能向化城从容生智慧[5]。想读诵多年,何但童子,舌端呈瑞。愿布满乾坤,同臻欢喜。好传钞,使藏山寺。

[1] 参军:中国古代诸王及将帅的幕僚。 《法华经》:佛经的一种,全称《妙法莲华经》,后秦鸠摩罗什译。

[2] 此句原注"法护鸠摩"。

[3] 木樨:指桂花。

[4] 香象:佛经中指诸象之一。其身青色,有香气。

[5] 化城:一时幻化的城郭。佛教用以喻小乘境界。

## 青玉案

茫茫世故浮云似,漫领略,真滋味。十载居官无仆婢,自家因应,自家料理,如此称清贵。

半间雪署如无事，热客到时浑欲避[1]。遮莫号啼声入耳，常抄著录，杂翻文史，那管无钱币。

[1] 热客：常来常往之客。

## 宝鼎现·吴馥山赠扇书画并美词以谢之

梅仙方暇[1]，引取秋扇，临池挥洒。鹿角上，笼香飞白，不待东风先近嫁。看娇蕊，十分精细，晁米殊难驾。想少日，山寻邓尉，行遍水边林下。

两朵三朵枝头亚，悄翻来，横列宫瓦。思故国，黄山清渭，妙篆人间空刻写。惟宴殿，有毋相忘字，密友平生可借。与我时，如承缟带[2]，献纻深惭莫谢。

图绘自是难□，即古物，追寻亦寡。遇延陵如此能兼[3]，又风流蕴藉，不用向南唐北宋，隔代求儒雅。便霜月寒气侵人，犹学袁宏手把[4]。

[1] 梅仙：指梅福，字子真，汉九江郡寿春人。后世多传其成仙之说。
[2] 缟带：《左传·襄公二十九年》："（吴季札）聘于郑，见子产，如旧相识。与之缟带，子产献纻衣焉。"为友朋交谊之典。
[3] 延陵：今江苏常州。古时为春秋吴邑，季札（季子）所居之封邑。
[4] 袁宏（约328—约376）：东晋文史学家。《世说新语·文学》载其倚马拟文，手不辍笔。喻文思敏捷。

## 莺啼序·谓添字者非

春烟乍垂翠柳，听流莺唤起。远风播，村店旗翻，适当寒食天气。问何处优游笑语，柔蜂一阵同欢喜。见墙头兜出秋千，袖红裙翠。

十亩池塘，荡漾似镜，有新萍点水。画桥架，宛似虹垂，不知门巷谁氏。杏花天，低飞几片，觉双袖黏来红腻。兴无端，因向平芜，纵行三里。

新荑渐满，宿莽初添，鹭鸶去不止。若处有小江萦绕，岸隐难见，但见孤帆，立当平地。渔歌静好，常川飞度，听来皆若从兰芷。挚柔情，勿使随波逝。惟将野色，收回待束同人，近郭又复凝睇。

浮图百尺，立在城隅，任茂林莫蔽。觉几处花宫萧寺[1]，半属僧归，历历钟声，响闻三四。居停就在，山公祠畔，深深然絮飞不已。乍归时，难免旁人指。远翠幽香，染衣浸履。

[1] 花宫萧寺：指佛寺。

## 桃花水

狂风搜括曲栏边，花蕊各凄然。当轩尚留一点，将与主人言。

春欲去，望平川，意悬悬。树排天末，草满亭皋[1]，莫更销魂。

[1] 亭皋：水边的平地。

## 桂殿秋·葡萄

高架支，旧藤施，绿荫低覆暮春时。嫩梢引出龙须秀[1]，歧□添来马乳肥[2]。

[1] 秀：开花。
[2] 马乳：葡萄之一种。

## 庆春泽·玫瑰酱

捣艳成霜，调香作雪，功夫易简堪为。蔗境为甘，添将别样芬菲。枝头割爱盘中配，合回头，不许蜂知。唤厨娘，点酒调茶，待客来时。

提苏枸杞多殊品，几能同芍药，并播芳蕤[1]。似此佳名，玉津莫擅珍奇。粥香饧白清明近[2]，悄园林，风味先驰。报坊间，欲制花糕，莫靳些儿[3]。

[1] 芳蕤（ruí，音瑞，阳平）：盛开而下垂的花。

[2] 饧（xíng，音行）：用麦芽或谷芽熬成的饴糖。

[3] 靳：吝惜。

## 解佩令·题凤图

丹山日近，紫庭风引，费良工多着金粉。来自钟离[1]，盖一颗凤阳县印。挂华堂，十分明烂。

羽毛空满，提□空唤，向云宵，莫翔千仞。徙倚花枝，但冀幸新雏飞奋，老庭梧故人应叹[2]。

[1] 钟离：楚国地名，即今安徽凤阳临淮关。

[3] 词末原注"周鼎初庶常曾寄予诗云：为报凤楼需作手，肯容珍羽老庭梧。"庶常，明、清官名，亦称庶吉士，属翰林院。

## 女冠子

雨洒密室，今日不知何日。盼空庭，柳眼潜舒碧，山头远放青。

睡情知既足，酒意渐将轻。为问苍天意，肯重晴。

## 醉花间

谁相忆，正相忆，认得南楼笛。铃语半空来[1]，花气三更适。

瑶池开一碧，珠树行行直。风起蹙玻璃，欲化身千百。

[1] 铃语：檐铃的声音。语本《晋书·艺术传·佛图澄》："又能听铃音以言吉凶，莫不悬验。"

## 撼庭竹

古竹萧萧映缃帙[1],当夏午风发。参差碎影如长拂,玲珑雅韵更无匹。不必品声诗,聆嶰谷音律[2]。

若谓羲黄离世远[3],直觌面相失[4]。此中空洞原无物,黄昏静待月儿出。幽径几人来,惟瘦鹤堪质。

[1] 缃帙:浅黄色书套。泛指书籍。
[2] 嶰谷:昆仑山北谷名,传说黄帝使伶伦取嶰谷之竹以制乐器。见《汉书·律历志上》。
[3] 羲黄:伏羲与黄帝的并称。
[4] 觌(dí 迪)面:迎面。

## 忆王孙

清溪二月转兰舫,碧水浮花曲岸香。隐隐林边逗夕阳,惜时光,不见春风窈窕孃。

## 竹枝·潭江(二首)

### 其一

都泥江下作分离[1],惟有石人泪不垂。准记渡头难去咯,青山一点是相思。

### 其二

小姑滩上月儿明,河不长青妾意青。去去恐遭高峡险,闻呼勒马好回程[2]。

[1] 都泥江：一名牂柯江，今名蒙江，源出贵州定番县，曰蒙潭，南流入广西泗城（今凌云县）界，为右江，至浔州（今广西桂平）与左江合，下番禺入南海。

[2] 勒马：原注"镇名"。在今广西宾阳市。

## 西子妆·浔郡南湖[1]

性喜湖山，但堪游目，即便身临为主。陂塘数里侵城南，见人家两边分住。新荷万叶，时叠向翠鬓孤屿。板桥横，剩一间古庙，容盟鸥鹭。

潜鳞聚，亭号平波，舟上无寻处。绿杨摇曳问何人，驾小车暗中来去。花娇欲语，拟重赋青莲遗句[2]。暗销魂，漠漠西山暮雨。

[1] 浔郡：清制浔州府，辖桂平、平南、贵县、武宣四县。府治在今广西桂平城区。

[2] 青莲：指唐诗人李白。李白号"青莲居士"，故称。

## 竹马儿·社望

我曾爱东门南头片地，石坛潜踞。更荒园翠薄，池沼相接，儿童欢聚。暇日来度疏篱，新花旧果，背人闲觑。翘首绿云间，讶红棉千丈，烧空如炬。

世事如何说？前朝种就，后朝除去。秦观海棠沉酣，未必长桥如故[1]。似我再倚栏杆，半空霞彩，翻觉成追序。仙城别却，那识高吟处。

[1] 长桥：指广西横县海棠桥。宋绍圣四年（1097年）秦观编管横州，曾留"瘴雨过，海棠开，春色又添多少"之句。

## 花发沁园春·姑苏吴女士画桃花绣球扇赠内[1]

燕姹莺娇，绿肥红瘦，小斋不问春事。延陵仕女，研粉调脂，欲掩蕊仙云子。绣球圆致，衬几朵夭桃娇媚。觉茂苑无限春光[2]，皆从吴扇生起。

付与荆钗甚意。想清风徐来，月外增美。相看不语，欲答无由，几度镜边潜视，齐纨莫比[3]。收拾在布衫箱底，笑椎髻未及鸿妻[4]，亦沾皋庑余惠[4]。

[1] 姑苏：苏州吴县的别称，因其地有姑苏山。　内：指作者之妻。
[2] 茂苑：又名长洲苑，故址在今江苏省吴县西南。常用作苏州的代称。
[3] 齐纨：齐地出产的白细绢。泛指名贵的丝织品。
[4] 椎髻、鸿妻：指梁鸿之妻孟光，椎髻，着布衣，有贤德。借指贤德之妻。
[5] 皋庑：语本《后汉书·梁鸿传》："（梁鸿、孟光）后至吴，依大家皋伯通，居庑下，为人赁舂。每归，妻为具食，不敢于鸿前仰视，举案齐眉。"庑，廊屋。

## 水调歌头

黄柏岂为苦[1]？最苦是生离。不知此地何处，勒马害相思[2]。原上青林如霁，江外碧霞成绮，月色映涟漪。暂搁眼中泪，共覆席间卮[3]。

携素手，看粉脸，探腰肢。从今别去，真似破镜没圆时。尔带一分命蹇[4]，我也一分情薄，飘泊致如斯。但愿长安乐，千里当相随。

[1] 黄柏：树皮中医入药，味苦，有清热、解毒等作用。
[2] 勒马：原注"镇名"。在今广西宾阳市。
[3] 卮（zhī，音支）：古代一种酒器。
[4] 蹇（jiǎn，音减）：不顺利。

## 菩萨蛮·归舟有感

去时共看山川色，归来忍把鸳鸯拆。萧瑟荻花风，夜色残月笼。

篷窗难久坐，独拥衾裯卧[1]。宿雁出云端，晓江吹角寒。

[1] 衾裯：指被褥床帐等卧具。语本《诗·召南·小星》："肃肃宵征，抱衾与裯，寔命不犹。"

212

## 六丑

叹娥眉命薄，往日里真珠空掷。那人病辞，何曾亲枕席，自此沉抑。任外姻难靠，鹤栖鸳宿，在对门空宅。临风悄把容颜惜，伴着青衣，低徊转侧，芭蕉影边闲适。有风流慧眼，必定能识。

空斋岑寂，恋新诗一册。过眼烟云，未尝记忆，而今始晓踪迹。笑平生得性，十分獃极[1]。春光在，莫施香泽。浮世内，不尽花开柳放，总非人力。今生事自分难得，但苦修到了来生日，终当受益。

[1] 獃（dāi，音呆）："呆"的古字。

## 三部乐·锁印

牒移文告，总借此篆章，乃为真的。解开黄袱，谁见床留苔色？新报祠部文来[1]，道历官定日，向有成式。小大□休，待至岁朝元夕。

公堂整肃好共，领一分鼓吹，两行书役。银蒜押帘啸傲[2]，当还平昔。笑宾僚贺言历历[3]，不旋踵，又将抑□。当□□竟，自有事，亦难空白。

[1] 祠部：官名，掌礼制。
[2] 银蒜：银质蒜头形帘坠，用以压帘幕。
[3] 宾僚：宾客幕僚。

## 满朝欢·鞭春[1]

空际烟微，暗中冰解，三春节候初到。疾向勾芒正位[2]，东面先告。重门洞达，见前度土牛[3]，犁然当道。柳作彩鞭，分时有序，高声称道。

初道风调雨顺，国泰民安，更道官阶升早。举鞭乍已，共向中庭推倒。

无数村人，不知何事，一撮□□也要。料得散入田园，生意今年多好。

[1] 鞭春：亦称"打春"。旧俗，州县于立春日鞭打春牛，以祈丰年。

[2] 勾芒：古代传说中主管树木的神。

[3] 土牛：用泥土制的牛。古代在农历十二月出土牛以除阴气，后于立春时造土牛以劝农耕，象征春耕开始。

## 贺圣朝

嫩蕉展出书千轴，向虚窗凝绿。一帧图画一香炉，伴一尊醽醁[1]。

鸡虫得失[2]，由来定局，爱诸孙天机自足。合声高唱古诗词，胜弹丝吹竹。

[1] 醽醁：美酒名。

[2] 鸡虫得失：语本杜甫《缚鸡行》："小奴缚鸡向市卖，鸡被缚急相喧争。家中厌鸡食虫蚁，不知鸡卖还遭烹。虫鸡于人何厚薄，吾叱奴人解其缚。鸡虫得失无了时，注目寒江倚山阁。"后改变原意，以喻无关紧要的细微得失。

## 十二时

念双丸掷空无已[1]，尘却因成千古。一世内阴阳寒暑，更及昏迷风雨。病或中人，缘当遇事，岂我身能主？无几久白发笼头，已作老翁，行乐如何能补？

人有言，真仙学道，自可向空飞举。羽驾欲乘[2]，身形已解，毕竟生何处？话□□实□，浮生曷用多慕？　但目前，能知摆脱，快意随时堪取。未至先思，曾过犹计，总是无凭据。有酒随意酌，无令后来嗤汝。

[1] 双丸：指日月。语本元朱德润《题陈直卿一碧万顷》诗："日月双丸吐，江山万古愁。"

[2] 羽驾：传说以鸾鹤为驭的坐车，为神仙所驾。

## 浣溪沙·吊黄山谷[1]

秦七藤□泪始干[2],鬼门关外几生还,日长闻服紫霞丹。
邠老送行原足感[3],范寥顾语不胜欢[4],红岩绿野为招魂。

[1] 黄山谷:指宋代诗人黄庭坚(1045—1105),字鲁直,号山谷道人,江西分宁(今江西修水)人。死于宜州(今广西宜山)。

[2] 秦七:北宋词家秦观辈行第七,故称。

[3] 邠老:潘大临,宋代诗人,字邠老,黄岗(今属湖北)人。从苏轼、黄庭坚、张耒游,雅所推重,有《柯山集》。

[4] 范寥:字信中。黄庭坚晚年谪居宜州,形只影单,范为之日夜奉杖屦,跬步不相舍,直至料理后事,护丧归葬。

## 摊破浣溪沙·吊黄山谷

钱米当时每贷人,城楼醉坐雨淋身。未酉亥中谁共证,享馄饨。
余倅始来谋舍馆,蒋沛老至托终身[1]。庙祀宜阳今尚尔,岂无因。

[1] 蒋沛:据《永州府志》卷十六:"蒋沛,善属文,年少辞家入太学,既不遇,弃而归隐。黄庭坚在宜州病革,津往见焉,庭坚委以身后事,及卒,为棺敛具舟送归。"

## 醉花间

将相忆,勿相忆,相忆毫无益。十载隔墙居,见□何曾识?
黄莺声似织,孤负梨花白。天□浊世人,半是□顽石。

## 氐州第一

非雾非烟，沿路望去，遥村似积秋水。树影低垂，人家倒映，隈面波心不异。何事身将，近一片，都为平地。景幻能移，光含若徙，日轮千里。

惝恍蓬莱成海市，属蛟蜃[1]，当空嘘气。陆海茫茫，尘容渺竟，欲同奇诡。纵经存阳焰语[2]，驰驱际，谁参妙义？喜得垂杨，送人行全无渴意。

[1] 蛟蜃：传说中的蛟属，能吐气成海市蜃楼。

[2] 阳焰：指浮尘为日光所照时呈现的一种远望似水如雾的自然景象。佛经中常用以比喻事物之虚幻不实者。

## 琵琶仙

风柳摇金，画堂里，一片氍毹先设[1]。罗袖来禀平安，眉痕若超绝。堆一朵浓花髻上，簇歌扇半轮如月。欲拒还迎，将来复去，殊费周折。

按新□，声应丝弦，感怀处，须防带幽咽。翩向席前行酒，岂情思亲切。当酩酊随人细问，总一些不肯明说。只好高剔银灯，艳看春雪。

[1] 氍毹（qú shū，音渠书）：毛织的布或地毯。

## 满江红

我本南人，雅欲注南中花鸟。念昔日杨孚孟琯[1]，诸书何杳。谯国状存罗不尽，石湖志在收难了。北方人暂寓在炎荒，知何道？

论植物，名谁告？记羽族，□多□。且说蛮说瘴，或同浮窈。僻地无人堪下□，通□有□□成稿。□欲追郭璞注虫鱼[2]，惟周到。

[1] 杨孚：生卒年待考，字孝元，东汉时南海郡番禺人。著《南裔异物志》，载

古代岭南物产及风俗。 孟琯：唐代人，著《岭南异物志》。

[2] 郭璞（276—324）：字景纯，河东闻喜县人（今山西省闻喜县），东晋著名文学家和训诂学家，曾研究和注解《尔雅》，解释古老的动、植物名称，并为之注音、作图。

## 高山流水·思隐

白衣苍狗幻无常[1]，向高崖，殊足相忘。回念□南村，猗猗□竹连墙。当今日，若历沧桑。幽居外，犹有临池隙地，带着平冈。问何时小筑，送老水云乡。

清凉，门窗不曾预，先辟有，半亩池塘。孤屿近，多添杂卉，四时闻香。有时沙鸟逐风樯。素琴张，安得亭撑四柱，尽日徜徉。一声歌，更听渔父出沧浪。

[1] 白衣苍狗：喻事物变化不定。语本杜甫《可叹诗》："天上浮云似白衣，斯须改变如苍狗。"

## 沙塞子

未秋□□草先衰，数行雁旋向南飞。颇难耐，边笳四起，征马群□。
夜寒毡帐梦觉迟，遇近处，猎火重围。将军起，密持弓箭，暗列旌旗。

## 一剪梅

王通十五作人师[1]，非好为师，人自相师。□来郡邑谬官师，不是真师，竟似真师。

公卿奴隶岂曾师，贵也称师，贱也称师。拟将卸却学堂师，归作农师，或作渔师。

[1] 王通（584—617）：字仲淹，隋绛州龙门（今山西河津）人，私人教育家。

# 卷 六

## 双鸂鶒·溪梅

一水流来澄碧，万点梅花初坼。今夜月移圆魄，上下朗然同色。若个扁舟来觅？到岸自携轻策。老鹤不辞岑寂，为伊看守船只。

## 二郎神·赠田郎

温柔□，念举世无人相等。怪砚北新吟诗几首，惟留恋一枝青杏。画取幽兰将远寄，恐惹起春闲旧病。向乙夜□书□我[1]，□破闲斋凄冷。

倾听，低声慢唱，走珠无定。任□月风涛窗外送，浑不觉更长漏永。冰雪聪明梅品格，最难得手携肩并。记来日□情，不在槎江，还留髻岭。

[1] 乙夜：二更时候，约为夜间十时。

## 六么令·赠张稼村太守

南徐鹊起[1]，想穆之道济。暗中都识，北固金焦京口列[2]。怀古此情何极。载酒听鹂，逢花度曲，长洒元章墨[3]。《吟秋集选》[4]，六朝人待刀尺。

自昔三入农曹[5]，一乘骢马[6]，始得□熊轼[7]。漫说孙卢西犯日[8]，烟起五州山黑。水绕牂牁[9]，峰连□管，犹足施甘泽。张堪为政[10]，歌声遥出桑麦。

[1] 南徐：古代州名，东晋侨置徐州于京口城，南朝宋改称南徐，即今江苏省镇江市。

[2] 北固：山名，在今江苏省镇江市东北。　金焦：金山与焦山的合称，均在今江苏省镇江市。

[3] 元章：元代画家王冕字元章，以墨梅著称。

[4]《吟秋集选》：原注"公有《吟秋山馆集选诗》"。

[5] 农曹：又称农商曹。掌农业耕作、商业经营，水利、天灾、人祸等。

[6] 骢（cōng 聪）马：本指青白色相杂的马，为御史常骑，因借指御史。

[7] 熊轼：伏熊形的车前横木，古时有熊轼的车为显宦所乘。借指太守。唐钱起《江宁春夜裴使君席送萧员外》诗："主人熊轼任，归客雉门车。"

[8] 孙卢：指东晋起义军首领孙恩和其谋士卢循。

[9] 牂牁（zāng kē，音赃柯）：即牂牁江。流经广西泗城（今凌云县），为右江，至浔州与左江合，下番禺入南海。

[10] 张堪：字君游，汉时任渔阳太守，击退匈奴，使民富庶。百姓作歌赞曰："桑无附枝，麦穗两岐。张君为政，乐不可支。"见《后汉书·张堪传》。

## 江南春·旅感

桃试蕊，柳生荑[1]。徐妃容半露[2]，谢女发初齐[3]。双双燕子寻春色，头白空江犹未归。

[1] 荑（tí，音提）：杨柳的新生枝叶。

[2] 徐妃：南朝梁元帝妃，姓徐，名昭佩。妃以帝眇一目每知帝将至，必为半面妆以俟。事见《南史·后妃传下·梁元帝徐妃》。此喻桃花初开之情状。

[3] 谢女：指晋女诗人谢道韫，曾以"未若柳絮因风起"喻飘雪。

219

## 万年欢·咏普宁韦令事[1]

　　令名高，字尚臣，宋青州人[2]。舅氏杨佥判有女三娘，适李县尉[3]。尉遽卒，以两家流落，久不相知。绍兴初[4]，韦赴临安诠试[5]，偶逢青衣来迓，至小宅，三娘拜，诉旋□尉丧。至严州，梦三娘立岸上呼，令登舟不可，曰：生平无过，恶得托生？感君意将恳，冥司复女身，俟来世结发。后韦尉定海，历衡阳丞至容州、普宁令，十七、八年谋娶未遂。适于普宁治侧，见一酒家女，貌妍越俗，窥之无所避。为求婚，酒家以贱及女野陋辞。韦开□，间以语胁，乃从解组日聘归[6]。容止即三娘，惟少韦几三十岁。事见《粤西丛载》所引《夷坚志》。予普宁里人也，寓声以传。

　　韦五官人，杨三娘子，原为中表之亲。但自早年睽隔[7]，流落难闻。不遇青衣过诉，夫丧事，经纪无因。乘舟去，梦别关情，来生结偶酬恩。
何当普宁作令，见酒家小女，不是文君[8]。举止居然相识，因聘为婚。解印归来细问，严州别，竟是生辰。姻缘定，今日边城，好花尚记前身。

[1] 普宁：广西容县。
[2] 青州：旧治在今山东省青州市。
[3] 适：指出嫁。
[4] 绍兴：南宋高宗赵构年号，1131—1162年。
[5] 临安：南宋都城，今浙江杭州。
[6] 解组：犹解绶。谓辞免官职。
[7] 睽隔：别离。
[8] 文君：指卓文君。汉临邛富翁卓王孙之女，貌美，有才学。

## 忆秦娥·杨妃井[1]

　　球栏废，袜罗犹说曾留此[2]。曾留此，容州携眷，宏农长史。

玉鱼光泛华清水，金牛翠映云凌里。云凌里，萧萧斑竹，居人能指。

[1] 杨妃井：《元一统志》载："容州杨妃碑记，在普宁（容县曾称普宁县）东一百步。"在容县三里乡，至今留有杨妃山、杨妃庙、杨妃井等遗迹。杨妃，指杨贵妃。

[2] 袜罗：罗袜，丝罗制的袜。

## 百字令·题李母世节

甘难骤得，但根存，苦李犹堪共啮。不见陇西姑与息，代代心怀冰雪。水没沙庐，虎嗥林巷[1]，迁徙恒凄绝。吠龙无使[2]，北堂垂老夷悦。

冢妇亦复何心，即当茕独[3]，久不随人说。黄鹄悲鸣声继续[4]，成就一门清节。太史观风，阐幽彰善，先把如椽揭[5]。孙曾食报[6]，策名当见轰烈。

[1] 嗥（háo，音毫）：吼叫。

[2] "吠龙"句：语本《诗·召南·野有死麕》："舒而脱脱兮，无感我帨兮，无使尨也吠。"尨（máng，音忙），多毛的狗。

[3] 茕（qióng，音穷）：孤独无依。

[4] 黄鹄：指妇女守节不嫁。据汉刘向《列女传》载：鲁陶婴少寡，鲁人闻其义，将求焉。婴闻之，乃作歌明己之不更二也。其歌曰："悲黄鹄之早寡兮七年不双。"

[5] 如椽：如椽之笔，以赞文才。典出《晋书·王珣传》："珣梦人以大笔如椽与之，既觉，语人曰：'此当有大手笔事。'俄而帝崩，哀册谥议，皆珣所草。"椽，屋梁上的木条。

[6] 孙曾：孙子和曾孙，泛指后代。

## 绕佛阁·游准提阁[1]

补巢燕子，双翦远去，仍返初地。三月天气，即看点点浮萍贴池水。小蛙乱吠，应遇羽客[2]，桥上游戏。画槛如此，且邀净侣从容究禅理[3]。

若个远栽□？绿柳红桃兼白李，能使一隈回澜无直逝。博士女欢游，纨扇珠翠。欲抛难弃，叹昔年多情，而今犹是。愿昙香为除尘累。

[1] 准提阁：指广西平乐县沙子镇的准提庵。

[2] 羽客：指禽鸟。

[3] 净侣：指僧徒。

## 芰荷香·冰井寺[1]

说澄泉，在浣清院后，飞翠亭前。梅碑舒记，至今早已无传。山阿海眼，任人家汲取沦涟。君不见，萧森古寺，长踞苍巅。

漠漠平林似织，见碧池千顷，荷气熏天。有唐元子[2]，井铭差似参禅[3]。竹床闲静，唤沙弥同话因缘[4]。堪笑苦□无莲，惟留响石，永镇山门。

[1] 冰井寺：在今广西梧州。相传唐容管经略使元结于城东尝古井水甘寒若冰，加之井与隔江火山遥对，故名之，并于井侧建寺，称"梵王宫"。

[2] 元子：指元结。

[3] 井铭：元结曾作冰井铭曰："火山无火，冰井无冰。唯此清泉，甘寒可吸。铸金磨石，篆刻此铭。置之泉上，彰厥后生。"

[4] 沙弥：初出家的男佛教徒。

## 山亭宴·至旧金莲庵

向时此地开诗社，一间亭，静依兰若[1]，茂树绿荫浓，引多士同倾翠罍。居然翰墨萃三江[2]，即开士犹称流亚[3]。孤鹤自东来，也傚向个中精舍。

至今寂寞少知者，取庵额更行别写。吟径入荒芜，直负了莺娇蝶姹。风流空忆晋时人，若个是远公陶谢[4]？敬告后来贤，好再提风雅。

[1] 兰若：兰草与杜若，皆香草。

[2] 翰墨：笔墨。借指文章书画。

[3] 流亚：同一类的人或物。

[4] 陶谢：晋末南朝宋初诗人陶潜、谢灵运的并称。陶善写田园诗，谢长于山水诗。

## 望云涯引·苍梧舜庙[1]

重华祠庙[2]，几时在，苍山麓。妙绝向江干，泻出一条寒玉。南交日永[3]，五采彰施在[4]，太古服。就取薰琴[5]，向亭下终曲。

短墙搔首，见洲岛，龙鳞簇。日暮人稀，平野白云飞逐。兰芷殊难辨，一片绿。可似零陵，到处能生斑竹[6]。

[1] 舜庙：位于今湖南省永州市宁远县九疑山，相传舜帝葬于此。
[2] 重华：舜帝名。
[3] 南交：指岭南。
[4] 五采彰施：语本《书·益稷》："以五采彰施于五色，作服，汝明。"孔传："以五采明施于五色作尊卑之服。"
[5] 薰琴：指《南风歌》。《孔子家语·辩乐》："昔者舜弹五弦之琴，造《南风》之诗。其诗曰：'南风之薰兮，可以解吾民之愠兮；南风之时兮，可以阜吾民之财兮。'"
[6] 斑竹：亦称湘妃竹。传舜死后，其二妃娥皇、女英赶至湘江边，哭泣甚哀，以泪挥竹，染竹成斑，后投水而死。

## 思归乐·白鹤冈[1]

鹤去冈存形势陡，重九日，谁来携酒？画鹢俨然如辐辏[2]，欲占绝夕阳江口。

古观森森珠树秀，听薄暮几声钟扣。去家岁月想未久，这城郭犹依旧。

[1] 白鹤冈：地名，在今广西梧州鸳鸯江畔。
[2] 画鹢：船的别称。《淮南子·本经训》："龙舟鹢首，浮吹以娱。"高诱注："鹢，大鸟也。画其像着船头，故曰鹢首。"

## 大江东去·苏山

此江源远,比岷江,别自滔滔东去。一点孤山,人道是,苏子乘舟泊处。碧浪长排,翠微不动,自足当千古。今日明月,照来应彻寰宇。

遥想当日南迁,几时重返,与黄冠为侣[1]。觑破形骸,随到皆堪留寓。八百年来,雪鸿踪迹杳[2],阿谁追步?轻烟销尽,举杯遥酹江浒。

[1] 黄冠:道士之冠。借指道士。

[2] 雪鸿:"雪泥鸿爪"的略语。语本宋苏轼《和子由渑池怀旧》:"人生到处知何似?应似飞鸿踏雪泥。泥上偶然留指爪,鸿飞那复计东西?"喻事情过后遗留下的痕迹。

## 白苎·苍梧三角觜

两条江,笑清浊,无端混合。兰宫桂殿,自与人居杂沓。看龙洲,一轮明月锁双塔。春水漾沖瀜[1],入夜照千枝凤蜡[2]。通□门外,无数萧郎白袷[3]。从画船,玉笛金管求欢洽。

旅食,□自年年,素馨香近,指爪何曾一插。但掉下芳情,去寻禅榻。羡凭仙向此,早离尘劫,试望平冈,有鹤来时,可如鸥狎。庙有青蛇,当付□城匣。

[1] 沖瀜(chōng róng,音冲融):水深广貌。

[2] 凤蜡:蜡烛的美称。

[3] 萧郎白袷:泛指士人。

## 两地锦[1]

轻桨正趋高峡,遇好花千百。徐熙画出[2],赵昌染就[3],破舟中岑寂。

224

掠岸几能攀折，随艳依寒碧。微风拂也，斜阳照也，助江天晴色。

[1] 原注"昭平以上江岸多花舟行爱而赋此"。昭平，县名，今属广西贺州市。

[2] 徐熙：南宋江南徐熙的画以落墨为主，善田园花草虫鸟，称为"徐熙野逸"。

[3] 赵昌：字昌之，广汉（今属四川）人，北宋画家。擅画花果，多作折枝花，兼工草虫。

## 高山流水·兴平泛舟[1]

宝峰一水入熙平[2]，合漓江纤缓澄清。双桨信风来，参差荇藻纷迎。荒墟畔，有竹如城。回头见，崖上安来□□，映水分明。想僧寮月夜[3]，坐定到三更。

青青，空中点螺黛，丫髻女直下瑶京。深怪绝，高呼细唤，遇着皆应。近岩亭午罢鸡声，羡云屏，神瀵飞来一道[4]，似雨迷冥。钓鱼矶立，看幽隐，谢浮名。

[1] 兴平：兴坪镇。今属广西桂林市阳朔县。

[2] 熙平：县名，在广西阳朔县北，晋置，县治兴坪。

[3] 僧寮：僧舍。

[4] 神瀵（fen奋）：指大的喷泉。语本《列子·汤问》："有水涌出，名曰神瀵。"瀵，水由地面下喷出漫溢。

## 水调歌头

才过魏家渡[1]，又到訾家洲[2]。桂林风景无恙，迢递起曾楼。我欲骖鸾飞去[3]，不识雷公电母，专肯任吾不。且向曲街住，终日睡齁齁[4]。

□衙役，投手板[5]，谒公侯。果然与我东西南北不相谋。月有阙圆阴暗，花有荣枯开落，轮转□□毯。吸尽杯中酒，高唱古荆州[6]。

[1] 魏家渡：村名，今属广西桂林柘木镇。

[2] 訾家洲：简称訾洲，在桂林象鼻山前的漓江畔。因曾住过訾姓人家，故名。

225

[3] 骖鸾：谓仙人驾驭鸾鸟云游。

[4] 齁齁（hōu，音后，阴平）：熟睡时的鼻息声。

[5] 手板：笏。古时大臣朝见时，用以指画或记事的狭长板子。

[6] 荆州：古"九州"之一，在荆山、衡山之间。

## 阳春·揭帝塘[1]

枣花收，桐花落，何处可寻名迹？春水绿玻璃，轻烟断，演漾先照梵王宅[2]。□时游历，看白白玉鳞跳掷。刚是好雨初晴，听蝉声独当林隙。

记台号熙春[3]，堪登陟，偏泛绿、真成历寂。当年堂开八桂[4]，是何人寓意琴弈？青山即在咫尺，任雉堞周遭难隔[5]。待僧众朗诵婆罗，印波心月色。

[1] 揭帝塘：在今广西桂林市区龙珠路中段西侧。

[2] 演漾：水波荡漾。 梵王：指色界初禅天的大梵天王。

[3] 台号熙春：指揭帝塘中洲屿上的熙春台。

[4] 堂开八桂：指宋绍圣四年（1098）龙图阁程节所建八桂堂，为宋代桂林著名风景名胜之一。

[5] 雉堞（dié，音叠）：城上短墙。

## 花犯·杉湖[1]

市桥东，沧波演漾，分明似空镜。晚来人定。惟不见莲花，谁证莲性。窗檐对面空相映。丝弦声不竟。只有梓潼宫观[2]，琅然飞远磬。

南端送目，见城头孤峰，把一点妆成奇景。圆妙塔，偏是辟支居顶[3]。长堤比，断虹隐见，珠树簇，轻烟含翠冷，明日里，招邀行乐，可无三尺艇。

[1] 杉湖：位于今广西桂林市中心阳桥东侧。

[2] 梓潼：梓潼帝君，道教神名。

[3] 辟支：佛教语，意译为"独觉"。

## 绮罗香·莲荡[1]

榕树门前，阳桥塘外，谁信收当城里？万点荷花，如剪一溪流水。观扇影已去仍来；念钗股欲行还止[2]。问何人能唱□田？扁舟荡□出湖尾。

青山空外送色，先被斜阳淡雨，教他微辞。向晚将回，明月一轮东起。逢碧树笼□长堤，忽好烟幻成奇异。想吴下人出葑门[3]，此中应得□。

[1] 莲荡：明代洪武八年（1375），桂林扩展南城，原护城河变为内湖，统名阳塘，桥称阳桥，并由木桥改建为石桥。桥东湖水为杉湖，桥西湖水则名为莲荡（后称榕湖）。

[2] 钗股：古人离别时有分钗的习俗，把钗分拆两股，各持其半，以为纪念。

[3] 葑门：地名，在今江苏苏州市。

## 惜黄花慢·华景洞

直入禅关，见乱云变幻，秋藓斓斑。半临碧涧，半依翠堞，□藤挂壁，细草盈坛。故居谁向诗翁问，断崖□花落春还。意未阑，几声谢豹[1]，啼破空山。

西冈势若龙盘，遇石门□绝，不敢跻攀。为怜常侍，建亭宴赏；严光自写[2]，碁局难存[3]。面前喜有池塘在，镜函彻数亩天宽。照洞间，黛螺竟秀堪餐。

[1] 谢豹：杜鹃鸟。

[2] 严光：字子陵，东汉会稽余姚人。少曾与汉光武帝刘秀同游学，后隐于富春山。

[3] 碁局：围棋盘。

227

## 鹤冲天·寓临桂学[1]

江路远，岁时更，阵阵恶风生。满园花果不留□，犹要阻行旌。听更鼓，愁更鼓，更鼓未终还寤。画堂轩槛列西东，惟看几株松。

[1] 临桂：县名，今属广西桂林市。

## 画堂春·留公渡[1]

轻风吹彻绿玻璃，寒光漱动晴溪。半天飞翠湿还低，映近东西。村坞昔曾来往，渡头今又依栖。鸥鹭薄岸几声齐，不为人啼。

[1] 留公渡：渡口名，在漓江广西阳朔段。

## 绮寮怨

皓月攒来□隙，影如珠样圆。嘱咐尔莫照罗帏，鸳鸯枕，掷已多年。当时伊人共处，炉香热，爱听琴七弦。到此时，独处高□，谁相问？对景惟自怜。

昨日偶当岸□，□□水长，浮梁锁断江天。树色森连，已无数，簇秋烟。音书写成难寄，待朔雁一声传。今宵寂然，残缸烬正落[1]，催我眠。

[1] 缸：油灯。

## 撼庭秋

美人遥隔千里，但小斋孤寄。乱蛩啼壁，残梧坠井，竹门深闭。

天高望断，秋鸿寥落，有书安寄？听三声鸣鼓，催将月落，好生难睡。

## 木兰花慢·梅公亭

正疏桐叶底，遇朝旭，映珑玲。有桂殿嵯峨，兰宫□兀，同出高城。分明，此间凤咮[1]，若衔珠吐绶唤新晴[2]。岚瘴谁曾一见[3]，积时佳气潜生。

峥嵘，对岸几牙山，衬出远天青。问几人就此，浇花醉月，挥洒纵横。留情，得高旷地，只梅公宦绩久垂名。吾辈追思往哲，画栏镇日宜凭。

[1] 凤咮（zhòu，音宙）：凤凰的嘴。
[2] 吐绶：绶鸟，即鹬（yì义）。
[3] 岚瘴：山林间的瘴气。

## 一枝花·夜同苏文庵登梅公亭

红日将西暝，碧霭生幽径。城中佳致，此中□胜。耸百尺梧桐，荫得苍苔冷。好月悬孤镜。见林外双江，疑是银河□□。

正歇了西宫钟磬，蛮语犹相竞。那荧荧灯火光无定。问何处人家，说近金沙井。且与君同订，后夜□来，便□向空亭先等。

## 玉簟凉·试院古榕[1]

如幄如幢，为久历岁年，异说诪张[2]。龙蛇形矫矫[3]，早占据门廊。风摇铃索乍定，锁院里独坐焚香[4]，深羡□，近翰林词客[5]，鳌禁仙郎[6]。

炎方，风檐试士，三伏汗流，挥扇几得清凉。漫空团绿雪，使润色文章。新蝉叶底自翳，续试帖[7]，韵戛宫商。樗散质[8]，竟可资清庙明堂[8]。

[1] 试院：位于广西桂林市独秀峰下。明朝为靖江藩王王府，清顺治七年（1650

年)为定南王府,顺治十四年(1657年)改建为县试贡院。

[2] 诪张:欺诳诈惑。

[3] 龙蛇:喻应试者。

[4] 锁院:指科举考试的一种措施。考生入试场后即封锁院门,以防范舞弊。

[5] 翰林:指翰林院,掌编修国史及草拟制诰等。

[6] 鼇禁:翰林院的别称。

[7] 试贴:指试帖诗。为科举考试所采用。以古人诗句或成语为题,冠以"赋得"二字,并限韵脚。

[8] 樗(chū 出)散:樗木材劣,多被闲置。喻不为世用,投闲置散。

[9] 清庙明堂:古代帝王宣明政教之处。

## 品令·题金沙井庵[1]

玉溪题咏,任绳烂犹留沙井。何事渴极寻佳境,入山门里,花树空摇影。

香积□厨莲叶□,见圆明如镜。地高生水愁难永,是庵非井,何必能拘定。

[1] 金沙井庵:在今广西平乐县。

## 垂杨·龙头堤[1]

城隅一望,见淡烟薄霭,渐笼沙树。断碛粼粼,颉颃飞燕来还去[2],秋虹千丈临双渚。不知是旧堤横据。试回看,深巷长街,半竹檐蒿柱。

知否离城几步,怕春澜夏涛,有时迁怒。守令当年,不辞精卫同辛苦[3]。人家若欲长安处,尚要□,绸缪未雨[4]。如云与雨相争,当别住。

[1] 龙头堤:在今广西平乐县。

[2] 颉颃(xié hang,音斜杭):鸟飞上下貌。语本《诗·邶风·燕燕》:"燕燕于飞,颉之颃之。"

230

[3] 精卫：古代神话中鸟名，常衔西山之木石，以埋于东海。见《山海经·北山经》。喻不畏艰难、奋斗不懈之人。

[3] 绸缪未雨：语本《诗·豳风·鸱鸮》："迨天之未阴雨，彻彼桑土，绸缪牖户。"原谓趁天未雨，就把窝巢缠捆牢固。喻做防备工作。

## 穆护砂·点翠亭为暴涨催去有叹[1]

一水萦孤屿，有空亭碧瓦丹柱。忆儿时赴省，郡望□去，几回篷窗偷顾。见树色深青遮几许，值半晌声飞度。纵未得登临尽兴，也赠我山阴佳趣[2]。惟有家君，剪红裁绿，□□今日竟无余。只陆云前辈，同舟赓和[3]，留得韵如故。

此□尚堪容与[4]，约同人唱予和汝。奈乐川漓水[5]，同浮春浪，将他扫归别处。漫取着翱风天绘数，浑一样杳然无据。看□石屹然波内，从碧藻荡漾纡徐。未审何时，更能修复，钓鳌矶上笠如如。把江干明月清风，随时皆管住。

[1] 点翠亭：在今广西平乐县昭山。

[2] 山阴佳趣：典出南朝宋刘义庆《世说新语·任诞》："王子猷（王徽之）居山阴，夜大雪……忽忆戴安道（戴逵），时戴在剡，即便夜乘小船就之，经宿方至，造门不前而返。人问其故，王曰：'吾本乘兴而行，兴尽而返，何必见戴？'"

[3] 赓和：续用他人原韵或题意唱和。

[4] 容与：从容闲舒貌。

[5] 漓水：漓江，在今广西东北。

## 散天花·九娘庙[1]

流水湾西问渡迟，披榛山顶望女郎祠[2]。遥山迢递似蛾眉，倚诚求玉佩[3]，或相遗。

翠羽明珠下水湄，碑僵钟覆地，剩墙基。女萝山鬼莫猜疑[4]，青枫犹未化，好风吹。

[1] 九娘庙：在今广西桂林漓江东南岸。

[2] 披榛：砍去丛生之草木。

[3] 求玉佩：请求对方解佩以赠，表求爱。《楚辞·九章·思美人》："解萹薄与杂菜兮，备以为交佩。"

[4] 女萝山鬼：指松萝，多附生于松树上，成丝状下垂。《楚辞·九歌·山鬼》："若有人兮山之阿，被薜荔兮带女萝。"王逸注："罗，一作萝。"

## 八六子·访天绘亭遗迹[1]

倚危栏，天开图画，无庸更倩荆关[2]。这云壑浓皴淡染，露林平抹斜勾，十分可观。

无声诗句难删，俗子好为更改，天工早显斓斑。却笑我，临池欲寻真迹，背城遥访，近江频问。但逢白鹭黄莺乱趁，苍藤红树回环。最堪叹，邱丞旧碑不存。

[1] 天绘亭：在今广西平乐县。

[2] 荆关：指五代画家荆浩、关仝师徒，以擅画山水齐名。

## 黄鹤引·仙宫岭[1]

为陶为李，又谓仙岩属谭氏。此山长作行宫，行云迢递。山高有几，不过因仙称异。月明时，可有旄节翩翩来止。

□岳自朝壬，华盖当居未。试观邱陇牛羊[2]，谁能遗世？沙江瀰瀰，非复旧时城市。泫然流涕，便欲学餐霞乘气[3]。

[1] 仙宫岭：在今广西平乐县。

[2] 邱陇：乡间。

[3] 餐霞：餐食日霞，指修仙学道。语本《汉书·司马相如传下》："呼吸沆瀣兮餐朝霞。"

## 一萼红·访邹忠公梅园诸迹

即山川，亦随时更改，何独是江城？漫说当时，拾青阁后，一株女字成形。更有那一间亭子，避暑处，松竹四时青。也与莲塘，共归零落，沦入榛荆[1]。

我想道乡来此，向疏篱闲眺，曲径微行。王氏驯驯，张卿踽踽[2]，尚□细□平生。曾几载，仙宫别去，到近今，吠犬狰狞。徒以大贤旧迹，欲得分明。

[1] 榛荆：犹荆棘。形容荒芜。
[2] 踽踽：小步慢行貌。

## 应天长·白云庵

青山一片云飞渡，赖有此庵留得住。映人家，迷客路，鸡犬不知何处所。

有时开，还又聚，容易变成风雨。我向关头潜步，莫随流水去。

## 爪茉莉·乐川

一水沦涟，自何处到此？苍林盖，碧沉沉地。东西语鸟，早唤我低徊不已。看谁驾一叶扁舟，浪花蹩来若碎。

□边路好，有孤亭足游憩。斜日挂岭明金字，人家隔坞，一□□烟飞起。□竹竿，便向钓鳌矶底，少时月光最美。

## 破阵子·朱将军墓[1]

隐隐戏毯堆北,依依得月冈西。不见周王当日庙,惟见将军数尺碑。草深春色齐。

蒿葬何人请墓?国殇死有余威[2]。安得居人栽桧柏[3]?华表看渠化鹤归[4]。露从何处遗?

[1] 朱将军:指朱昱如,号宗臣,清广西临桂人。因镇守平乐殉职。
[2] 国殇:指为国牺牲的人。
[3] 桧柏:桧树和柏树,多种植在陵墓周围。
[4] 华表:此为设在陵墓前的石柱。

## 忆旧游·寻双榕阁至龙池庙

向江涯狭巷,踏入山门,便见双榕。欲问当时阁,只一间庙貌[1],香火常供。树蟠未审何代,十亩□阴浓。羡左右人家,炎天赤日,尽得帡幪[2]。

乘风坐石径,纵前街扰扰,后岭重重。泉脉分来好,想涵清养化,池并相通。是谁得意频祷,鲸发数声钟[3]。每听路人言,春闲浪暖飞蜇笼。

[1] 庙貌:犹庙宇。《诗·周颂·清庙序》郑玄笺:"庙之言貌也,死者精神不可得而见,但以生时之居,立宫室象貌为之耳。"
[2] 帡幪(píng méng,音屏蒙):犹屏风。
[3] 鲸:指寺院之鲸鱼形撞钟木。

## 伤春怨·至东山寺寻多景亭不得

古寺春将去,好景添来无数。只是旧亭湮,不任青樽为主。

隔江林峦聚,变幻随烟雾。一笠借高天,把万里全收住。

## 望梅·鲁般井[1]

小亭孤揭，见当前坠地，一轮明月。□涧阿含露呵烟，有千岁寒波，十分澄澈。海水飞时，纵下与南河争烈。奈星□□气，位近阙邱，易归澌灭。

如今不书咄咄[2]，喜高僧薙草，贤守停辖。□赤龙张口喷泉，怎当此，寻求尽成空阙。寺逼东山，了不见汲归金钵。只前朝解诗李和，尚留断碣。

[1] 鲁般井：在广西平乐县。

[2] 咄咄：语本南朝宋刘义庆《世说新语·黜免》："殷中军（殷浩）被废在信安，终日恒书空作字，扬州吏民寻义逐之，窃视，唯作'咄咄怪事'四字而已。"

## 绿意·考槃涧[1]

芳洲正绿，见带来一涧，萦回纡曲。鸟语嘤嘤，似唤游人，从此直寻幽谷。晴岚两岸森相对，合几处流泉堪掬。问谁来葺宇穷崖[2]，结桂纫兰餐菊[3]。

韩泂元光已矣[4]，山中有，若此犹羡薖轴。云气苍苍，竹色猗猗，不必更分阿陆[5]。蝇头蜗角纷驰骛[6]，幸勿改，伊人如玉。等他时，招隐成，重向此间投足。

[1] 考槃涧：在广西平乐县。考槃，盘桓。指避世隐居。《诗经·卫风·考槃》："考槃在涧，硕人之宽。"

[2] 葺宇：用茅草覆盖房屋。

[3] 纫兰：语本《楚辞·离骚》："扈江离与辟芷兮，纫秋兰以为佩。"喻人品高洁。

[4] 此句原注"《平乐隐逸传》云：宋人，迥号东山野叟，光有薖轴之致"。薖轴，心胸宽广、悠闲自由貌。

[5] 阿陆：指高山和平地。《诗经·卫风·考槃》："考槃在阿，硕人之薖。……考槃在陆，硕人之轴。"

[6] 蝇头蜗角：喻微不足道的名利。

## 绿意·重至

在阿在陆，记旧时欲访，绝尘芳躅。龙口分来，一派流泉，斜绕府江洲曲。春来拾翠平桥畔，更直入嵝崀空谷[1]。断崖不掩余青，引出几丛修竹。

料得幽人住处，白云散，定有出林黄犊。月破寒宵，花散清晨，幽咽鸟声啼足。逶迤曲径徒延伫，竟失了三间茅屋。向北山缓步归来，试把稚圭文读[2]。

[1] 嵝崀（kāng lǎng，音康朗）：空旷貌。
[2] 稚圭文：指南朝齐孔稚圭的骈文《北山移文》。孔稚圭（447—501），一作孔圭。字德璋，会稽山阴（今浙江绍兴）人。文享盛名。

## 采桑子

孤城架在青山上，说在山中，却在城中。名纸朝飞几片红。
青山耸向孤城上，说在城中，却在山中。隔树樵歌日夕同。

## 如梦令

城里青山全皓，天外月光初到。林鸟乍看惊栖，似把残更来报。知道，知道，同是一般怀抱。

## 忆王孙

小斋幽寂映斜曛，力作人声空外闻。碧绿丹黄色易分，却纷纭，山上孤城城上云。

## 看花回·娄生蒯明府招饮

蒯彻定[1]，篇名隽永，泉飞风发。撤闱几时持笏？只司业源明[2]，论心亲切[3]。伶歌侑醉，声比米嘉荣浊滑[4]，随后至，□代缠头，此情未敢向人说。

疏雨一番消□热，翠幔湿，管弦难歇。休道丹青妙笔，若画鹤风流，时能师薛。家世犹思，比稷契[5]，看功成，析津星纪[6]，两地谁争烈。

[1] 蒯（kuǎi，音快，上声）彻：汉代人。《汉书》载其论战国时说士权变，亦自序其说，凡八十一首，号曰《隽永》。

[2] 司业：官名，属国子监，助祭酒教授生徒。

[3] 此句原注"谓苏文庵"。

[4] 米嘉荣：唐代著名歌唱家，西域米国人。

[5] 稷契：稷和契的并称，为唐虞时代的贤臣。

[6] 析津星纪：指析木星次的银河。

## 梦横塘·览胜桥

烟痕尚湿，草色初齐，渡头风景悽恻。细雨无端，了不见弓鞋踪迹。樵子东来，渔郎西去，总非相识。向平桥独步，镜影沦涟，伤心处，闻长笛。

放生潭即龙津，任虚船偎傍，小艇抛掷。铁锁横江，疑集下鹭鸶千只。酒旗挂，清飔乍拂[1]，竹叶莲花难觅。西望城边，一时灯火，早催归游屐。

[1] 清飔（sī，音思）：凉风。

## 四犯令

予所见山楂果惟平乐最美[1]，七月节后满街贩卖，大逾卢橘[2]，望似林禽[3]，尝之味亦可口。惜胡守所辑郡志于物产中竟不之及，作此解以补之。

内则攒来原有自，可口闻庄子。看与来禽浑相似，秋未半，棱滋味。伧父几时初见遗[4]，盐蜜皆堪渍。欲取梨奴来呼尔，何药笼，偏多备。

[1] 山楂果：小球形，比山里红略小，熟时深红，有小斑点，味酸，可食，亦入药。

[2] 卢橘：金橘的别称。

[3] 林禽：亦称"来禽"，或谓即苹果。因其味甘，果林能招众禽，故名。

[4] 伧父：犹言村夫。

## 霓裳中序第一·月夜同苏文庵、陈□□两教谕赏桂

重门浩洞达，□□一轮天上月。丛桂秋花正结，有万斛好香，薰人肌骨。商飚漫发[1]，觉此身真在琼阙。闲阶下，岸巾散髻[2]，所向得空阔。清绝，吴刚难伐[3]。把薄酒，斝来欲凸。常年吾辈共折。喜听姮娥，笛声圆滑，至今难□说。已谪在人间小□。良宵里，一同欢笑，玉漏任凄咽。

[1] 商飚（biāo，音标）：秋风。

[2] 岸巾：戴头巾露额。

[3] 吴刚：传说中在月宫砍伐桂树的仙人。

## 秋蕊香

月上素王宫殿，光映琉璃千片。近阶两树桂香满，正恐风多易散。枝头冷露知深浅，同沉湎。此中世界没人见，歌叠霓裳几遍[1]。

[1] 霓裳：霓裳羽衣曲。

## 清平乐

炎光退后[1],喜得尊中酒。好月好花兼好友,不醉翻成孤□。
金波泛人溶溶,罗衣尽带香风。如此清谈永夕,人生何必三公[2]?

[1] 炎光:指骄阳。
[2] 三公:古代中央三种最高官衔的合称。指做官。

## 步蟾宫·平乐浮梁[1]

迢迢忽把长江截,视吴猛扇挥终别[2]。机牙随浪作高低,任二月桃花涨洩。
浮舟四十何时设?玩明月,冷凝寒铁。放潭下试回眸[3],似一队凫鹭横列[4]。

[1] 浮梁:浮桥,在并列的船、筏、浮箱或绳索上面铺木板而成。
[2] 吴猛:晋代道士,字世云。以孝著称。
[3] "放潭"句疑脱一字。
[4] 凫鹭:凫和鸥,均为水鸟。

## 丰乐楼

群鲸密联,铁索锁来江色晚。喜绝顶新筑红楼,当秋美景无限。第一是黑山如画,能将去水重回挽。底窑里,黯烟遇风不散。粲粲荣山近对,莲花结瓣。想木客吟诗[1],混俗至今,无复能辨。戴兜鍪高崖孤立[2],引石剑空岩长盼。会江村甘蔗成林,朔风声满。
女墙远背,犹向山巅,使人长得见。群峰竟与人争,承隟绝[3]。多少店舍，凌虚扎栖云栈。乐水趋南，荔江趋北，形如燕尾西头出，伴烟树半里依沙岸。一行白鹭，静飞欲过澄潭，刚被风作旋转。

寒松结翠，本在山边。似低覆滩面，不怪那汇潭湾下，几只渔舟，似叶如梭，临渊共羡。今年岁稔[4]，田收罢亚[5]，园收芋栗，当社酒分香，鼓腹成欢忭[6]。径行拾得黄花，始下重冈渡桥返。

[1] 木客：原指深山精怪，或为久居深山的野人。因与世隔绝，故转指隐居之人。
[2] 兜鍪（móu，音谋）：古代战士戴的头盔。秦汉以前称胄，后称兜鍪。
[3] 崦（yǎn，音眼）：层叠的山崖。
[4] 岁稔：年成丰熟。
[5] 罢亚：稻子的一种。
[6] 欢忭（biàn，音变）：喜悦。

## 并蒂莲·从放生潭望南山双峰岩

荡漾江潭，照碧芙一朵，开成并蒂。中有妙空岩，似明月初启，檀心几时欲露[1]，变作清虚更堪贵[2]。众峰拥挤，却当前独秀，高高难蔽。

萧然一番细雨，讶佳人薄暮，妆台微醉，紫翠欠分明。若邀我留意，飞空适无竹杖，白鸟翩翩当来至。诘朝晴霁[3]，背孤城，再不妨凝睇。

[1] 檀心：浅红色的花蕊。
[2] 清虚：指风露。
[3] 诘朝：清晨。

## 霜叶飞·滴珠岩

几时莹洁，穿云下，如珠洒来当路。桧杉松柏互交阴，竟别成深坞。自结个禅庵寄住，厨开香积收甘露[1]。告负载行人，有此好衢尊[2]，往返不嫌炎暑。

当今水口崖枯，云根壁立，试觅泉脉流处。美人环佩寂无声，只翠藤红树。□□首，平桥可度，铜□休向前村去。若一登岩上[3]，便有真泉，挹来堪注。

[1] 厨开香积：指香积厨，僧家的厨房。

[2] 衢尊：谓设酒通衢，行人自饮。语本《淮南子·缪称训》："圣人之道，犹中衢而致尊邪：过者斟酌，多少不同，各得所宜；是故得一人，所以得百人也。"高诱注："道，六通谓之衢。尊，酒器也。"

[3] "若一登"句疑脱一字。

## 惜红衣

郡学有木芙蓉，一株僵卧于地，予惜其不得地而为人伤词以护。

晓白骄霜，昏红妒日，半斋生色。醉尽西风，飘摇若无力。凉秋九月，真足慰幽人岑寂。闲适，之子不来[1]，选青樽浮拍。

非遭荆棘，生近门途，行人每偷摘。根株欲坏，尚为我开柝[2]。要识旧时来署，早费一番培植。嘱后来须记，加七八分存惜。

[1] 之子：这个人。

[2] 开柝（tuò 拓）：判，分开。

## 桂枝香·赠陈心香司教[1]

中原逐鹿，见渭北汉南，多少名宿。赢得心澄似水，意孤于竹。四禅莫解生人缚[2]，乍归来，暂甘微禄。荔江渔唱，青山晚照，吟兴时足。

念故郡桐阴缀绿，已携着琴书，来傍深屋。犹忆云间日下，逝将追逐。复几二社邻标榜，好登楼，□学歌哭。一轮明月，千秋长解，照人幽独。

[1] 陈心香：粤西名宿。 司教：教官。

[2] 四禅：佛教语，指佛法修行的四等境界。

## 离亭燕·送别陈心香

半载气求声应，消得此间风景。丈六琵琶弹别调，许我息心重听。烟雨湿西楼，无奈酒魂初醒。

名士屈伸何定？□看骅骝先骋[1]。鸡鹜安知鸾凤志[2]？粒粒稻粱争竞。祥兆□灯花[3]，说与将来相证。

[1] 骅骝：相传为周穆王八匹名马之一。《穆天子传》卷一："天子之骏，赤骥、盗骊、白羲、踰轮、山子、渠黄、华骝、绿耳。"

[2] 鸡鹜：鸡和鸭。喻小人或平庸之人。 鸾凤：鸾鸟与凤凰。喻贤俊之士。

[3] 灯花：灯心余烬结成的花状物。俗以灯花为吉兆。

## 选冠子·赠武进庄学樵[1]

姑幕名流，漆园傲吏[2]，壮岁即同遴选。歌流白苎[3]，香动都梁[4]，曾喜班春花县[5]。牛渚燃犀[6]，蒲阳布泽，声名可追三善[7]。被天风一阵横吹，又向岭南西转。

还指望井涌神泉，桥横金带，薄宦得从方便。劬勤易事[8]，征备难承，翻念一毡犹暖。明日旧乡，红桃白李，沿江故宜栽遍。奈昭州把袂[9]，邮亭风笛[10]，使人肠断。

[1] 武进：地名，今属江苏常州。

[2] 漆园：古地名，战国时庄周为吏之处。

[3] 白苎：乐府吴舞曲名。

[4] 都梁：香名。

[5] 班春：颁布春令，指古代地方官督导农耕之政令。 花县：晋潘岳为河阳令，满县遍种桃花，人称"河阳一县花"。因以为县治的美称。

[6] 牛渚燃犀：《晋书·温峤传》："（温峤）至牛渚矶，水深不可测，世云其下多怪物，峤遂燹犀角而照之。须臾见水族覆火，奇形异状，或乘马车着赤衣者。"喻洞察

*242*

幽隐。

[7] 三善：佛教语，指三善道。谓六道轮迴中与善业相应的三个趋生之所，即上品善业趋生的天道，中品善业趋生的人道，下品善业趋生的修罗道。

[8] 劬（qú，音渠）勤：辛劳。

[9] 昭州：广西平乐县。

[10] 邮亭：驿馆。古时专供传递文书者或来往官吏中途住宿、补给、换马的处所。

## 长命女·赠木芙蓉

秋色退，何事秋娘来献媚[1]，颜色非憔悴。

尔自墙边半醉，我只风前一睐。昨夜雨来珠琐碎，休学啼红泪。

[1] 秋娘：唐时金陵女子，姓杜，名秋娘。本为李锜妾，后锜叛变被诛，入宫有宠于宪宗，穆宗立，为皇子傅姆，皇子废，秋娘赐归故乡，穷老而终。

## 梦芙蓉·乐山里诸生劝予游诞山不果

浪游吾所愿，况三峰高绝，直通宵汉。谭家二女，黄老识修炼[1]。石平当绝顶，至今人说仙殿。化雨称□，笑陶翁呼尔，高下幻如电。

台上梳妆一面，风扫空坛，翠竹二枝扇。端平世渺，幽景实堪羡。里人曾我劝，似宜相与酣燕[2]。野鹤犹翔，恐因缘尚薄，贻笑到仙媛。

[1] 黄老：指黄老思想，尊传说中的黄帝和老子为创始人，倡无为而治。

[2] 酣燕：亦作"酣宴"，纵情饮宴。

## 望梅花

幽胜曾探城北，不见梅园遗迹。岭上寒芳如可摘，女字妆成标格。从此不教随玉笛，长伴斋中孤客。

## 花心动·迎春

　　天暖云低，微雨过，和气潜消残腊。黄卷埋身[1]，完却何时，抛下出郊迎接。朝衣拜罢勾芒也[2]，将美酒细斟蕉叶[3]。期今岁秧青蚕熟，万家欢洽。

　　紫盖朱旗猎猎，伴太守先回，未须争捷。彩□妆成，簇拥管弦，转觉六街犹狭。看春人半倚珠帘，方微露春风娇靥，早折得，几朵新花来插。

　　[1] 黄卷：书籍。
　　[2] 勾芒：古代传说中主管树木的神。
　　[3] 蕉叶：指蕉叶杯，浅底的酒杯。

## 虞美人

　　高门列戟朝晖静[1]，举国谁能并？头衔自是一条冰，想有及人勋德可同称。

　　鼠姑开尽酴醾绽[2]，碧砌生苔藓。乌衣燕子语吱嗻[3]，已向夕阳巷口人人家。

　　[1] 列戟：宫庙、官府及显贵之府第陈戟于门前，以为仪仗。
　　[2] 鼠姑：牡丹的别名。　酴醾（tú mí，音图迷）：亦作"荼蘼"，花名。本为酒名，因花色似之，故取以为名。
　　[3] 吱嗻（zhè 这）：象声词。

## 菩萨蛮

　　孤城欲与青山傍，青山却取孤城障。樵唱出林间，不知城里山。

当年张副使，千树苍松美。日久渐消磨，白云朝暮多。

## 石湖仙

晨临明镜，见华发萧然，双鬓相等。多少少年情，到如今，居然莫逞。苍穹悬盖，后与昔本同光景。人静，把利名两字都省。

悠悠不皆弟子，晤谈时，何容取胜。蜂蚁当窗，结念犹堪投证。嫩竹分香，老梅流影，惹人吟兴。江路永，春深拟放烟舫。

## 春从天上来

深院伶仃，俟城外群峰，远近回青。即从山上，静倚闲亭。光影变幻□形。只桐花初发，一点点，将就飘零。仗春风，向孙枝引处，留住幽馨。

差池几双燕子[1]，自顶上横飞，去了重经。细蹴芳茵，轻摇纨扇，前路早有娉婷。笑鸦鬟将嫁[2]，胡追逐翠草蜻蜓。酒初醒，把一枝藤杖，冲破青冥。

[1] 差（cī，音疵）池：犹参差，不齐貌。
[2] 鸦鬟：指少女。

## 玉漏迟·王太守筵上

接庭群树翠，风流太守，杂陈罗绮。绛蜡分张[1]，引出雾鬟成队[2]。无限哀弦脆管，伴莺舌莲勾争媚。行未已，髻花微颤，扇轮成字。

可叹年少风情，似落絮犹粘，薄云仍渍。杜牧分司[3]，已觉此生难遂。对此妙舞清歌，直任取花前沉醉。更鼓起，三更尚敲为二。

[1] 绛蜡：红烛。

[2] 雾鬟：女子浓密秀美的头发。借指女子。

[3] 杜牧分司：指唐代诗人杜牧的《分司东都寓居履道叨承川尹刘侍郎大夫恩知上》诗。

## 金盏子·阶下戎葵一株自然可爱[1]

卵石铺庭，只草针攒出，莫栽花卉。余隙觅阶前，儿曹至[2]，戎葵早留根柢。略为剪拂经时，亦无心求媚。红意陡争来，绿苔阶下，十分光炜。

相倚，不胜喜，高数尺，嫣然不浼[3]。连朝好风荡雨，芳丛内，何曾略带点泪。想因院落萧条，故多时含睇[4]。呼僮去，先办一盏黄娇[5]，引取同醉。

[1] 戎葵：蜀葵，供观赏。

[2] 儿曹：犹儿辈。

[3] 浼（měi美）：沾污。

[4] 含睇：含情而视。睇，微微地斜视貌。

[5] 黄娇：酒的代称。金元好问《中州集·段继昌》："有以钱遗之者，必尽送酒家。名酒曰黄娇，盖关中人谓儿女为阿娇，子新以酒比之，故云。"

## 望远行·平乐皇华亭

城西二水，交流处，驿馆分将余地。槛临波色，砌积□痕，节使有时来至。不论风晴烟湿，戟幢笳鼓[1]，洲上聚人如蚁。想乾坤，随处皆当似此。

瞪视，干着好山甚事？在别岸也来争媚。白鹭远飞，翠鸾不下，西岭耸成金字。因念繁华如梦，深恩难报，若个堪留名字？命驿人看守，无令颓废。

[1] 戟幢：门戟和饰以毛羽的旗帜。借指仪仗。　笳鼓：笳声与鼓声。借指军乐。

## 洞仙歌·懒性

得来懒性,叹无方堪疗。头自慵梳体慵澡,遇宾寮投剌[1],抖擞衣冠,烦又恼,况讲谋生别道。

墨磨恒不饱,砚水愁干,琴积埃尘未尝扫。更厌寄人书,人有书来,仍绝报。从古劬勤皆道好[2]。若如此,颓然竟何为,就便是相知,亦当讥诮。

[1] 宾寮:幕僚。 投剌:投递名帖。
[2] 劬(qú,音渠)勤:辛劳。

## 无愁可解·覃三抚松亭

前度抚琴,并抚赤子,兹时所抚非是。问松何日栽,把亭子独就尔,共说陶潜荒径里,髯也早作知己。自某岁别却空园,及是与聚,岂得或弃?

出处竟不须谈,能归对南山,便堪长醉。晓见飞鸟出,薄暮云将景翳。一片涛声响到耳,已涤尽旧时尘气。若挨到夜静,当明月来,便如在葛天氏。

## 高阳台·梅花冢[1]

宝髻笼云,香槽削玉,翩然出世原迟。好物难牢,彩云一片先飞。镡江喜有风流士,早为卿写照铭碑[2]。羡桂香,得近东山,李卫公祠[3]。

英雄儿女都堪羡,看梅梢写口,玉骨冰肌。秦氏双口,踏青几人能知?人生富贵花梢露,口真娘苏小名垂。到春来雨锁江城,好动相思。

[1] 原注"冢在藤县东山歌妓黄阿凤瘗处"。瘗,坟墓。
[2] 此句原注"有《桐音集》"。

[3] 李卫公：指李靖（571—649），字药师，雍州三原人，唐初著名军事家，封卫国公。其任桂州总管期间曾至藤州，民众爱戴之，于东山建李卫国公祠纪念。

## 安公子·华光亭吊秦少游[1]

扑槛藤花细，昔贤亦是因名累。已向横槎江上卧，又镡津亭子[2]。若解得，南来处处佳山水。随分休，为甚重流涕？信不求闻达，依旧难忘生理。能会陶公意，区区自□殊多事。竟使千秋征客过，向藤阴嘘唏[3]。想昔日，郴州旅舍春寒闭，争似杜宇声加厉。看绝笔天南，后来有谁兴起？

[1] 华光亭：在今广西藤县。宋元符三年（1100年），秦观命复宣德郎，放还横州，行至藤州之时，出游华光亭，卒于此。

[2] 镡津：今广西藤县。

[3] 嘘唏：哽咽，抽泣。

## 眼儿媚

玉堂三顾不能攀，流落在人间。赋求扬左[1]，词探姜史[2]，如此消闲。美人梦里虽能见，醒后隔溪山。海棠花落，塞鸿音绝[3]，无限销魂。

[1] 扬左：汉代文学家扬雄和左思的并称。二人以赋名。

[2] 姜史：指南宋词人姜夔和史达祖。二人词风相类，后世评家喜姜史并提。

[3] 塞鸿：相传汉苏武被拘于匈奴，曾借鸿雁传书；后又有唐王仙客苍头塞鸿传情的故事，因以"塞鸿"指代信使。

## 华胥引·题秦少游小像

须垂五绺，七百余年，依稀犹见。国士无双，登第旋叨大苏荐[1]。胡自党籍名留[2]，落天涯难返。横浦桥头，当时人识真面。

248

世味情钟,读书时几回挥汗。至今骑鹤,来游应觉方便。欲继一瓣名香,小楼连苑,日暮槎江,好风潜为吹遍。

[1] 大苏:指苏轼。苏对秦观颇为赏识,曾向王安石荐之。
[2] 党籍:指宋元祐的党籍碑。

## 湘江静·题刘千戎善亭先茔图[1]

方井圆池前面对,更平畴水如罗带。黄须将种,慎侯苗绪[2],喜先灵长在。弱岁赴戎行,倩人即佳城图绘。湘源会处,三台炯然,无烦聚伏波米[3]。

露欲晞[4],霜未坠。羡君家孝思不匮。乡中前锦,门前负弩,得鸡豚亲祭。似我逐浮荣,丛溪墓十年犹背。春鸠自唤,梨花屡落,深惭莫逮。

[1] 先茔(yíng,音营):先人坟茔。
[2] 苗绪:犹苗裔。子孙后代。
[3] 伏波米:《后汉书·马援传》载:东汉初年,马援建议消灭割据陇西的隗嚣,聚米成山谷形状,再现陇西山川地形,讲解方略。马援号伏波将军,故云。
[4] 晞(xī,音希):晒干。

## 醉乡春·海棠桥次秦少游韵

竹外一声莺悄,约略江南春晓。缓步过,旧桥头,难道海棠偏少。
雅与祝生谈笑,绿酒盈坛任舀。醉吟去,几经年,溪声淳汩江声小[1]。

[1] 淳汩:水沸涌貌。

# 附 录

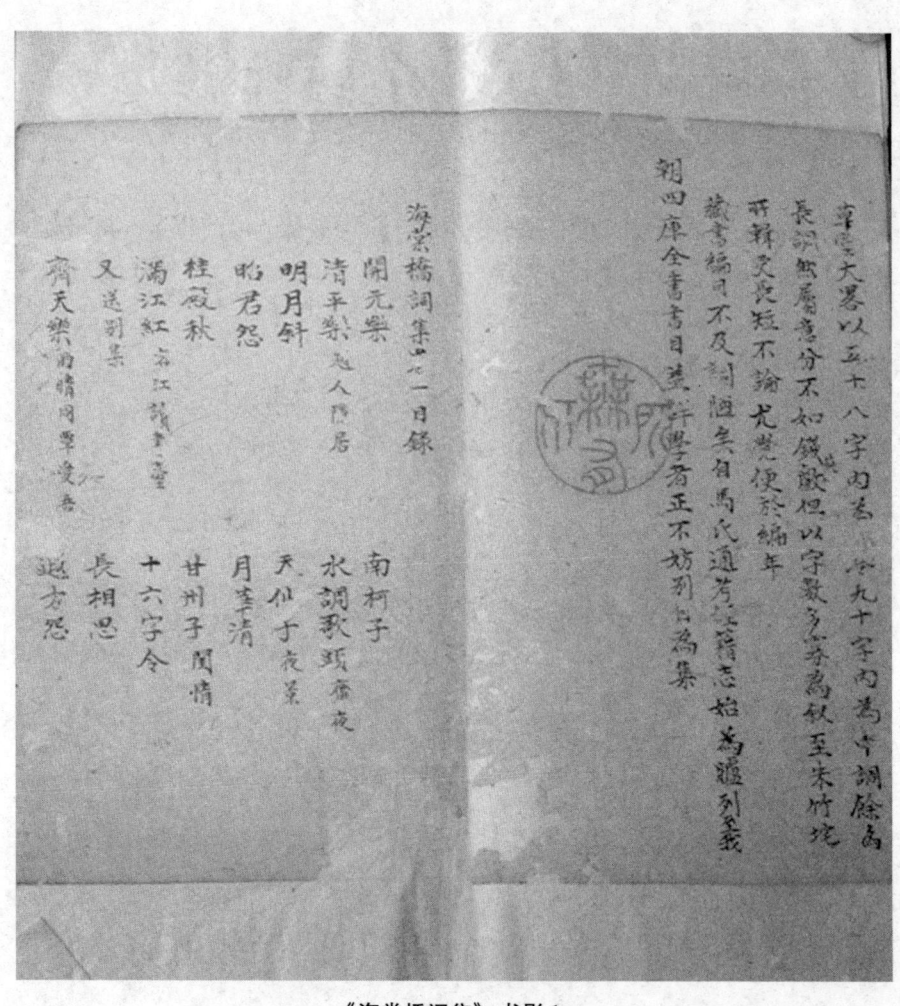

《海棠桥词集》书影1

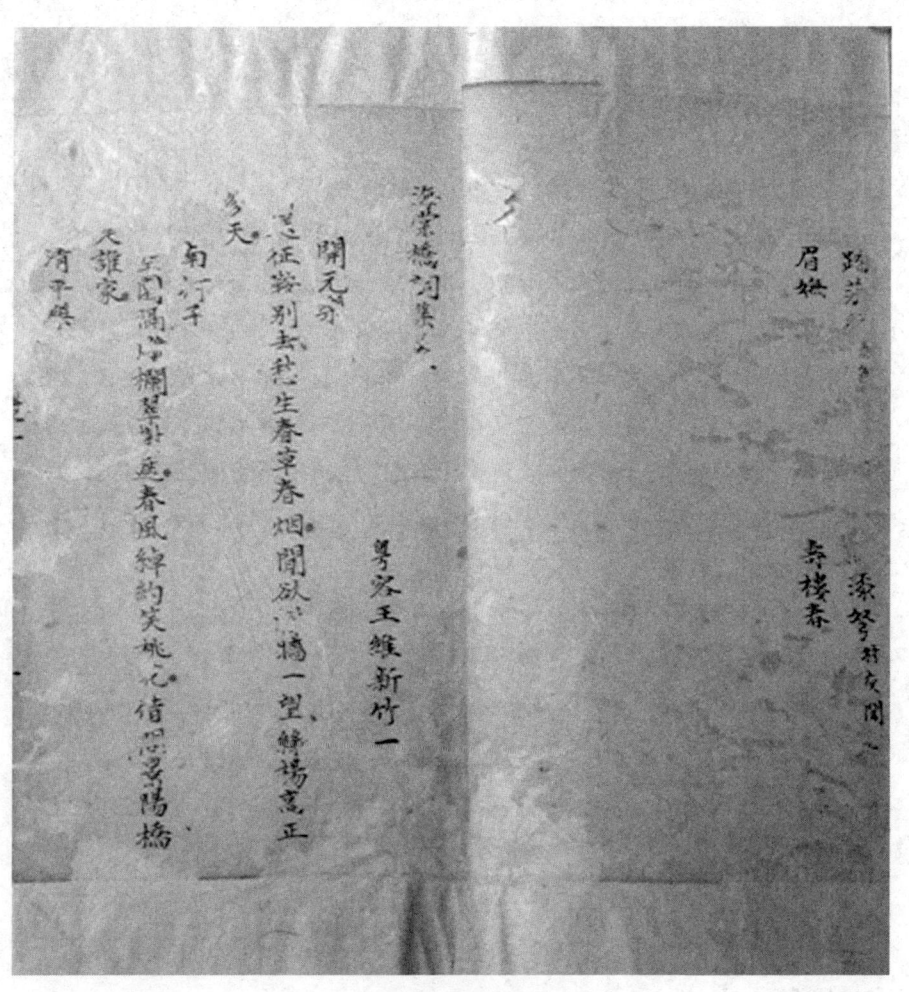

>>> 附录

《海棠桥词集》书影 2

# 主要参考书目

1. 汉语大词典. 上海：汉语大词典出版社，1997
2. 辞源（合订本）. 北京：商务印书馆，1991
3. 曹先擢，苏培成. 汉字形义分析字典. 北京：北京大学出版社，1999
4. 许慎. 说文解字. 北京：中华书局，1963
5. 臧励和等. 中国古今地名大辞典. 香港：商务印书馆香港分馆，1931
6. 臧励和等. 中国古今人名大辞典. 香港：商务印书馆香港分馆，1921
7. 文化部文物局. 中国名胜词典. 上海：上海辞书出版社，1986
8. 国家文物事业管理局. 中国名胜词典（广东、广西分册）. 上海：上海辞书出版社，1983
9. 国家文物事业管理局. 中国名胜词典（湖北、湖南分册）. 上海：上海辞书出版社，1983
10. 赵国璋，潘树广. 文献学辞典. 南昌：江西教育出版社，1991
11. 周荫同. 古诗文典故. 西安：陕西人民教育出版社，1987
12. 易绍慎. 容县志（光绪二十三年刊本）. 台北：成文出版社影印，1974
13. 清柱. 平乐府志（光绪五年刻本）. 台北：成文出版社影印，1967
14. 沈秉成. 广西通志辑要（光绪十五年刊本）. 台北：成文出版社影印，1967
15. 何景熙. 凌云县志（民国三十一年油印本）. 台北：成文出版社影印，1974
16. （民国）武宣县志. 广西图书馆藏复印本

17. 广西通志馆旧志整理室. 广西方志传记人名索引. 南宁：广西人民出版社，1989

18. 十三经注疏. 北京：中华书局影印，1980

19. 游国恩. 中国文学史. 北京：人民文学出版社，1964

20. 王夫之. 清诗话. 上海：上海古籍出版社，1978

21. 刘泽华. 中国古代史（下）. 北京：人民出版社，1979

22. 泽田总清. 中国韵文史（上）上海：上海书店，1984

23. 夏家峻. 清朝史话. 北京：北京出版社，1985

24. 青木正儿. 清代文学评论史. 北京：中国社会科学出版社，1988

25. 谭家健. 中国文化史概要. 北京：高等教育出版社，1997

26. 霍有明. 论唐诗繁荣与清诗演变. 北京：中国社会科学出版社，1997

27. 刘寿保. 桂林山水诗选. 南宁：广西人民出版社，1979

28. 逯钦立校注. 陶渊明集. 北京：中华书局，1979

29. 朱东润. 中国历代文学作品选. 上海：上海古籍出版社，1980

30. 叶恭绰. 全清词钞. 北京：中华书局，1982

31. 罗烈. 诗词曲论文集. 广州：广东人民出版社，1982

32. 王山峡等. 历代书法绘画诗选. 昆明：云南人民出版社，1985

33. 王起，洪柏昭，谢伯阳. 元明清散曲选. 北京：人民文学出版社，1988

34. 陈湘，高湛祥. 《粤西十四家诗钞》校评. 南宁：广西人民出版社，1997

35. 赵殿成. 王右丞集笺注. 上海：上海古籍出版社，1998

36. 褚绍唐，吴应寿. 徐霞客游记. 上海：上海古籍出版社，1982

37. 许凌云，张家璠. 徐霞客桂林山水游记. 南宁：广西人民出版社，1982

# 后　记

　　整理王维新的珍贵词集《海棠桥词集》并付之梓，是我多年的心愿，无疑也是一次挑战。古籍整理需要厚实的古文功底、广博的知识和甘于寂寞、不避繁琐的工作态度，而于付出心血和汗水之同时，亦能收获无限快乐和满足。惟深愧学识谫陋，一知半解，是编者纰谬难免，恳期方家斧正，幸中又幸！

　　本书编撰、出版承广西容县博物馆、广西高校人才小高地创新团队——八桂医学创新团队鼎力支持，蒙恩师梁扬先生悉心指导，黄南津先生、杨东甫先生不吝赐教，戴铭先生热情勉励。铭感其渊深的学养和诲人不倦的师风，兹谨表崇高之敬意与衷心之谢忱。

　　感谢广西中医药大学提供良好的工作条件，以及各位同仁的关怀；感谢广西壮族自治区桂林图书馆、广西壮族自治区图书馆、玉林市图书馆、广西大学图书馆、广西大学文学院资料室有关工作人员的帮助；本书参考了众多先哲时贤的研究成果，一并向他们致谢。

　　最后，向慈爱的父母鞠躬，与亲爱的弟弟拥抱，他们无言的理解是支撑我前进的动力；还有我可爱的孩子，他无邪的脸庞就是照亮我生命的阳光！

彭君梅<br>
2019 年 12 月于广西中医药大学